變身

東野圭吾

葉韋利 譯

變身

Contents

由不屈的堅持所淬煉出的奇蹟

總導讀　林依俐

如果你問我，東野圭吾是位什麼樣的作家？

我會回答你，他是位不幸的作家。

你一定會覺得奇怪，光是以《嫌疑犯X的獻身》（二〇〇五）一書，便幾乎囊括了二〇〇六年日本推理文學相關獎項，同書在日本的銷售量更是打破五十萬大關的「暢銷作家」東野圭吾，怎會有什麼不幸可言？

在說明之前，請讓我先簡單介紹一下東野圭吾這位作家。

東野圭吾一九五八年生於大阪，大學畢業後進入汽車零件製作公司擔任工程師。由於希望能在工作以外，也能在私生活之中有個較爲不同的目標，所以開始著手撰寫推理小說，投稿日本推理文學代表性的公開徵選長篇小說獎「江戶川亂步獎」。

這並不是東野第一次寫推理小說。早在他十六歲的時候，由於看了小峰元的作品《阿基米德借刀殺人》（一九七三，第十九屆江戶川亂步獎作品）大受感動，之後又讀了松本清張的《點與線》（一九五八）、《零的焦點》（一九五九）等作品。一頭推理熱的他便曾試著撰寫長篇推理小說，而且第一作還是以重大社會問題爲主題。然而由於完成於大學時期的第二作被周遭朋友嫌棄，「寫小說」這件事便從他的生活之中消失了好一陣子。

而獲得亂步獎的夢想讓東野重拾筆桿。在歷經兩次落選後，他的第三次挑戰——以發生在女子高中校園裡的連續殺人事件爲主軸展開的青春推理《放學後》（一九八五）——成功奪下了第三十一屆江戶川亂步獎。之後他很快地辭了工作，前往東京致力於寫作。自從一九八五年《放學後》出版以後，東野圭吾幾乎是每年都會有一到三部甚至更多的新作問世。他不但是個著作等身的多產作家，其筆下的內容也橫跨了推理、幽默、科幻、歷史、社會諷刺等，文字表現平實，但手法卻絲毫不拘泥於形式，多變多樣。

看到這裡，如果你對於近年的日本推理有一定程度的了解，或許你會聯想到宮部美幸——多采的文風、平實的敘述、充滿令人訝異的意外性；但是在兩者之間卻又有著決定性的不同。

那就是——相對於宮部美幸出道約二十年來，陸續囊括高達十項的日本各式文學獎，筆下著作本本暢銷；東野圭吾卻是一直與日本的各式文學獎項擦肩而過，且眞正開始被稱爲「暢銷作家」，也是出道後過了十多年的事。

實際上在《嫌疑犯X的獻身》同時獲得直木獎與本格推理大獎，並且達成日本推理小說三大排行榜——「這本推理小說了不起！」、「本格推理小說BEST10」、「週刊文春推理小說BEST10」——前所未有的三冠王之前，東野出道二十年來所寫下的六十本小說（包含短篇集）裡，除了在一九九九年以《祕密》（一九九八）一書獲得第五十二屆日本推理作家協會獎之外，其他作品雖然一再入圍直木獎、吉川英治文學新人獎等獎項，卻總是鎩羽而歸。

在銷售方面，他也不是那種只要出書就大賣的暢銷作家。在打著「江戶川亂步獎」招牌的出道作《放學後》創下十萬冊的銷售紀錄之後（江戶川亂步獎作品通常都能賣到十萬冊），整整歷經了十年，東野才終於以《名偵探的守則》（一九九六）打破這個紀錄，而眞正能跟「暢銷」兩字確實結緣，則是在《祕密》之後的事了。

或許是出道作《放學後》帶給文壇「青春校園推理能手」的印象過於深刻，東野圭吾本人雖然一直想剝下這個標籤，過程卻不太順利。書評家往往不是很關心他在寫作上的新挑戰。這也難怪，在東野出道後兩年，也就是一九八七年，以綾辻行人等年輕作家爲首，提倡復古新說推理小說的「新本格派」盛大興起。從文風與題材選擇看來，東野圭吾作品用字簡單，謎題不求華麗炫目，內容既不夠社會派又不像新本格，自然不會是書評家熱心關注的對象。

就這樣出道十餘年，雖然作品一再入圍文學獎項，卻總是未能拿到大獎；多少有機會再版，卻總是無法銷售長紅；傾注全力的自信之作，卻連在雜誌的書評欄都占不到個像樣的位置。

所以我才會說，東野圭吾是個不幸的作家。說眞話這何止是不幸，實在是坎坷，簡直像是不當的拷問。

在獲得江戶川亂步獎後，抱著成爲「靠寫作吃飯」之職業作家的決心，東野圭吾辭去了在大阪的穩定工作來到了東京。這個決定使得他沒有退路，不管遭遇什麼樣的挫折，都只能選擇前進。於是只要有機會寫，東野圭吾幾乎什麼都寫。

二〇〇五年初，個人有幸得以見到東野圭吾本人並進行訪談時，曾經談到關於他剛出道不久時，在推理小說的範疇內不斷挑戰各式題材時期之心境。他是這麼回答的：

「那時的我只是非常單純地覺得自己必須持續寫下去，必須持續出書而已。只要能夠持續出書，就算作品乏人問津，至少還有些版稅收入可以過活；只要能夠持續發表作品，至少就不會被出版界忘記。出道後的三、五年裡，我幾乎都是以這種態度在撰寫作品。」

不過畢竟是背負著亂步獎的招牌出道，畢竟是身處日本泡沫經濟蓬勃、推理小說新風潮再起的八〇年代後半至九〇年代，向其邀稿的出版社當然也都希望東野圭吾能夠以「推理」爲主題書寫。配合這樣的要求，以及企圖擺脫貼在自己身上那「青春校園推理」標籤的渴望，東野嘗試了許多新的切入點，使出渾身解數試著吸引讀者與文壇的注意。於是古典、趣味、科學、日常、幻想，在他筆下似乎沒有什麼題材不能入推理，似乎沒有題材不能成爲故事的要素。或許一開始只是爲了貫徹作家生活而進行的掙扎，但隨著作品數量日漸累積，曾幾何時也讓東野圭吾在日本文壇之中，確實具備了「作風多變多樣」這難以被輕易取代的獨特性。

是的，東野圭吾是位不幸的作家。但也因此我們才得以見到，那些誕生於他坎坷的作家路上，由歷經幾多挫折仍不屈的堅持所淬煉而成，在簡素之中卻有著數不清面貌的故事。以讀者的角度而言，能與這樣的作家共處同一個時代，還眞是宛如奇蹟一般的幸運。

在推理的範疇裡，東野圭吾從不吝惜挑戰現狀。從初期以詭計爲中心的作品，漸漸發展出許多具有獨創性，甚至是實驗性的方向。其中又以貫徹「解明動機」要素（WHYDUNIT）的《惡意》（一九九六）、貫徹「找尋凶手」要素（WHODUNIT）的《誰殺了她》（一九九六）、貫徹「分析手法」要素（HOWDUNIT）的《偵探伽利略》（一九九八）三作，可說是東野在踏襲傳統推理小說元素之下，卻又充分呈現了屬於現代風貌的鮮麗代表作。

而出身理工科系的背景，也讓東野在相較之下，比其他作家更擅長消化並駕馭以科技為主軸的題材。像是利用運動科學的《鳥人計畫》（一九八九）、涉及腦科學的《宿命》（一九九〇）和《變身》（一九九一）、生物複製技術的《分身》（一九九三）、虛擬實境的《平行世界戀愛故事》（一九九五），還有之後以湯川學為主角展開的「伽利略系列」裡，東野都確實地將自己熟悉的理工題材，在分解組合後以最簡明的方式呈現在讀者眼前。

另一方面，如同「處女作是作家的一切」這句俗語所述，高中第一次寫推理小說便企圖切入當時社會問題的東野圭吾，由《以前，我死去的家》（一九九四）中牽涉兒童虐待的副主題為開端，對於社會人心的描寫，似乎也成了他作家生涯的重要課題。例如以核能發電廠為舞臺的《天空之蜂》（一九九五）、試探日本升學教育問題的《湖邊凶殺案》（二〇〇二）、直指犯罪被害人及加害人家族問題的《信》（二〇〇三）和《徬徨之刃》（二〇〇四），都在在顯露出東野對於刻畫社會問題與人性的執著。

東野圭吾這種立足於推理，進而衍生至科技與人性主題上的寫作傾向，在發表於二〇〇五年的《嫌疑犯X的獻身》中，可說是達到了奇蹟似的調和，也因為這部作品，在二〇〇六年贏得各種獎項，讓東野圭吾正式名列「家喻戶曉的暢銷作家」之列。加上這幾年來，東野作品紛紛電視電影化，他的不幸時代成為過去，並站上前人未達之高峰。二十年來的作家生涯開花結果，創造了日本推理文壇近年來難得一見的奇蹟。

好了，別再看導讀了。快點翻開書頁，用你自己的眼睛與頭腦，去感受確認東野作品中理性與感性並存，而又如此引人入勝的獨特魅力吧！那將會勝於我在這裡所寫的千言萬語。

本文作者介紹

一九七六年生。嗜好動漫畫與文學的雜學者。曾於日本動畫公司GONZO任職，返國後創辦《挑戰者月刊》並擔任總編輯，現任全力出版社總編輯，另外也負責線上共享閱讀平台ComiComi（http://www.comibook.com/）的企畫與製作總指揮。

變身

【堂元筆記 1】

三月十日，星期六。

手術順利結束，移植者目前沒有異狀，腦波並無發生訊號雜亂或電流過剩的情形，每分鐘的模式記錄與波形分析持續進行。沒有出現生理上的排斥，生命現象平穩。

向公關負責人做過了最終報告，對各方支援的醫師表達謝意。記者會前也透過內線電話向學院院長報告了，院長說：「接下來就只能聽天由命了，你說是吧？」的確如此。

理論上，移植者的昏睡狀況將持續幾週，這段期間都留在加護病房內觀察，待其清醒之後再依照其意識形成的程度彈性應對，這部分指派由橘助理負責。

捐贈者的遺體縫合後，依照預定計畫處理好了。記者會上曾出現幾個針對捐贈者的疑問，不過都以與倫理委員會協議在先爲由，一概拒答。

現在是晚上十一點半，即將邁入第十一天。眞是漫長又緊張的一天。連接上的回路是否能順利運作？移植者的清醒，令人又期待、又害怕。

1

一開始感覺還像飄浮在夢中，不過混濁的部分漸漸散去，只留下隱隱約約的黑暗。接下來，我的耳朵聽得見了，那聲響類似遠方吹過的一陣風，然後是某種金屬聲，我忍不住抽動了一下臉頰。

「有反應了。」

有人發出聲音，是個年輕男子，原來我身邊有人。爲什麼看不見？但我馬上發現是因爲自己雙眼緊閉。指尖傳來毯子的觸感，看來我好像躺著。我慢慢睜開眼，一道白光迎面而來，非常刺眼。我只把眼睛睜開一道縫，等一會適應光線之後，才眨了眨眼。

眼前出現三張面孔，兩男一女，眼神都充滿緊張，似乎盯著什麼可怕的東西。他們全都身穿白袍。這裡是哪裡？

「你看得到我們嗎？」三人之中看來最年長的一名白髮男士問道。他的眼角與額頭有無數皺紋，戴著一副金邊眼鏡。

看得到——我想回答，卻發不出聲音。雖然知道該怎麼出聲，但喉嚨和嘴脣僵硬，好像不是自己的。我勉強想發出聲音，卻發現得先嚥口口水潤溼一下喉嚨才行，我發出的話語根本不成聲，只是失態地乾咳了幾下。

「不必勉強，只要點點頭或搖搖頭就行了。」白髮男士語氣謹慎，我聞言眨了兩、三下眼後點點頭。他見狀似乎大大放下心來，吁了口氣說：「他不但聽得見，似乎也能理解話中的意思。此外，視覺也正常。」

我吸了一口氣，謹慎地試探喉嚨的狀況之後，開口了：「這裡……是……哪裡？」

這句話似乎令他們興奮莫名，每個人的眼睛都亮了起來，望向彼此。

「他發問了。成功啦，博士！」下巴尖尖的年輕男子說道。大概是情緒激動，他的臉泛起紅潮。

白髮男士輕輕點了一下頭，然後看著我的眼睛說：「這裡是醫院，東和大學附屬醫院第二病房。你聽得懂這段話的意思嗎？」

我輕點了個頭，男士確認之後繼續說：「我是負責幫你動手術的堂元，這兩位是我的助理，若生和橘。」

他一邊介紹，尖下巴的男子和另一名年輕女子依序輕輕頷首致意。

「我……為什麼……會在……這裡？」

「你不記得了吧？」

這位叫堂元的博士一問，我閉上眼思索，感覺好像作了一場漫長的夢，在這場夢之前，發生了什麼事？

「如果想不起來，不用勉強。」博士說。

這時，我的眼瞼內部無預警地出現一道人影，是名男子，看不清楚長相，他拿著一樣東西。他把手上的東西指著我大喊。不對，大喊的人是我？男子手上紅光一閃……

「槍……」我睜開眼，「手、手……槍……」

「對，你想起來了。你被手槍擊中才送進醫院的。」

「擊……擊中……」我試圖回想更多細節，但記憶就像覆上一層薄紗，模糊不清。

「不行……我……想不起來。」

我搖搖頭，又閉上眼睛，下一瞬間，後腦杓有種被拉扯的感覺，緊接著全身的五感瞬間消失。

【堂元筆記 2】

三月三十日，星期五。

移植者清醒了。語言中樞看來無異狀，只不過似乎還無法進行長時間的精神活動，記憶的缺失也一如預測。移植者清醒後經過一分四十二秒，再度進入睡眠狀態。

2

我在水中。

我抱著雙腿，像體操選手一樣一轉圈轉個不停，頭一下子朝上方，一會兒又朝下。四下一片昏暗，完全感受不到所謂的重力，也搞不清楚哪裡是上、哪裡是下。水不冷也不熱，正是適溫。我持續轉著圈，開始聽到各式各樣的聲響，有時如地鳴，有時像瀑布流洩，還有風吹的聲響，以及人們的交談聲。

回過神，發現我在一片草原上。我隱約記得這個地方，從就讀的小學往南直走就會來到這兒了，四周是一間間的舊倉庫。

我們一共四個人，全是住在附近的同學，大家約好一起去抓蟋蟀。這天是我第一次加入抓蟋蟀的行列。

但是找了半天卻沒發現蟋蟀，聽說前一天明明出現了很多。其中一個同學竟然說，都是因爲帶我去，蟋蟀才會全跑不見的。其他兩人也跟著附和，說搞不好眞是這樣，下次乾脆別找我去了。我一邊撥開草叢前進，聽著背後他們的對話，雖然很不甘心，卻沒能反駁，也不敢露出怒意。

就在這時，我面前冷不防出現一隻黑色大蟋蟀，因爲太過突然，我還沒伸手去抓就先大喊出聲，這麼一來卻驚擾到蟋蟀，只見牠倏地逃進草叢。

同學過來問我發生了什麼事，我怕他們責怪我讓蟋蟀跑掉，就瞎扯說看到了怪蟲。其中一個同學看著我說，騙人的吧，一定是看到了蟋蟀。我猛搖頭，堅持沒看見。結果那個同學又說了，怪蟲也好，先抓來看看再說啊，還炫耀他自己曾抓過蜈蚣。

後來怎麼都找不到蟋蟀，等到我從長得高高的草叢中走出來時，已經不見其他三人的蹤影，只有我的腳踏車還停在原處。我等了一會兒，還是沒看到有誰回頭來找我，只好騎上腳踏車獨自離開。回到家時，媽媽正在洗衣服，問我有沒有抓到蟋蟀，我說一隻也沒有。

影像到此變得模糊，懷念的老家景象瓦解，我又身在水中了，依舊感覺不到任何重力，我甚至覺得自己化成了水分子。

身體終於停止旋轉了。先前靜止的水開始流動，我順著水流移動，速度極快。我瞄了一眼水流的前方，看到有個小白點，那個小點慢慢變大，大到幾乎能將我整個人包起來時，我看到彼端有個東西，揉揉眼定睛一看，那是張桌子，一旁的椅子有人坐著。一開始，那人一動也不動，但我直盯著那人瞧，那人於是轉向我——

「你醒啦。」

這道聲音讓我全身上下的神經同時動了起來，就像相機鏡頭的虹彩光圈打了開來似地，周圍的景象逐漸開展。坐在椅子上的女子看著我微笑，我見過這個人。

「妳……是？」我出聲了。

「你忘啦？我姓橘，是堂元博士的助理。」

「堂元……哦哦。」

雖然花了一點時間，我想起了那個名字。感覺自己一直身陷難以區分夢境與現實的狀態，但我的確好像中途曾清醒過一次，當時也見到了這名女子。

助理橘小姐按下桌上的對講機按鈕，說道：「醫師，患者醒來了。」接著她幫我調整枕頭的位置，問我：「覺得如何？還好嗎？」

「我……不知道。」我回答。

「你好像作了夢？」

「作夢？嗯……對，夢到小時候的事。」

但是，那算是夢嗎？那是眞實發生過的事，細節鮮明到連我自己都嚇了一跳，不過爲什麼會想起那件事？明明這麼多年來從沒想起過的？

沒多久響起了敲門聲，進來的是一名白髮男士，我立刻認出他是堂元博士。博士低頭看著我，第一句話就問：「還記得我吧？」我點點頭，接著回應：「我記得你，也記得旁邊的助理若生。」博士似乎放下心中大石，輕吁了一口氣。

「那麼，你知道自己是誰嗎？」

「我是……」我想說出名字，但嘴張開就停了下來。自己是誰，這種問題應該連想都不必想就能回答，我卻沒能馬上說出來。

突如其來的一陣耳鳴，宛如蟬鳴般斷斷續續襲來，我抱著頭，「我……我是誰？」

「冷靜點，別心急。」堂元博士扶著我的雙肩，「你受了很嚴重的傷，動過複雜的手術，導致記憶暫時凍結。所以只要靜心等候，你的記憶應該會像冰塊融化一樣慢慢恢復的。」

我盯著博士金邊眼鏡後方那雙略帶淺褐色的眼眸，心情竟然不可思議地平靜了下來。

「輕鬆點，全身放鬆。」博士的聲音鑽進耳裡，助理若生也說：「別急，調整一下呼吸。」

然而我的腦中一片空白，空無一物，什麼也想不起來。我閉上雙眼，反覆深呼吸。

有個隱約的東西浮現了，只是就像阿米巴原蟲，起先沒有固定形體，一逕浮游著，然後逐漸成形。

那是一件棒球球衣，而且很小一件，是兒童尺寸。我想起穿著那件球衣的男孩，他是住在我家附近的同學，我們曾一起去抓蟋蟀。只見同學張大了嘴喊著什麼。

「純……」我低喃道。

「你說什麼？」

「純……是我的名字……有人……這樣叫我。」

博士大大地向前探出身子，「沒錯，你就叫純。」

「我叫純一……純金的純……第一的一。」

接著，許許多多事物彷彿以這個名字為中心，像以火烤逼出隱形墨水似地漸漸浮現。舊公寓、舊桌子，還有舊時光。一名身材高眺的女孩，有著一張雀斑臉，她的名字是……小惠。

頭痛了起來。我皺著臉，兩手按上太陽穴，卻觸到了繃帶。怎麼回事？怎麼會有繃帶？

「你被打中頭部。」助理橘小姐好像察覺到我的心思。我看向她，覺得那面容似曾相識。她不算美女，倒是和某個外國電影女明星有幾分相似，只是名字我一時想不起來。

「我的頭……後來……治好了？」

「你得到了最新醫療技術的加持，而且還很幸運。」助理若生說道。這個人感覺不像醫師，比較像銀行行員。

我試著動了動毯子下的手指與腳趾，全都完好無缺，看來四肢還健全。我伸出右手，看了一會兒之後，用那隻手摸摸臉。感覺沒什麼嚴重的傷痕，看樣子挨子彈的好像只有頭部。

我試著坐起身子，全身卻重得像是埋了鉛塊，我試著多使上點力氣，但很快便放棄了。我嘆了口氣。

「還是先別勉強比較好。」堂元博士說：「你這段時間消耗了很多體力，畢竟已經昏迷三個星期了。」

「三個星期……」我實在無法想像，這到底是什麼狀況。

「你放鬆心情盡量休息就對了。」博士隔著毯子在我肚子一帶輕拍了幾下，「要有耐心等待恢復，沒必要心急，你有非常充分的時間，而且有很多人都為你祝福。」

「很多……人？」

「是啊，甚至可說是全世界的人呢。」

博士說完，旁邊的兩名助理也用力點頭。

3

接下來也是睡眠與清醒交錯，重複著比先前的狀況短上很多的循環。據博士說，這樣的循環會幫助我的頭腦一點一點逐漸恢復，最好的證明就是我每次醒來時，記憶便如同浪潮般湧現。

我的名字是成瀨純一，任職於一家工業機械的售後服務工廠，主要工作內容是應對客訴以及維修損壞的機械。淺藍色制服因爲長期在工廠沾到油料，已經變成接近灰色。在公司裡，我的綽號就叫「好好先生」。前輩說，只要是主管說的話，不管什麼我都說好，唯命是從。

至於到了星期六、日，我就會面對著畫布作畫。繪畫是我的樂趣之一，去年年底我才剛買了一套新的油畫用具。

我住的地方是個狹窄的公寓套房，雖然號稱「大廈」，卻不是那麼一回事。如果眞是「大廈」，廚房空間根本不可能狹窄到每次煮飯時還得一腳穿上拖鞋站到外頭。

公寓……

對了，那棟環境惡劣的公寓，正是害我遭遇這場悲劇的元凶。那天，我到附近的房屋房仲想找間稍微像樣的房子，卻在那兒遭人槍擊，頭部受傷。

記得是下午快五點的時段，我之所以選了那家房仲，並沒有特別的原因，只是因爲在店外頭看到他們的客服人員，感覺滿和善的。通常那種會出現一臉嚴肅男店員的店家，我都盡量不走進去。

進到店內，迎面的櫃檯有個年輕的女顧客正在和客服交談，靠裡側還有五名行政人員在座位上工作，分別是三男兩女。

左手邊有一組氣派的待客用沙發，坐著一名身穿白色開襟毛衣、氣質優雅的婦人，正和一名看似店長的客服喝著茶，兩人有說有笑。我想婦人來這兒詢問的內容，和我應該是屬於完全不同的層次吧。

在我前方是一名年輕女子，只見她攏起長髮，大概是沒找到合她心意的物件，一臉悶悶不樂地離開櫃檯。「要是找到好物件，我們會立刻跟您聯絡的。」臉形細長的男客服對女子說道，女子只是回身輕輕點頭致意便走出了店門。

「藤田，差不多可以關上大門了吧？」這位男客服在招呼我之前先交代同事，一名戴著圓框眼鏡的女員工應聲後離座處理。這家房仲好像五點打烊，女員工朝門口走去。

細長臉形的男客服換上職業笑容轉向我，「不好意思，讓您久等了。」

我走近櫃檯對他說：「我想找房子。」

「請問您想找什麼樣的房子呢？」

「很普通的房間，要有個能開伙的廚房……」

「所以就是一房一廳一廚嘍。」男客服不太耐煩地說：「租屋嗎？」

「是的。」

「地點希望在哪一帶呢？」

「大概就在這附近……離車站稍微遠一點也無妨——」

我話還沒說完，男客服就拿出一旁一疊厚厚的檔案夾，裡頭記錄了各種物件資料。

「請問您的租金預算上限是多少呢？」他翻著檔案問我。我本來打算說個比現在房租高一點的金額，但瞄到檔案記載的內容後，硬生生把話吞了回去。上頭的金額比我預想的要高出許多。

「您的預算呢？」見我沒回答，男客服一臉狐疑地再次問我，我忍不住隨口說了一個比預算高出許多的數字，對方的臉色立刻和緩下來，繼續翻閱檔案。

你在胡扯什麼呀！——我暗罵自己。找到一間付不起房租的房子又能怎樣？得趕緊把預算下修才行，但我實在提不起勇氣，因爲這麼一來肯定會受到對方更不友善的眼光。

我開始思索，面對男客服推薦的物件該用什麼藉口回絕？看來只能隨便找個理由推掉，然後打道回府了。是說我到底爲了什麼跑這一趟啊？

男客服好像找到了適合的物件，將檔案資料亮到我面前，我姑且裝出感興趣的樣子，湊上前瀏覽。

就在這時候，他來了。

他是什麼時候進來的？我沒注意到。說不定是和剛才那名年輕女子擦身而過，也可能是趁圓框眼鏡女員工關上大門之前衝進來的。

他就站在我和男客服旁邊，好像在聽我們的對話。我看不出他的年齡，似乎和我差不多，也或許大個幾歲。他身穿駝色風衣，戴著深色墨鏡。

男客服應該是正打算對他說「請您稍候一下」，因爲我看到男客服張開了嘴，但搶在男客服出聲之前，他展開行動了，只見他慢慢伸出插在風衣口袋裡的右手，那隻手握著一個黑色塊狀物。

「不准動，老實聽好了。」他的語調沒有高低起伏，聲音卻非常清晰。

店裡所有人都看向他，但一時之間似乎沒能理解他掏出了什麼，說了哪些話。當然，我也一樣，只不過因爲從一開始就看到他的行動，也早一步察覺了他右手裡握的是什麼。

一個中年女員工正在講電話，他把槍口朝著她命令道：「找藉口把電話掛了，講得自然一點。」女員工吞吞吐吐地兩、三句講完後便掛上話筒。

「放下百葉窗。」他命令坐在窗邊的男員工，男員工慌忙衝過去放下百葉窗。至於大門的百葉窗則早已放下。

他看著我問：「你是來找房子的？」

我看了看他手上的槍，默默點了個頭，卻發不出聲音。這是我第一次親眼看到眞正的手槍，閃著黑色光澤的槍身非常嚇人。

他瞥見放在櫃檯上的檔案，臉頰抽動了一下，「眞奢侈。一個人只要住兩、三坪的套房就夠了。」

不用你多管閒事——我要是稍微有點膽識，就會這麼回他了，但我的嘴巴像被黏住似的，根本張不開。我心驚膽戰地看著他的眼睛，墨鏡之後的那雙眼宛如死魚，毫無生氣。

「退到裡面去，慢慢走。」

我照他說的轉身向後走。其實不用他說，我一雙腿早就嚇得僵直，也只能緩慢行動。好不容易走到待客沙發處，我看到那名氣質優雅的婦人和年長的胖客服依舊坐在沙發上，兩人都是一臉蒼白。

接著，他轉身看著胖男人問道：「你是店長嗎？」

胖男人晃著滿是贅肉的臉頰點點頭。

「很好，叫你的下屬把錢收一收，全放進這個包包裡。」說著他把腳邊一只大波士頓包放到櫃檯上。

「我們店裡不放現金的。」店長的聲音顫抖。他一聽，倏地走上前兩、三步，槍口對著店長。

「你們家社長明天要出門買一塊觀光用地，到時候爲了表示信用，會拿出兩億圓現金給當地的有力人士看。那筆錢應該就暫時收在你們這裡的保險箱裡，我就是叫你拿那筆錢出來。」

「你怎麼知道……」

「就是知道才上門來啊。聽懂了就乖乖照做，不要拖拖拉拉的，我一不耐煩就會想開槍。」

被手槍抵住的店長害怕得吞了口口水，「我知道了……佐藤，照他說的做。」

聽到店長這麼說，坐在窗邊的男員工站了起來。

名叫佐藤的員工前往保險箱把錢塞進包包時，所有人都得站起來，雙手放在頭上，這也是他的指示。他靠著牆，嚴密地監視著每個人的一舉一動。

我思索著有沒有什麼辦法通知外界，卻想不出好法子。這裡不是銀行，應該沒有設置與警局連線的警鈴，這麼看來，只有等他離開之後盡快報警了，何況說不定他早就切斷電話線了。

就在我想著這些事時，視野一角突然出現動靜。我悄悄轉動眼珠看過去，登時心頭一驚。

沙發靠背與牆壁之間，躲著一個三、四歲的小女孩，大概是那位身穿白色開襟毛衣女顧客的小孩吧，由於依照那男人的指示，女顧客把雙手放在頭上，緊閉著眼，極度的恐懼讓她驚慌失措，完全沒發現女兒已經不在自己身邊。

小女孩從沙發後伸長了手，試圖打開玻璃窗，那扇窗戶沒上鎖。

危險！——我的腦袋出現這兩個字的瞬間，他已經看到小女孩。她打開窗戶，正要探出身子。

他什麼也沒說，直接將槍口對準小女孩，臉上表情完全沒變。看到那雙毫無情緒的眼睛，我覺得他真的會開槍。

危險！——我大喊著衝過去把小女孩拉下來，緊接著聽見有人尖叫，同時響起另一道聲響，下一秒，我彷彿被巨大的力量瞬間彈飛，全身就像燃燒般灼熱。

我就這樣失去了意識。

4

我遵照堂元博士的指示，讓自己長時間療養。我住的個人病房比自己租的公寓房間還寬敞，照顧我的工作主要由橘小姐負責，就是那位酷似某個女演員的女子。不僅面對她時如此，一開始我還不太了解堂元博士和助理若生，總是不太能放鬆心情和他們交談；每次他們突然問我問題，我只是緊張得要命，說不出話。以前朋友說過，我最容易窮緊張了，沒想到在記憶恢復的同時，居然連這種毛病也一起冒出來，眞是諷刺。不過經過多次交談之後，現在比較能夠輕鬆交談了。

我身體復原的狀況比預料中順利得多，從長期昏睡中醒來，五天後就能在床上坐起，又過了三天，已經能吃一般的食物了。能吃東西眞的很開心，先前入口的都是不知道由什麼東西弄成的液狀物，口味糟到我忍不住想詛咒自己的味蕾。話雖如此，在昏睡期間好像是以插管來供給養分，相較之下，光是能用自己的嘴巴進食，或許就算幸福了。

至於我的記憶部分，目前好像也沒什麼問題，現在我已經能背出所有朋友的電話號碼，不過話雖如此，也不知道往後會出現什麼後遺症，我不免有些憂心。

由於病房內就有廁所，我幾乎一整天都待在這間病房裡，只有需要做腦波測試或是電腦斷層掃描時才會走出病房。第一次出去到走廊上時，我仔細觀察四周環境，發現這裡和以往見過的醫院大不相同，首先，除了我現在住的房間之外，沒有任何稱得上是病房的房間，只有門牌寫著「手術室」、「實驗室」、「分析室」各一間，其他房門都沒有任何標示，而且這三道門都緊閉著。我看向自己待的那個房間的門牌，上面寫著「特別病房」，我卻不清楚是哪裡特別。

還有一點和一般醫院不同，那就是院內規畫極度簡約。環顧四周，眞的空無一物。沒有椅子，也沒有飲水機，牆上連張宣傳紙也沒貼。此外最大的不同就是，我在這裡除了堂元博士和另外兩名助理，從沒見過其他人。

「這裡和一般的醫療單位是分開的。」做完腦波檢查準備回病房時，橘小姐幫我推著輪椅一邊對我說：「你接受的手術是前所未有的創舉，而這個樓層就是專門研究這個技術的地方。」

「算是醫院內的研究單位嗎？」

「可以這麼說，這裡有最齊全的最先進設備喔。」橘小姐似乎對於自己待在這樣的工作場所感到相當驕傲。我實在無法相信，自己竟然是這麼重要的研究對象。

第十天，吃完早餐後，我對橘小姐說了幾件我很在意的事，一共有三件，第一是關於射傷我的歹徒，我想知道那個男人後來怎麼了。

「我也不清楚詳細狀況，不過報上說他死了。」她邊收拾餐具邊回答。

「死了……？怎麼會？」

「聽說他射傷你之後逃了一段路，但是在警方追捕之下，最後發現無處可逃就自殺了。」

「自殺……」我想起男子那毫無感情的面容。他在臨死前，臉部會因爲恐懼而痙攣嗎？還是依舊沒有表情？

「橘小姐。」我提心吊膽地問：「可以讓我看看報紙嗎？我想親眼看看那個案子最後怎麼收尾。」

收拾完餐具端著托盤的橘小姐只是對我搖搖頭。「我了解你的心情，但是，等出院再說吧，現在給你看的報章雜誌都必須經過堂元博士同意才行。」

「我只看標題就好了。」

「這些都是爲了你著想。」橘小姐斷然回絕，「大腦這個器官，遠比你想像中敏感，而且只是忍一陣子別看報紙而已。」

她都這麼說了，我也無言反駁。

我在意的第二件事，就是醫藥費。看樣子我好像動了一場很不得了的大手術，之後還接受了特別看護，而且似乎還得住院住上好一陣子。我不清楚這方面的行情，不過不難想像應該是一筆不小的金額。

「嗯，大概是一大筆錢吧。」橘小姐爽快地直說了。

果然如此。我已經有心理準備了，雖然從沒想過自己有一天會突然得面對這麼大一筆花費，不過既然撿回一條命，也沒什麼好說了。

「請問可以用貸款支付醫藥費嗎？」我邊問，邊在腦中迅速計算自己每個月最多還得起多少，看來只得先打消搬家的念頭了。

橘小姐聽了露出微笑，「這部分你不用擔心。」

「不用擔心？」我睜大了眼睛。

「這次的醫藥費不需要你付，雖然詳細狀況目前還不能向你解釋。」她伸出食指按著嘴角，「這次手術費用全都是從大學的研究預算裡扣除，因為這項手術還沒正式確立，既然還在研究階段，這麼做是很合理的，包括那些檢查的費用也是。理論上你要負擔的只有住院費、伙食費與雜費的部分，不過這些費用也有人代你付了。」

「代我付了？」我忍不住驚呼，「是誰？」

「抱歉，這一點也還不能透露。要是現在告訴你，對你沒好處的。」

「……眞不敢相信，好像作夢，難不成是長腿叔叔？」我搖著頭低喃，想不出有什麼人會對我那麼好，跟我比較親近的人，全都不約而同過著儉樸的生活。「不過你們遲早會告訴我吧？」

「嗯，遲早會的。」她回道。總而言之，確定不需要擔心醫藥費就讓我萬分感激了。

接著我提出第三個疑問。在我住院這段期間，我生活周遭的狀況變得如何了？好比我上班的工廠，我這樣沒有事先交代就請長假，恐怕給大家造成了不小的困擾。

「這部分你也不必擔心。」橘小姐說，「我們已經跟你公司聯絡過了，他們願意延長你的休假直到出院，只不過不適用給薪的特休就是了。」

「太好了，我還怕出院後不得不辭掉工作。」

「沒那回事，你之所以受傷是因爲想救小女孩呀，聽說你公司對此也感到很驕傲，況且他們好像也很稱讚你平日的工作態度呢。」

「眞的嗎？」

「你不是大家公認的認眞員工嗎？」

我苦笑著搔搔頭，上司可能確實頗中意我的吧。「前輩都說，我的認眞都是出於膽小；看起來認眞，說穿了只是被上司馴養得乖乖的罷了。」

「哎呀，這種說法眞傷人。」

「他們說的或許是眞的吧，因爲上司說的話又未必正確，我卻沒勇氣堅持自己的主張。老實說，我很怕挨罵，這就是他們說的膽小吧，我個性很懦弱的。」

純個性很懦弱呀——這是母親的口頭禪。

「認眞工作又不是壞事，況且眞正膽小的人是不可能冒著生命危險去救小女孩的。拿出自信來！你的公司一定也很賞識你，才會同意目前這種處理方式。」

我點點頭，好久沒人稱讚我了。

「對了，我可以會客了嗎？」我一問，橘小姐的神情又沉下來。

「現在還不行，因爲還有很多問題得解決。」

「就見一下也不行嗎？我希望讓親朋好友看到我健康的樣子，好讓他們放心。」

「很抱歉，沒辦法。你自己可能沒發現，但現階段對你來說非常重要，你的腦部如果受到了不尋常的刺激，很可能無法做出正確的判斷。就某個角度來說，這是非常危險的。」我沒作聲，她又繼續說：「謝絕會客還有另一個目的，雖然目前我沒辦法詳細向你解釋，但此刻全世界都在關注你的狀況，要是在這個當頭開放會客，恐怕會有大陣仗的媒體湧來，那種狀況下，你根本無法好好接受治療。」

「會有大陣仗的媒體湧來？」我盯著她，「會那麼誇張嗎？我不過是被搶匪開槍打中頭部，當然，對我而言是一樁大事件啦，但我想這不是社會大眾會感興趣的新聞吧？更別說受到全世界矚目了。」

然而我話還沒說完，橘小姐就緩緩搖起頭，「你現在還不明白，你能夠活下來、像這樣和我們交談，這其中代表了多大的意義。不久你就會了解一切了。」

「不久？」

「再忍耐一下子吧。」橘小姐溫柔的口吻就像在哄小孩。我卻只能嘆氣。

「好吧，那我只有一個要求。可以讓我拍張照片送去給朋友報平安嗎？可能的話，我還想附上一封短信。」

橘小姐右手貼著臉頰，左手環上右手手肘沉思，然後就這麼偏著頭點了一下。

「拍照應該沒問題吧，不過我想可能需要事先確認一下那位友人的身分。至於短信，我會跟堂元博士商量看看。」

「希望有好消息。」

「不要抱太大期待。現在你的身體……應該說你的大腦，已經不是你一個人的了。」

5

雖然橘小姐說全世界都在關注我的狀況，但我還沒單純到全盤相信這番話。我早在二十多年前就知道，自己沒那種命，我連身處大庭廣眾之下都很不自在，身爲茫茫人海中的一員、平凡過日子才符合我的個性。

純個性很懦弱呀——這句話我不曉得聽爸媽說過多少次了，尤其爸爸看待我的態度，似乎恨鐵不成鋼。爸爸年紀輕輕就自立門戶，雖然規模不大，也經營了一家設計事務所，自然希望兒子和他一樣有幹勁。每次我被鄰居小孩欺負，回家就會被他痛罵一頓。

忘了是幾歲的時候，有一次我被逼著爬上附近的一棵大樹。我很不會爬樹，但因爲怕被罵，只好硬著頭皮爬上去，結果下樹時才爬到一半，到了樹幹稍粗的位置，爸爸就要我直接往下跳。我根本不敢這麼做，死命抱著樹幹哭。爸爸張開雙臂，說他會接住我，要我放膽跳，但我依舊哭個不停。後來是媽媽跑過來說情，說這太危險了，純怎麼可能敢跳？爸爸聽了，還是好一會兒默不作聲，大大張開雙臂等著，許久許久看我沒動靜，才失望地垂下雙手，轉身回屋裡去。我則是繼續哭，一邊想著爲什麼要我做這種事？

上了高中，我開始窩在家裡畫圖，爸爸更不高興了，他認爲年紀輕輕的男孩子，在外頭有更多該做的事，即使是做一、兩件壞事或沒什麼意義的事都好。爸爸總是對我說出這類一般父母不太會說的話。

——不行啦，純個性很懦弱呀。

這種時候媽媽總會這麼說，然後一定會再多加一句：認真又善良就是這孩子的優點啊，但爸爸聽著只是更不開心。

爸爸在我高三時去世，死因是腦蜘蛛膜下腔出血，醫師說是工作過量，也就是過勞死，爸爸的確是個勤於工作的人。這下子，原本我考慮念美術大學的夢想也不得不放棄了。一方面爸爸留下的遺產不多，即使媽媽說她會去工作賺錢撫養我，但我知道自己不能再依賴她下去。

於是，我參加了現在這個公司體系的專科學校入學考，最吸引我的條件就是能夠一邊念書還有薪水可領。除了繪畫，我對機械也有興趣。

學校的就學期間和大學一樣共四年，這段時間一切還算順利，唯獨媽媽心臟病發一事，讓我束手無策。有一天我放學回家就看到她倒在廚房，我明白再也沒有護著我的人了，暗自哭泣了好幾天。

「不要太勉強自己，你只要活得像自己就好。」媽媽在世的時候經常這麼對我說。她非常了解我，我也決定依照媽媽說的走下去，那就是平凡、不起眼，這樣最適合我。

這天晚上，堂元博士帶著若生助理進來病房。和平常回診時不同，博士手上抱著一本大檔案夾，這令我有些緊張。

「感覺怎麼樣？」

「還好。」

「那就好。」博士點點頭，在床邊的椅子坐下，「今天我想給你做點小測驗，目的是確認你的大腦功能恢復到什麼程度。」

「我覺得已經恢復了不少。」

「我想也是。我聽過橘助理的報告了，我們很清楚你保有健康的人格特質，只不過，腦部損傷有時候會以你完全無法想像的形態出現，我們希望能夠更仔細照顧到你徹底痊癒爲止。」博士說著打開放在腿上的檔案夾，「所以我要先問你的名字，然後是年齡和住址。或許你想問爲什麼要明知故問，不過確認你是否知道自己的基本資料，是很重要的一環。」

「我不會那麼想的。我的名字是成瀨純一，二十四歲，住址是——」我流暢地回答，接著博士問了我的家庭狀況和經歷。當我說起爸媽的事，在博士身後聽著的橘小姐或許也心生憐憫，只見她默默垂下了眼，眞是個貼心的女孩。

「你本來想當畫家？」

「是的，現在也還是很喜歡畫畫。」

「哦？現在也是？」博士似乎對這點很感興趣。

「嗯，我們公司是週休二日，我假日的時候大多待在家裡畫畫。」現在我房間裡也還有畫到一半的畫。

「你都畫些什麼樣的畫？」

「各式各樣的，最近主要是畫人物。」而且模特兒都是同一位。

「這樣啊。」博士稍微挺起腰坐好，潤了潤唇說：「那現在呢？還想畫畫嗎？」

「想。」我毫不猶豫地回答。

接下來博士又問了幾個問題，最後做了類似智力測驗的筆試，好確認我的運算能力和記憶力。就我自己的感覺，我的智力和遭逢意外之前似乎沒什麼兩樣。

「辛苦了，今天就先到這裡吧。」博士把我的答案紙塞進檔案夾裡，站了起來，然後像是突然想起似地低頭看著我說：「我聽橘助理說，你想寄信和照片給朋友，是吧？可以。」

「謝謝您。」坐在床上的我點頭行了一禮。

「你說的朋友……」博士從白袍口袋拿出一張小便條紙，「是葉村惠……小姐吧？」

「是的。」我感覺臉頰一陣熱。

「我明白了。其實，自從你被送來這裡，好像有位小姐每天早上都會到服務臺來，問過你的狀況才回去。會不會就是這位小姐？」

「我想應該是吧。」

「有件事，我想先說在前頭。」博士換上比先前嚴肅一些的眼神看著我，「現階段你的一切行動都必須留下紀錄保存在我們這裡，所以你寫的信也得經過影印存檔後再寄出去。」

「您是說要公開我的信嗎？」我不禁拉高了音量。

「不會公開。」博士回答得很肯定，「你的信只是做爲我們研究的素材，必須先保存下來。我們不會給任何人看的，之後要處理掉時，也會請你在場。」

我訝異不已，逐一望向他們幾個人，然而博士和兩名助理似乎都不打算改變心意。

「好吧，那也沒辦法了。」我聳聳肩，「不過，可以幫我寄正本給她嗎？寄影本好像有點……」

堂元博士和若生助理對看一眼之後，對我點點頭，「好吧，我們也退一步。」

博士和若生助理離開病房後，過了一會兒，只有若生助理獨自回來，他拿著一臺拍立得相機，看來是要幫我拍照用的。

「難得要拍照，整理一下吧。」他說著借給我一把電動刮鬍刀，我很感激，因爲要是下巴和臉頰留著鬍碴，總覺得不清爽，做什麼事都很難專心。

刮完鬍子後，病房裡像是展開拍照大會。若生助理隨意幫我拍了幾張，把拍好的照片拿給我看，讓我挑選中意的。其實每張都差不多，不過看到自己映在照片上的模樣不太像病人，我終於鬆了口氣。

「那位小姐是你的女朋友吧？」若生助理走出病房前問我，他的語氣非常自然，於是我也若無其事地回答：「是啊。」

之後橘小姐拿了明信片和簽字筆過來，叫我今晚把短信寫好放在枕頭邊，等小惠來的時候就會幫忙轉交給她。

我確定橘小姐的腳步聲遠離了，才拿起枕邊的明信片和簽字筆。不管怎樣，能夠和小惠聯絡就該感恩了。這段時日，小惠一定擔心得不得了吧，她要是收到我的信，說不定會像個小女孩似地開心轉圈圈，一想像她那副模樣，我的胸口便不由得一陣悸動。

我第一次見到葉村惠，是在兩年前。我平常固定會光顧一家美術用品店，而某天她開始出現在店裡，是新來的店員。雖然稱不上美女，她卻有一種能讓周遭氣氛變得溫暖的氣質。我努力嘗試拋開店員與顧客的立場和她攀談，但從來沒和女孩子交往過的我，連請她上咖啡店的勇氣都沒有，我能做到的就是盡量在店裡待久一點，要不就是多買些零零碎碎的小東西，因為只要多買點，在櫃檯前和她面對面的時間就長一些。

所以一開始開口搭話的反而是她。她問我平常都畫些什麼，我因為太過興奮，冒失地對初次對話的她說出自己正在畫一幅花卉畫。不記得我到底有沒有好好解釋那幅畫的意象了，只見她興奮地說很想看看。

「不如下次我帶過來店裡吧？」這是我想得到的最好的提議了。

「眞的嗎？好期待。」小惠雙掌交疊胸前。

那天我回到家，發現襯衫腋下部位溼了一大片。能夠和她拉近距離，讓我樂不可支。

隔天我帶著畫，滿心雀躍地來到美術用品店外頭，但就在推開玻璃門之前，我察覺到店內氣氛不同於平日。小惠正和一名貌似學生的年輕男子交談，神情不像店員接待顧客，比她昨天在我面前展現的更多了幾分親密。

我當場轉身回家，一回到住處便把畫丟在一邊，整個人無力癱倒。我受不了自己的愚蠢。原來她不只對我一個人特別親切，而是對誰都會講上幾句客套話。要是我當眞了而帶著畫跑去，就算她嘴上沒說，心裡一定會感到爲難吧。

從前也有過類似的狀況。人家只不過稍微對我親切一點，我就高興得飛上天，誤會對方對我有好感，後來才發現那都只是單純的客氣或禮貌上說說好話。事實總是讓我陷入自我厭惡，一次次受傷。

那之後，我好一陣子都沒去那家美術用品店，總覺得很怕見到小惠。

再次碰到她，不是在店裡，而是在公車上。我一下子就發現她了，不過想到她未必記得我，我便沒出聲，沒想到她主動撥開人群走了過來打招呼。

「這陣子都沒看到你呢，很忙嗎？」小惠問我。光是知道她還記得我，就讓我驚喜得腦袋恍惚，「呃，不是……」我只說得出這種傻乎乎的回答。

她接著問：「那幅花的畫，還沒完成嗎？」

啊！我的內心不禁發出驚呼。她望著我繼續說：「上次你說要帶來給我看，是吧？我一直很期待呢，不過都沒看見你來，我想大概是還沒完成吧。」

我凝視她的雙眼，心想，她果然是個好女孩，當初絕不是客氣敷衍才對我說那些話，同時我也對於不相信她一番眞心的自己感到可恥。

我回她說畫已經完成了，她似乎很想趕快看到，於是我鼓起勇氣邀她到住處。「哇！方便嗎？」她面露喜色。

這一切簡直像在作夢，但是葉村惠眞的來到我的住處，看了我的畫，而且不住讚賞。我有股衝動想一把緊緊抱住她，不過我當然做不出那種事，只敢坐到離她遠遠的位置，帶著宛如得到全世界最美的藝術品的心情望著她。

後來我每完成一幅畫，就會讓小惠看看。雖然不是足以自豪的作品，但是只要她看過畫，給我一些意見，我都會開心不已。

「成瀨先生你很喜歡畫花和動物呢。」有一次小惠這麼說，因爲我讓她看的都是這類主題的畫作。我告訴她，其實我很想畫人物。

「畫人物？」

「是啊，不過因爲沒有模特兒……」我看著她的眼神中充滿期待，而她應該也明白我想說什麼吧，因爲她當場皺起長了幾顆雀斑的鼻子，笑著問我：「不是美女也可以嗎？」

「不是美女才好啊。」我說。她一聽，咬著下脣溫柔地瞪了我一眼，「你講這種話，教人家怎麼自告奮勇嘛。」

隔天起，她一結束打工就來到我的住處，當我的模特兒。雖說是爲了作畫，和她獨處的時光，對我而言十分寶貴。我們倆聊起自己的背景。小惠的父母還在鄉下老家，她是隻身來到東京，當初的夢想是成爲設計師，但發現自己似乎沒有天分於是作罷，即使如此，她還是不想回鄉下依賴父母，寧願留在東京過著省吃儉用的生活。

「不過妳還這麼年輕，竟然就放棄了成爲設計師的夢想，太可惜了。」

聽到我這麼說，小惠露出落寞的笑容。

「就因爲很年輕卻完全沒有創新的想法，所以我死心了。」

「我覺得設計這條路又不是有創新想法就能決定一切的。」

「不用安慰我。我很清楚，自己在各方面都低於平均水準，既不起眼，又沒有什麼可取之處。」

「妳很顯眼，而且跟妳聊天非常開心啊。」我原先的用意是想說些她的優點，卻發現這聽來也像某種表白，頓時脹紅了臉。她似乎有些難爲情，一會兒之後才說：「謝謝，你人眞好，我也很欣賞你喔。」這下子我的臉愈來愈燙了。

我竭盡全力試著把自己眼中的她的魅力展現在畫布上，尤其要把象徵她魅力的雀斑畫得維妙維肖，更是一項艱難的作業。

我可不脫喔！——這是她當初開的條件，所以我從沒畫過她的裸體，但她在進出我的住處將近一個月之後，初次褪下了衣物，就在我向她表白愛意之後。別說做愛了，就連接吻都不曾經歷過的我，覺得只要面對的是她，感覺一切都能夠順利進行，於是我們倆在散亂著畫具的房間裡，合而爲一。

此刻，我的腦海浮現了小惠的裸體，看見她最引以爲傲的一雙長腿。

我回過神，發現自己兩腿之間漸漸充血。我的性功能還沒接受博士的檢查，不過看來似乎沒那個必要了。我拿起簽字筆想了一下，在明信片上寫下第一行：

「小惠，我一切都好。」

【堂元筆記　3】

四月十一日，星期三。

今天爲移植者進行了智力及心理測驗。智力可列入優秀範圍，雖然後續狀況仍有待觀察，但應該沒有大問題。心理測驗的結果也大致良好，唯有幾個無法分析的特殊之處，日後將另行補測。

此外，移植者主動要求寫了一篇記述文，內容是對女性友人報告近況。文字簡潔明瞭，資訊量豐富，並且所言內容前後一貫，文章體裁明確，並無錯字或漏字，對於寫作能力可給予極高評價。

另外，今天使用拍立得相機拍攝了移植者的肖像，從六張照片中讓本人挑選，最後選的是一張從左斜前方拍攝的照片，將提作心理分析的資料。

6

恢復意識之後的第三個星期，某個深夜，我作了噩夢驚醒，是個讓人很不舒服的夢。我夢到那個死魚眼男子一槍打穿我的額頭，這是關於那起案件的記憶第三次重現在我腦中了。

前兩次一醒來時，我還搞不清楚身在何處。我的意識裡，自己似乎是在一個完全不同的地方，雖然我不知道那是哪裡。總之，我都得花上一點時間才想得起來自己為什麼在這間病房裡。

這一天，症狀更明顯，有一瞬間我甚至不知道自己是誰。我抱著頭，把臉埋進枕頭，腦袋深處全是難以言喻的記憶碎片，要等上一些時間才會慢慢成形。

過了一會兒，記憶回來了，我想起自己是誰，同時也有股異樣感，覺得自己的感性似乎有了巨大改變。

我坐起上半身。背部到屁股因爲汗水溼了一大片，睡衣變得冰涼。我下了床，從堆在房間角落的紙箱裡拿出換洗衣服。橘小姐說過，這個紙箱裡放的是內衣褲之類的衣物。

換上乾淨衣服後，身體那股不舒服的感覺消除了，心情卻沒什麼好轉，心臟好像覆蓋著一層黏土，胸口好沉重。但令我納悶的是，我感覺全身的細胞蠢蠢欲動，完全無法平靜，自己也不知道究竟是怎麼回事。

喉嚨很渴，卻提不起勁去拿起枕邊的水壺。不知怎的，我突然莫名地想喝罐裝咖啡，眞怪，我這輩子沒喝過幾次罐裝咖啡，也不是特別喜歡，現在卻想喝得不得了。

我掏了掏掛在衣架上的長褲口袋，我的黑色皮夾依舊收在口袋裡原封不動，就和那天我出門前往房屋房仲時一樣。

我往房門走去，不經意朝洗手臺的鏡子看了一眼，卻當場愣住——鏡子裡居然出現一個從沒見過的人，我忍不住後退幾步。

但鏡子裡的人也同時往後退。我動了動手，鏡中人也做出相同的動作。我搔搔臉，鏡中人則以另一隻手搔著臉。

我貼近鏡子，仔細看著鏡子裡的男人。一開始覺得那是陌生人，但看著看著終於知道那就是我自己。對呀，這是我的臉，根本不用害怕嘛。話說回來，要認出自己的模樣怎麼得花這麼長的時間呢？

我定了定神，抓著零錢，輕輕打開門窺探外頭的狀況。只有小夜燈發出微弱的光線，走廊一片昏暗。看來沒人監視，我迅速溜出病房。

我知道這一層樓沒有飲料自動販賣機，總之這一帶空無一物，於是我決定下樓看看。

電梯顯示「暫停使用」，而旁邊就是一道樓梯，我走了過去。

不過我才走下樓沒幾步就不得不停下來，因爲樓梯出口被一道鐵捲門擋住。我張望左右，沒看到鐵捲門的升降開關。

我衝上樓，朝走廊另一頭跑去，我曉得盡頭有一處逃生梯。我握著安全門門把用力拉，門卻文風不動，抬頭一看，門被金屬片固定死了。

眞是豈有此理！我用力踹門。怎麼能封死逃生門？這麼一來要是發生火災該怎麼逃生啊！

我又折回樓梯，這次往上樓方向試試，還好這個方向並沒有鐵捲門擋住。

這是我第一次來到其他樓層，果然這層樓的走廊上也空無一物，看來是沒辦法喝到罐裝咖啡了，不過我還是繼續往前走。

眼前接連兩間都是個人房，大概是博士或其他助理留在這裡過夜吧，我知道他們這陣子幾乎都沒回家。

對面房門稍稍開著，我靠過去，深呼吸之後，走進房裡，伸手摸到牆上的開關一開，室內瞬間籠罩在刺眼的白光中。

房間中央是一張大檯子，上頭擺放著各式各樣的測量儀器。

牆邊有藥品櫃和櫥子，也有類似碗櫥的櫃子，但裡面擺的不是玻璃杯或咖啡杯，而是燒杯和燒瓶之類的。

我忍不住輕聲發出歡呼，因爲我看到了冰箱。那是個多達五門的大冰箱，低沉的壓縮機聲響顯示電源是開著的。我想冰箱裡就算沒有罐裝咖啡，應該也有其他飲料，搞不好還有啤酒呢。看若生助理那副模樣，他的酒量應該相當不錯。

我嚥下口中分泌出的口水，滿心期待地打開冰箱其中一道門，看到整排的小罐子，我忍不住露出微笑，但我立刻發現自己會錯意了，因爲一般罐裝咖啡的標籤上不可能寫著化學式。

打開冰箱的其他門也一樣，裡面放的全是裝著不明液體的試管或藥瓶。

我最後打開的是最靠邊上的一道門，上下層分別放了兩個手提現金箱大小的玻璃容器，裡面裝滿灰色液體，仔細一看液面還漂著像是大塊肉片的物體。我瞪大眼睛瞧，恍然大悟那是什麼之後，強烈的噁心猛地湧上。

那是腦。白白的，看起來有點像扯破的橡膠球殘骸，但形態之特殊，正是如假包換的人腦。

玻璃箱上貼著一張白色標籤，我強忍著胃囊的翻攪，看到標籤上以麥克筆寫著「捐贈者2號」。

我看向另一個玻璃箱，也是同樣的狀況，不過這個箱內漂浮的肉片細微得多，標籤上的字是「移植者JN」。

JN？

我正納悶是什麼意思，腦中倏地浮現了自己名字的縮寫。一瞬間，梗在胸中的那團東西急速湧上，這次再也忍不住了，我大口大口嘔著，全吐在地板上。

我關上冰箱門，衝出房間，跑下樓梯，在走廊上狂奔，躲回自己那間被稱做「特別病房」的房間。我鑽進了被窩，卻完全沒有睡意。直到早上，我都在思考著關於自己和自己的大腦。JUNICHI・NARUSE(*1)……，JN。

那塊肉片，是我的腦嗎？

假設我的腦就在那個玻璃箱裡，那現在在我頭殼裡的，又是誰的腦？

7

隔天一大早橘小姐就來了，她說堂元博士找我。

「好像是很重要的事。」橘小姐的笑容看起來另有深意。

出來走廊，她不發一語往前走，我只好跟在她後頭，一直來到分析室門口才停下腳步，橘小姐敲了幾下門後，「請進。」房裡傳來博士的回應。

我第一次進到分析室。這個空間不是提供檢查或進行療程的，而是透過各種方式處理先前取得的數據資料的地點，室內七成的空間都被電腦和周邊設備占據，剩下三成空間則是書桌和櫃子，堂元博士就坐在深處的書桌前寫東西。

「我快好了，你先在那邊的椅子坐一下。」不停動筆的博士說道。我張望一圈之後，拉開靠在牆邊的摺疊鐵椅坐下。

「醫師，我呢？」橘小姐問他。

「妳先出去吧。」博士回答。

我環顧室內，心想能不能發現什麼跟我有關的事物，但只看到牆壁上貼了一些紙張，上面寫的數字不曉得代表什麼意思。

等了將近十分鐘，「好了，弄完了。」博士低語，接著把自己剛才寫的文件放進一只咖啡色大信封，仔細以漿糊封口之後，望向我露出一臉笑容，「這份資料要寄給我在美國的朋友，我信得過他，他能給我很好的意見。」

「裡面是跟我有關的資料嗎？」

「當然嘍。」博士把旋轉椅轉了個方向，面對我說：「你靠過來一點。」

我雙手抬起鐵椅，屁股依舊貼在椅子上往前走。

「好了。」博士摩擦著雙手手掌開口了：「我先問你的目的。昨晚大半夜的，你是不是突然很想要找出什麼東西？」

我正視著博士，緩緩靠上椅背，「您果然知道了。」

「因爲你在低溫保存櫃前方留下了線索。」

*1 即「純一．成瀨」的羅馬拼音。

他指嘔吐物。

「不好意思，我把地板弄髒了。」

「要道歉的話去跟橘助理說吧，是她負責打掃的。」

「我會去道歉的。」我點點頭，接著重新坐正，「我半夜突然覺得口渴，於是離開病房，因爲很想喝罐裝咖啡，所以我去找自動販賣機了。」

「罐裝咖啡？」博士一臉詫異。

「是。不知道爲什麼，昨晚特別想喝……」

「嗯。」博士雙手十指交握，「不過我們這裡沒有販賣機吧。」

「沒有。別說自動販賣機了，連……甚至連出口也沒有。」

「出口？」

「是的。電梯暫停使用，樓梯間有鐵捲門擋著，緊急逃生門也被鎖死。我眞的不懂，爲什麼會這樣？」

我語氣強硬地說完，博士顯得有些爲難，抿起了嘴，但這神情只是一瞬間閃過，他很快便恢復穩重，語帶安撫對我說：「關於這整件事情的來龍去脈，必須慢慢跟你說明，不過因爲一開頭就相當難解釋，雖然遲早都得向你說清楚，問題就在於什麼時間點才是適當的。」

「不要緊的。」我告訴他，「請您儘管說，從頭到尾、把一切都告訴我。我是受了什麼樣的傷，到院狀態如何，還有——」我嚥了口口水繼續說：「我的腦子究竟發生了什麼事……」

「嗯……」博士低著頭，雙手十指一下子交叉，一下子又鬆開，然後再度抬頭看我，「你看到保存櫃裡的東西了？」

「看到了。」我回答：「也看到那個寫著ＪＮ縮寫的箱子。」

「真是的，明明交代過不要標姓名縮寫。」博士不滿地啐了一聲，「單寫『移植者』就夠了，反正現在全世界只有你一個。眞是的，若生老是在這種小地方莫名其妙地一板一眼。」

「移植者是什麼意思？」我問道：「能請您解釋一下嗎？」

博士一動也不動，沉默了將近兩秒鐘之後，豎起食指，同時拿起隨意放在桌上的報紙，遞到我面前。「你先看看這個。」

我接過報紙，一開始就攤開體育版，這是我的習慣。很久沒看報章雜誌了，眼底感覺刺刺的。看到支持的職棒球隊輸球，我忍不住癟起嘴。

「不是要你看體育版。」博士說：「看看頭版吧。」

我闔起報紙，翻回頭版，最先看到的是角落一小篇關於股價波動的報導，接著慢慢移動視線，看到版面正中央的大照片。照片上是三名男人召開記者會，正中間的正是堂元博士，上方的大標題寫著「腦部移植手術順利完成」。

我像反芻似地一次次看著那行標題，思索著「移植」這兩個字的意思，同時抬起臉問道：「腦部移植？」

「沒錯。」博士緩緩點了點頭，「你再往下看一段。」

我的目光又移回報紙上。

東和大學醫學院神經外科堂元博士等人，九日晚間開始進行全球首次成人腦部移植手術。手術歷時約二十四小時，在十日晚上十點二十五分順利完成。根據醫療團隊表示，患者A先生（二十四歲）目前仍處於昏迷狀態，預計應該在兩、三天內，腦部功能將開始逐漸恢復——

我感覺全身血液倒流，身子熱了起來，心跳加速，耳朵後側的血管劇烈脈動著。「這裡寫的A先生……就是我嗎？」

博士以眨眼代替點頭。

「移植……？我的頭裡……移植了別人的腦？」我雙手抱頭。

「是的。」

「怎麼可能……」我呻吟著，「腦怎麼可能移植⁉」

「別把腦想得太特別，其實就跟心臟、肺臟一樣，是由單純的細胞經年累月進化而來。嗯，雖然以基督教徒的角度來看，這些都是神創造的就是了。」

「可是……腦是特別的啊……」

「以機器來比喻的話，就像是電腦吧，所以故障的部分當然可以維修，也可以視情況更換零件。你本身也是修理故障機械的專家吧？即使機械的心臟部位壞了，也不該輕易放棄整臺機械呀。不，這種狀況講『心臟部位』可能會造成混淆，應該說『中樞部位』。」

「聽起來好像科幻小說。」

「最近的科幻小說更進步了，況且腦部移植本身並不是多新鮮的話題。一九一七年，有個叫丹的學者已經嘗試過並留下報告；一九七六年，將剛出生的幼鼠的部分腦部移植到成鼠身上，證實還能存活。之後各式各樣的腦部移植手術持續進步著，一九八二年五月，在瑞典爲了治療帕金森氏症，也進行了人類的腦部移植手術。」

「那麼早之前就有了？」我相當驚訝。

「那是比較低階的技術，並不是將他人腦部的一部分移植到患者身上，只是把患者本人腎上腺的一部分移植到腦內一處稱爲『尾狀核』的部位，雖然沒有顯著的效果，但患者不會出現異狀，而且症狀確實有些微好轉。在那之後，腦部移植便成爲治療阿茲海默症和老化現象的方法之一，也開始出現愈來愈多的相關研究。前一陣子才有個案例，爲學習障礙患者前腦葉的前額葉皮質區進行移植，結果成功治療了學習障礙。這個方法在一九八四年曾以白老鼠實驗成功過，所以應該也能夠應用在人體上。」

「但是這篇報導……」我指著報紙，「用了『全球首次』這個字眼。」

「沒錯，這裡指的是成人腦部移植。」博士說著拿起桌上的檔案夾翻開，「過去的腦部移植，使用的都是胎兒腦片，這是因爲考量到神經細胞必須在具備分裂能力的階段移植才能順利連接神經回路。這個考量固然沒錯，但根據之後的各項研究顯示，理論上成人腦的移植並非不可行，這是個大好消息，因爲實際上需要成人腦部移植的狀況還不少。」

「像我，就是這類狀況吧？」

「沒錯。」博士點點頭，「我得先說明一下你被送來這裡當時的情況。子彈從你右後腦射進去，再從右前腦穿出來，簡單講就是貫穿了腦部。」

我聽著不禁嚥了口口水，但博士說起這種事就像家常便飯，「坦白說，我們那時根本不覺得你會康復，即使撿回一條命，大概也沒辦法恢復意識吧。但由於腦中控制各個臟器的部位沒受傷，用個簡單易懂的說法就是，我們認爲你會成爲植物人。」

「太慘了吧。」

「如果你站在我的立場，看到那種狀況，我想你也會得出同樣的結論。不過，我檢查了你的頭部發現，只要有奇蹟出現，你不是沒救的。我說的奇蹟就是能找到適合你的腦，換句話說，我相信你是動了腦部移植手術就能救活的案例。」

「因爲我的傷勢沒那麼重嗎？」

「不是！」博士激動得瞪大了眼，「你可是不折不扣的重傷呀！只不過你受傷的部位在動物實驗階段中得到的結果顯示，是可以接受移植的。」

在動物實驗階段的意思，就表示還沒有經過人體實驗？

「難道先前都沒出現過類似狀況的病患嗎？」我問。

「那倒也不是，類似的狀況多得不得了。」

「但至今從沒動過移植手術吧？這又是爲什麼？」

「因爲條件不完備。」博士神情苦澀地說：「目前研究腦部移植的國家，只要有任何機會，大家絕對會衝第一嘗試的。只是因爲條件不夠完備，所以至今遲遲沒人眞正嘗試過。」

「您所謂的條件是指？」

「就是捐贈者的問題。捐贈者也就是腦部的提供者，由於很少能夠剛好在適當的時機取得新鮮的腦；就算眞的有，還會面臨配對吻合度的問題。」

「配對吻合度？意思是像血型之類的東西嗎？」

「血型也是其中一項，但和其他項目比起來，那只是很低的門檻。」博士伸出右臂，「這得深入到神經細胞層級來說明才行。人的腦神經細胞有很多類型，也可說是個性。可以肯定的是，這個世界上不可能有兩個人擁有完全一模一樣的神經細胞，不過根據我們的看法，在考慮移植可能性的時候，只要有二十六個項目的特性一致就算合格了，理論上也不會有排斥反應，但這種符合條件的人大概十萬人當中只有一個。」

「十萬分之一……」我嘆了口氣。

博士繼續說：「就算沒辦法找到這麼理想的腦，只要有一半，也就是十三個項目符合，就能考慮移植的可能性。但這種狀況下必須做好防範排斥反應的準備。這樣的條件，應該兩百人之中就能找到一個適合的。」

「這樣聽起來比較有可能實現了。不過，即使是兩百分之一的機率，難度還是相當高，看來世界上很難開先例也是無可厚非了啊。」剛才堂元博士說，要找到適合的腦，就等於出現「奇蹟」，果眞是如此，「所以所謂『全球首次』就表示，你們找到適合我的腦嘍。」

「沒錯。你被送來醫院的兩小時前，有個病患剛被宣布心臟死亡，而我們在檢查那個人的腦部時，奇蹟出現了。」

「心臟死亡……，所以是死人的腦啊？」

「沒辦法呀，總不能拿活人的腦吧。」

這倒是。

「配對吻合度如何呢？」

我一問完，博士直直盯著我，深呼吸之後才說：「二十六項。」

「咦？」

「二十六項呀。判斷是否能移植的項目，全數符合。這可是十萬分之一的奇蹟啊。」

我一時不知該如何回應。

「老實說，當初我們很擔心在手續上耗費太多時間。由於這是第一起成人腦部移植的病例，捐贈者的心臟停止也才不過幾小時，不確定能不能及時獲得取出腦部的許可。另一方面，當然，我們也沒有經過你的同意。當時院方召開了緊急審議委員會，我也很擔心保守派的意見會占大多數，沒想到會議時間意外地短。我想原因之一是，這是唯一能夠救活你的方法，而更大的因素是，大家都不想放掉這十萬分之一的奇蹟。而且這對東和大學來說，也是久違的一大機會。」

「眞的是個偉大的嘗試吧。」

聽我這麼說，博士開心地點點頭，「一點都沒錯。」

我又摸了摸頭，這裡頭有著難以置信的奇蹟結晶。不，應該說我此刻還能具備意識，這件事本身正是奇蹟的結晶。

「保存櫃裡的那兩個玻璃箱，你昨晚都看到了吧，那裡面放的就是腦部切片。」

「嗯，都浸在類似培養液的液體裡面。」

「那是特殊的保存液。一個玻璃箱裡裝的是捐贈者的腦部切片，是摘除移植所需部分之後剩下的；另一個是你腦部受傷的部分。兩者都當作標本保存了下來。」

我又覺得一陣噁心，不過這次沒到嘔吐的程度。

「這就是你動手術的前因後果了，有什麼想問的嗎?」

我盤起雙臂，盯著博士的腳邊。聽起來的確有道理，但這些事情竟然發生在自己身上，還是感覺很不眞實。堂元博士剛才說，移植就像機器換零件一樣，但是眞的這麼解釋就行了嗎？

「我……一時也想不到該問什麼。」我搖搖頭。

「假設你中槍的部位在心臟，之後動手術移植了另一個人的心臟，你應該比較能夠坦然接受吧。剛才我也說過，不需要把腦想得太特別。」

「那位捐贈者……就是提供我腦部的，是什麼樣的人呢？我想了解一下。」我才說完，博士就皺起眉頭，鼓著腮幫子。

「不行嗎？」

「原則上必須保密。就連捐贈者的家屬，我們也沒告知他們捐贈者的腦部移植到誰身上。不過講是這麼講，只要查一下當天送到這家醫院的患者，馬上就能找出來了，如果你無論如何都想知道的話。」

「既然已經成了自己身體的一部分，我真的很想知道。」

博士撫著下巴，似乎有些猶豫，但接著輕輕敲了一下桌子。「好吧，不過你絕對不能透露出去。」

「我答應您。」

博士從口袋掏出鑰匙，打開最下方的抽屜鎖，從滿滿的檔案夾中抽出一份，嘩啦嘩啦翻了幾頁之後讓我看。

那份資料最上方寫的名字是「關谷時雄」，年齡二十二歲，是學生，父母都健在。

「他出了車禍，被夾在車子和建築物之間，送醫之後沒多久就過世了。我們和家屬聯繫，得知死者生前曾登記同意器官捐贈，也就是表明自己死後願意提供內臟器官或部分肉體做爲移植用，於是我們就檢查了你們兩人腦部的配對吻合度。」

我長吁了一口氣。一想到在數不清的幸運交錯之下才有此刻的自己，我不知不覺全身緊繃。

「我想去這個人的墳前祭拜，還要向他道謝。」

但是堂元博士搖頭道：「我勸你別這麼做。腦部移植就像是一座冰山，還潛在著很大的問題，其中一項就是：個人究竟是什麼。在解決這個難題之前……不，我想恐怕這個世紀內都找不出答案吧，總之在那之前，你千萬不能對大腦原主人的事追根究柢。」

「『個人究竟是什麼』……？」

「遲早你會懂的。」博士說：「你看了報紙應該知道，你的姓名沒被公布出來，這是我們和媒體達成的協議。在大眾對於腦部移植有正確認識之前，這樣的作法比較妥當。」

「難道有什麼會造成誤解的疑慮嗎？」

「……該說是誤解嗎？」博士避開我的視線，欲言又止，「如果是單純的誤解就算了，我的疑慮是，假設考量到人類眞有靈魂……」

「靈魂？然後還有死後的世界？」

我不禁露出微笑，但博士的神色反倒變得嚴肅。

「別想得這麼輕鬆，世界上有很多人相信靈魂確實存在，而且他們相信是由靈魂控制肉體的。但是有這種想法的人，反而對腦部移植不甚排斥，因為他們相信腦部同樣是受到靈魂支配。」

「所以對這些人而言，腦既然同樣是肉體的一部分，移不移植對於靈魂並不會造成影響吧？」

「沒錯。但實際上所謂的靈魂存在，不過是錯覺，這就是問題的重點所在。」博士說到這看著我，乾咳幾聲之後說道：「嗯，這些事現在還是別講太多，你還沒做好心理準備。」

「無論聽到什麼都不要緊的，請告訴我。」

「時候到了再說吧。現在講這些只會造成你的混亂。我只是希望你了解，還有很多課題需要解決，現階段還不適合公開我們將誰的腦部移植到誰的頭裡。」

博士的說詞十分模糊，只是讓我的好奇心更加無法滿足，只是我也不便繼續追問。

「我們也禁止媒體和你接觸，交換條件是，術後由我們主動定期向媒體提供你的復原狀況。不過還是有人不理會這個決議，想盡辦法偷溜進來。至今大概有兩人吧。」

「所以你們才會把出入口封鎖得那麼嚴密？」

「我們的目的不是把你關起來。」

我點點頭，接著把腦部提供者的資料夾還給博士。「對了，報上寫著醫療團隊，請問其他幾位醫師在哪裡呢？」

「他們是從別的大學來支援的，在這所大學裡參與的只有我們三人。」

「那麻煩您替我向其他醫師問候，說我很感謝各位。」

「我一定會轉達。」博士笑得瞇起了魚尾紋，「還有其他想問的嗎？」

「只有最後一件事。」我說：「所以手術結果如何呢？能算成功嗎？」

博士聽了，緩緩靠上椅背說：「這一點，你自己應該最清楚吧。」他回答時的口吻自信滿滿。

8

沉悶無聊的日子持續了好幾個星期，在這段時間裡，博士和兩名助理不斷對我進行各種檢查和測驗。他們什麼也不跟我說，我的復原狀況不知道算好還是不好。更換繃帶時，我透過鏡子看到頭上的槍傷疤痕，能確定的是外觀漸漸恢復原狀了，看來整形外科的技術已相當進步。

至於這陣子的身體狀況，我每天早上醒來，感覺自己的體力似乎愈來愈充沛，大概是身體一健康，精神也隨著變好吧，莫非這是腦部移植手術的額外效果？但堂元博士說不太可能，而其實我對於自己精神似乎變好的狀況也舉不出什麼實例。

「大概什麼時候能出院呢？」午餐後我問橘小姐，這句話已經成了我最近的口頭禪。

「再過一陣子。」橘小姐回答，這句話無疑也成了她這陣子的口頭禪，但她接下來說的卻不同於平日，「不過今天有禮物送你。」

「禮物？」

橘小姐端起盛著餐具的托盤，看著我露出笑容，接著退了幾步走到門邊說：「請進。」房門慢慢推開，露出訪客纖細的手臂。

啊！我忍不住發出驚呼。

那雙纖細手臂的主人探出臉，一頭短髮、鼻子上的雀斑，都絲毫沒變。

「嗨。」小惠說：「都還好嗎？」

我懷疑自己腦子的那個部位——就是博士和若生助理他們常說的什麼前額葉的語言區——是不是出了毛病，我完全說不出話，嘴一張一闔，轉頭看向橘小姐。

「從今天起可以會客嘍。」橘小姐說：「不過還是不能見媒體。總之，我第一個通知的就是葉村小姐。」

「怎麼不早一點告訴我呢！」我終於發出聲音了。

「我們只是想讓你嚇一跳呀。你一直很想來點刺激吧？」橘小姐眨眨眼，「好啦，兩位慢慢聊。」

橘小姐關上房門離去之後，我和小惠依舊默默對望。我的腦子裡找不到半句適當的話語，腦袋的語言區果然怪怪的。

「小惠……」

我喊出名字的那一瞬間，小惠飛奔進我的懷裡，一雙長長的手臂環住我的脖子，帶著雀斑的臉龐緊貼過來。我緊緊擁抱她纖細的身子，給她一個幾乎要呼吸不過來的長吻。

小惠放開我，跪在地板上，拉起我的手貼上她的臉頰。

「太好了，你還活著。」她的身子微微顫抖。

「我活著啊，妳不是聽說我得救的消息了嗎？」

「嗯，可是我不敢相信，因爲你實在傷得太重了。」

「妳是什麼時候知道我頭部中槍的？」

「那時候我還在店裡打工，是臼井通知我的。」

臼井是住在我租處隔壁的學生，我們有時會一起喝點小酒。

「嚇了妳一大跳吧？」

「很恐怖啊，嚇得我心跳都差點停了。」

「聽說妳每天都跑來？」

「因爲……」小惠更用力拉我的手按著臉頰，「人家很擔心嘛，完全睡不著覺。醫院的人說你不要緊，已經救活了，可是我沒親眼看到就是放心不下。所以收到你的信和照片的時候，我高興得都哭了。」

我把小惠摟到身邊，再一次久久地親吻，雙脣分開之後，我看著她的眼問她：

「妳知道我爲什麼得救，還有動了什麼樣的手術嗎？」

「當然知道啊。」小惠眨著眼睛輕輕點頭，然後交互凝視我的左眼和右眼。「你被送到這家醫院之後，馬上就動了全球首例的高難度手術，報紙上都用『上班族Ａ先生』來稱呼你，但是只要知道你中槍的人應該都猜得出移植者就是你吧。不過確實的消息我也是等收到你的信時才知道，是一個叫若生的人告訴我的。」

「所以之前妳並沒有接到正式通知？」

「他們說規定是除了親人以外不能公開，不過因爲你的父母不在了，他們才特別通融告訴我。若生先生眞是個好人。」

「嗯，只是在一些地方有點神經質。」我輕輕笑了笑，然後伸手撥開她的劉海，指頭輕撫著她漂亮的眉毛，「我這顆頭裡面呀，放了另一個人的零件哦。」

「眞是難以置信。」

「覺得有點毛毛的嗎？」

小惠閉上眼搖搖頭，一頭淡褐色短髮搖起來宛如小鳥拍翅，「我覺得很棒呀，你從此可以過兩人份的人生了。」

「妳這麼說，會讓我覺得責任重大。」

「不過……」她似乎想看穿我眼底，「那是什麼樣的感覺？自己有沒有覺得哪裡跟之前不一樣？」

「那倒沒有，什麼都沒變。」
「是喔……」小惠似乎覺得有些不可思議，偏起了頭。
「大家的狀況怎麼樣？新光堂老闆還好嗎？」
新光堂就是小惠打工的美術用品店，我和那位留著小山羊鬍的老闆已經認識四年了。
「他也很擔心你呀，不過一方面我看他也有點興奮。」
「興奮？我這麼慘耶？」
「不是那個意思，用興奮來形容大概不太恰當，總之，雖然沒有公布姓名，但你現在已經是個全球知名的人物了，光是想到身邊有這種人，就會覺得心情有點激動嘛。」
「原來如此……」
這種心理不難想像。假使我和老闆立場對調，說不定也會有類似的心情。
「啊，我差點忘了！」小惠拿起她帶來的紙袋，「我想你大概很無聊，所以從店裡帶了這個來。抱歉，我沒空去買花。」
她從紙袋裡拿出來的是一本大素描本，我高聲歡呼。
「小惠太厲害了！妳果然知道我現在最想要什麼！」
「不曉得出院前可以完成幾張素描？」
「眞希望用完整本之前就能出院，眞的很謝謝妳！」我撫著素描本的白色封面向她道謝，感覺似乎這麼做就能立刻湧現作畫的靈感。

接著我告訴她住院這段日子發生的事，講到某個三更半夜發現自己腦片的那段插曲，她屏住呼吸認眞聽著。

「糟糕！已經這麼晚了！」我們聊到一個段落，小惠一看手表，驚訝地睜大眼，「我還沒下班呢。」

「妳偷溜出來的？」

「因爲臨時接到通知呀，他們一說可以見你，我來不及跟老闆講就衝出來了。」小惠仍握著我的手一邊起身，接著把我的手貼上她的胸口，「我到現在還心跳得好快，跟作夢一樣。」

「我還活著。」我看著她的眼睛，語氣鄭重得像在宣布什麼，「沒那麼快死，我還有好多好多想做的事。」

「嗯。」她像是對待一件易碎的寶貝似地，小心翼翼地放下我的手，然後再次凝望著我，「純，你好像變得可靠了。」

「會嗎？」聽到意想不到的讚美，我靦腆笑了，「老實說，這陣子我整個人覺得很暢快，有種重生的心情。」

「我踏進病房第一眼看見你的時候就感覺到了，所以不是我的錯覺嘍。」她一臉開心，「我明天再來。」

「嗯，我等妳。」我說。

小惠離開後，我不知不覺哼起了歌。

9

允許會客的第三天，公司同事葛西三郎來看我。「什麼嘛，看起來精神好得很，還住在這種像飯店的房間，眞是的，害我白操心一場。」葛西一踏進病房就連珠砲似地說個不停。我們是同時期進公司的，他的個性活潑，和我剛好成對比。我對於自己給大家添了麻煩表示歉意，他便說：「這種事情別放在心上，大好機會可不常有，你趁機好好休養就行。況且我猜你在休假期間也沒薪水領吧？公司還眞小氣，怎麼想我們當初都是看走眼。」他說起話來還是那副調調。

「工廠狀況怎麼樣？公司體質稍微改變了嗎？」我才說完，葛西臉色一沉，搔了搔下巴說：「還是老樣子，啥都沒變。」

「也是……這麼短的時間，應該不會有任何改變。」

「像酒井哥啊，還不是只敢在背地裡講大聲話，說他不久就要辭職，到時候再海扁廠長一頓之類的。不過啊，我們也不覺得酒井哥自己工作有多認眞，而且他那個人也沒什麼想法，只是愛虛張聲勢好遮掩他無心工作的事實吧。」

「唉，看來氣氛還是沒變嘛。」我也嘆口氣。

大概從去年起，我們對包括廠長在內的主管群感到愈來愈不信任，之前大伙兒只是隱忍不發，沒讓問題浮上檯面。而這次的導火線是，我們公司負責的工業機械中某個特定機種頻繁地出現問題，我們這些工程師全力奔走拜訪客戶，因應處理，終於查出來問題出在該機種所附的電源，必須要全數更換，但是沒想到這次的缺失，公司方面並沒有公開，我們甚至接到上頭指示要我們對客戶保密。

大伙兒幾乎好幾個晚上沒睡，四處奔波，好不容易設法解決了，卻總覺得無法釋懷，而且只是加深了內心長久以來的疑惑。

出問題的電源是向某廠商採購來的，我們懷疑上司之中似乎有人和該廠商關係匪淺，而且並不是單純的空穴來風，先前已經有好幾次類似的狀況，在在暗示了勾結外部業者的可能；但是每次收拾殘局的，都是我們這些身在第一線的人。

想當然耳，這引起了大伙兒的反彈，最明顯的是員工接二連三離職，尤其以年輕一輩居多；不少人就算還沒辭職也正在觀望，等待機會來了便離開，葛西等人可能就屬於這一類。

剩下的人很明顯分成兩群，一群是雖沒有辭職的念頭、也無心工作；另一群則是無論面對什麼樣的狀況，都決心咬著牙默默做事。後者大部分都向公司借了房貸。

至於我，雖然沒向公司借錢，還是理所當然屬於後面這一群。即使我和其他人一樣對上司心有不滿，卻連表態的勇氣也沒有。正因爲自己打從專科時代就受到公司關照，其實也想不到其他的出路，就是這樣，我才會被叫做什麼「好好先生」。

「喂，純，你要討好上面無所謂，可別當間諜喔。」

休息時間不停講上司壞話的幾位前輩經常這麼提醒我，大概因爲我沒加入咒罵的行列，都只是在一旁靜靜聽著吧。

你難道沒有任何不滿嗎？也曾有前輩這樣問我。你到底在想什麼？這樣下去好嗎……

我當然不可能沒有不滿，也不認爲該繼續這樣下去，只是一想到自己又不能做些什麼，就有一股無力感，結果就成了毫無變化的日復一日。

「但是這樣不行！」

我突然出聲，把葛西嚇了一跳，「你說什麼？」

「我說我們工廠，再這樣下去是不行的。」

「什麼嘛，都已經在聊電影了，你幹麼又繞回前一個話題？」葛西露出苦笑，一臉無奈，接著恢復嚴肅的表情說：「是啊，這樣下去是行不通的，狀況只會愈來愈糟。」

「我們眞的只能束手無策嗎？」

「還是你要直接往上面報？不過這麼大一間公司，也不知道該往哪個部門報告，而且要越級報告就得做好被炒魷魚的心理準備啊。」

「斬斷惡源固然重要，不過我覺得我們該做的是改善自己這一方的體質，之後才進一步爭取正當的權利。雖然上頭有不法行爲，如果我們自己不認眞工作，也是五十步笑百步吧。」

「唉，說是這麼說，但很難提起勁呀。」

我搖搖頭，「這種事情要是一開始就找藉口，那就玩完啦。」

「對，的確不該找藉口。」

「首先所有人都要盡本分，站穩腳步，時候到了再提出我們的訴求。」

「就跟工會差不多意思，是吧？只是我們的工會實在太軟弱無力了。」

「如果那群人知道依照這樣的步驟，就不會讓公司高層養得乖乖聽話了。」

「沒錯。」葛西說完笑了，然後忽然像是察覺到什麼似地說：「話說回來，純，你眞的是純嗎？」

「當然，不然我是誰？」

「可是，總覺得我好像在跟另一個人講話，很難相信居然會從你嘴裡聽到這些話。」

「因爲住院期間有很多時間能好好思考吧。回想過去的自己，覺得眞丟臉，爲什麼這麼容易就滿足了。」

「這就叫做重新發現自我嗎？那我也來住院一陣子好了。」葛西說著看看手表站起來，「好了，我該走了。」

「大家要團結喔。」我對著他握起拳。

他在門口回過頭，聳了聳肩，「要是把你今天這些話告訴大家，我想大概沒人會相信吧。」

我眨起一隻眼睛。

那天晚上，我才剛翻開小惠給我的素描本，準備一邊回想她的笑容一邊作畫，橘小姐來通知我警方的人來訪。

「如果你不願意，我可以請他今天先回去，就說你還沒做好心理準備……」

我很感激橘小姐這麼體貼，不過她還沒說完，我就搖起頭。「我的確不願回想起那個案件，但一方面也認爲自己應該做個了斷，請讓我和警方聊聊吧。」

橘小姐先是露出一副觀察患者精神狀況的眼神看著我，然後大概是能夠體諒我的考量，點了一下頭便消失在門後。

過了幾分鐘，又傳來敲門聲。

「請進。」

「打擾了。」

一道有些沙啞的話聲響起，房門隨之打開，走進來的是個三十五、六歲的男人，壯碩的體格有如職棒選手，膚色略黑，感覺是個不拘小節的人。男人迅速環顧病房，最後視線落在我身上，那目光彷彿看著一件家具。

「你好，我是搜查一課的倉田。」男人遞出名片。我接過來，還沒仔細看，視線就被名片一角以原子筆註明的今天日期給吸引住。大概是爲了萬一名片被濫用時可以馬上查出當初是遞給誰的吧，疑神疑鬼眞是刑警的天賦。

「你看起來精神不錯，氣色也很好。」他一副裝熟的語氣。

「託您的福。」我讓出坐著的鐵椅給他，自己則是回到床上坐下。

「噢，謝謝。」刑警客氣地坐下了，「我以爲你在休息，看來還在忙呀。」他邊說邊望向窗邊鐵製書桌上攤開著的素描本。

「因爲我不是內臟受損還是腳骨折而住院的。」

「這倒是。」倉田刑警點點頭，「話說回來，還眞是一場大災難。」他露出奇妙的神情。

「很像一場夢。」我告訴他，「當然，是場噩夢。」

「負責照顧你的那位橘小姐，我聽她說，你對整起案件幾乎一無所知？」

「我只聽說歹徒死了，但不清楚詳情，因爲我直到這陣子才獲准看報紙。」

「你眞是吃了不少苦。」倉田刑警瞥了我的額頭一眼。我頭上的繃帶雖然拆掉了，傷痕還沒消退。

「你們警方一定知道我動了什麼樣的手術吧？」

聽我一問，他露出複雜的表情。「我們接到指示，除了調查本案的相關人員，一概不得對外透露。」

我只能報以苦笑。這麼有意思的話題，應該沒幾個人能悶在心裡不講出來。

「唔……我聽說你記憶方面沒什麼問題，還記得案發狀況嗎？」

「在我中槍之前的事，我都記得很清楚。」

「這樣就很夠了。能請你盡量詳細地說明一次嗎？」刑警說著蹺起腿，拿出紙筆。

我把自己在這家醫院醒來後不知想起多少次的畫面，盡可能地詳盡敘述一遍，尤其是小女孩企圖翻過窗戶逃出到歹徒發現後開槍的這段經過，特別詳細地告訴刑警。

刑警聽完我的話，表情夾雜著滿意與詫異。

「聽起來和其他人的證詞幾乎沒兩樣，而且你講得還更明確。沒想到你頭部中槍、歷經了這麼複雜的手術，還能記得一清二楚，眞是太厲害了。」

「謝謝誇獎。」

「不，該道謝的是我，這下子終於可以完成報告了。先前聽說你可能會清醒，我就一直把報告書空著到現在。」

「不好意思，我也可以請教幾個問題嗎？」

「請說，只要是我能回答的。」

「請問那個男人到底是什麼來歷？爲什麼會挑上一家房仲搶劫？」

刑警一聽，交抱雙臂，突出下唇望著天花板。

「那個男的名叫京極瞬介。京都的京，北極的極，瞬間的瞬，介紹的介。」刑警伸出手指在空中寫下京極瞬介四個字，「他之所以犯案的來龍去脈說來話長，簡單講，就是爲了報仇吧。」

「報仇？向誰報仇？」

「向他父親，還有就是向這個社會報仇。」

「他父親……跟那家公司有什麼關係嗎？」

「那家公司的社長番場哲夫，就是京極瞬介的父親。不過京極並沒有入戶籍，而那位社長雖然承認和京極的母親有交情，卻堅持否認京極是他的孩子，所以從來沒給過京極任何經濟支援。京極的母親去年因爲感冒拖得太久過世，京極好像就是那時候下定決心報仇的。」

「感冒拖得太久？」我以爲自己聽錯了，但看來是事實。

「京極的母親好像心臟本來就不好，京極好幾次拜託番場幫忙出手術費，但番場始終不理不睬。」

我覺得背脊竄過一股涼意。我被子彈打中頭部還能活下來，世界上卻有人因爲感冒而送命。

「聽說京極在他母親死後，依舊不時出現在番場社長身邊。這只是我自己的猜測，說不定他是在找尋適當的報仇時機。然後他聽說案發當天那家公司會備有大筆現金，就想到了搶劫這招。」

「可是他母親都過世了，事到如今，搶了錢也……」

「所以說是報仇。」倉田刑警垮著嘴角，瞇起一隻眼睛，「他是想出一口怨氣吧。」

唉，只不過對最關鍵的番場社長來說，被搶了兩億圓根本不痛不癢，他光是每年逃的稅金就不止這個數目了。」

我感覺胸口梗著一團不舒服的情緒。

「聽了覺得眞悲哀。」

「是很悲哀。」刑警也說了，「世上有多少人遇到這種不合理的悲慘事情，也都感到憤怒不已，但人家會選擇將悲憤化爲力量，努力活下去。反觀那個叫京極的，根本是隻喪家犬。我聽說你的父母也不在了？」

「是，他們倆在我學生時代就都過世了。」

刑警點點頭，「可是你還是自力更生，堂堂正正地在社會上立足，這次甚至還冒著生命危險幫助一個小孩子。我認爲這跟個人境遇一點關係也沒有，和你比起來，京極這種人簡直是無藥可救的人渣，死了剛好。」

「聽說他不是後來死了？」

「對，死在百貨公司頂樓。」

「頂樓？」我忍不住高聲反問。

「京極開槍打了你之後，搶了錢就逃離那家房仲。許多人聽到槍聲聚過來看熱鬧，他揮舞著手槍突圍，後來跳上了一輛車。不過沒多久整個區域都被警網包圍了，根據事後的研判，應該是我們一點一點縮小的警網讓他插翅難飛吧。」或許是想炫耀警方的機動力，刑警的眼神看起來比先前更有魄力。「後來那傢伙棄車衝進丸菱百貨公司，現場目擊者很多，馬上就有人通知了緝捕小組。京極挾持一名電梯小姐，直接上到頂樓。」

「他爲什麼要跑到頂樓？」

「追捕小組在追捕時，也和你有相同的疑問，直到上了頂樓一看，答案才揭曉。京極攀上頂樓圍欄，大把大把地撒起鈔票。」

「從頂樓撒鈔票？」我睜大眼睛，「爲什麼？」

「天曉得，沒能問到他本人，這個謎也解不開了。我想大概有一部分原因是想洩憤吧，再不然就是單純想引起大騷動。他這麼一鬧，百貨公司樓下的人群就像被砂糖吸引的螞蟻，立刻湊過來。雖然員警火速趕到現場努力回收，還是有一半以上的錢已經找不回來了。」

我眼前似乎浮現當時的景象。「他不打算繼續逃了嗎？」

「看起來是這樣。京極亮出手槍不讓員警接近，然後一邊把鈔票往下撒，直到錢撒完才甘心躍下圍欄，然後馬上這樣……」倉田刑警以食指和大拇指比出手槍的手勢，抵上自己的胸口，作勢扣扳機。「子彈命中心臟，京極當場死亡。根據在現場目睹的員警說，京極在開槍前一秒好像在笑，而且笑得很詭異。」

我不難想像他那副表情。那雙如死魚的混濁眼睛空虛地盯著空中的同時，嘴邊露出了笑容。

「沒有其他人受傷吧？」

「這種時候要是說很慶幸，對你有點失禮，但眞的幸好沒有其他人受傷，受害的只有你和那家房仲，加上歹徒已身亡，整起案件以不起訴處分，我們只能說遺憾了……」倉田刑警輕輕咬著下脣，搖了搖頭。

「那慰問金這部分怎麼處理呢？」

「畢竟歹徒已經死了啊，雖然是可以向那家房屋房仲提出賠償要求啦，只是那個社長番場哲夫對這次的損失也很氣憤，我想可能很難要到錢吧。」

刑警露出同情的神情，但我並不是因爲想要慰問金才問這一點，我只是在想，說不定幫我支付住院費的其實是與京極瞬介相關的人。

「不過，這樣不是很怪嗎？」我說：「事情鬧得這麼大，而且還出現像我這種傷重到差點死掉的被害人，竟然能夠在書面上獲判不起訴，也就是說根本沒經過審判嘍？」

倉田刑警可能以爲我是在出言諷刺，露出一臉爲難說：「或許警方的處理過程有瑕疵吧，我們把京極逼得太緊了些，我想追捕小組應該也沒料到他會這麼輕易就放棄掙扎。」

「放棄掙扎……？我倒覺得不是這樣。」我這麼一說，倉田刑警露出意外的表情。

「怎麼說？」

「唔，他會不會其實一開始就下定決心要死？」

刑警聽了聳聳肩，淡淡笑了，「或許吧。只不過如果想死，自己找個地方去死不就好了？」

「這倒是。」我敷衍回應的同時，想像著京極瞬介自殺前那一刻露出的笑容。

【倉田謙三筆記　1】

五月十八日，見到了在房屋房仲搶劫殺人未遂案中的受害者——成瀨純一。成瀨不太像近來的年輕人，個頭不高，中等身材，臉色有點蒼白，不知道是不是長期住院的關係，不過氣色還算不錯。

我請成瀨敘述了案發詳細經過，內容沒有明顯的矛盾，看來是個記性很好的人，他的供述具有充分證據能力（不過對於本案幾乎沒有實質的幫助）。

雖然不是需要特別記上一筆的事，不過，成瀨給我的印象和先前取得的相關資料兩相比較，感覺不太一樣。綜合他公司同事等身邊的人對他的看法，他似乎是個沉默老實、不善與人交際的類型。但就今日所見，他給我十分活潑健談的印象；即使是初次見面，一點也看不出緊張，對話也很流暢，讓我深深感受到原來每個人對別人的看法其實可以差到十萬八千里。

10

再過兩天就能出院了，還有四十八小時就能獲得完全的自由。

博士說，已經沒什麼好檢查的，你的腦部完全康復了。有醫師拍胸脯保證，身爲患者的我自然心情很好，但在開心的同時，不可否認我的內心也罩上一層薄霧般的不安。正因爲我曉得自己所接受的手術有多重大，這樣出院眞的沒問題嗎？總覺得似乎遺漏了什麼重要的事。

話雖如此，就自我感覺而言，我的健康狀態確實沒什麼問題，尤其在體力方面，我甚至感覺比住院之前還要好。因爲這陣子我的活動範圍拓展了不少，每天都會到外科病房地下室的健身房報到。一開始他們帶我來的時候，醫師說這是身體機能訓練的一部分，但後來知道不再需要這類訓練後，目的就轉爲避免我缺乏運動，加上住院期間的規律飲食，使得我之前鬆垮垮的側腹部肌肉也結實了不少，以往我從沒認眞運動過，沒想到鍛鍊身體的感覺這麼好。只不過，即使有了這股充實的感受，我心中還是不由得掠過一抹陰影，似乎有個害怕無以名狀的事物的自己，始終存在；我到底在怕什麼？

出院前，小惠幫我拿了新衣服過來，是一件橘色的夏季毛衣。當初我被送來這裡時，襯衫外頭還罩著一件毛衣，季節竟然已經進入夏天了。我向小惠道謝，接著問她：「對了，這陣子媒體比較少冒出來了嗎？」

「嗯，最近不太出現了。哪像記者會之後那段時間，眞是太恐怖了。」

「抱歉，給大家添麻煩了，出院後得先去跟老闆道個歉才行。」

「沒關係，又不是你的錯。」小惠笑咪咪地說。

上星期在醫院的行政本館召開了一場共同記者會，在不拍照、不用眞名報導的條件下，我也出席了。換作從前的我，是絕對無法想像自己會答應這種事，但現在的我對於出席公眾場合絲毫不感到畏懼。

首先由堂元博士回答技術層面以及關於未來展望的問題，接下來訪談的矛頭便指向我。記者是個年輕女孩，有著一張充滿智慧與知性的臉孔，我猜她年紀跟我差不多。

第一個問題是，「您覺得如何？」

「很緊張。」我一回答後，不知道爲什麼引來笑聲。

「有沒有覺得不對勁的地方？」記者恢復嚴肅問道。

「都很一般。」

「有沒有出現頭痛之類的症狀？」

「沒有，感覺身體狀況非常好。」

記者一聽，眼神充滿好奇地點了點頭。我仔細一看，發現其他記者的眼神也不像是面對採訪對象，而是像觀光客在欣賞什麼新鮮事物。

接下來她問我此刻的心境。我回答她，自己現在只覺得很高興，而且對堂元博士等拯救自己性命的每一位人士感到由衷感謝。我把心裡的想法一五一十說出口。

「請問您對案子有什麼看法？」

「案子？」

「是的，就是您遭到波及，導致中槍的這起案子。」女記者的雙眼似乎亮了起來，其他記者也跟著探出身子。

「關於這方面——」我嚥了口口水，環顧所有人，「這我現在還沒辦法回答，我希望再多花點時間慢慢思考。」

這個答案顯然不符合記者的期待，她露出夾雜失望與質疑的眼神說：「請問這是什麼意思呢？您對歹徒懷恨在心嗎？」

「當然。」

她臉上的表情寫著：那幹麻不直說就好？「除此之外還有什麼想法呢？」她接著問。

我無言以對。對歹徒心懷恨意和對案子的看法，完全是兩回事；加上我對案情不甚了解，要我對一件不清楚的事情發表感想，不是應該多給我一點思考時間嗎？何況這狀況是再給我一、兩個星期也不夠的。

我思考著這些事而沒作聲，女記者似乎耐不住性子，轉而向堂元博士提問，我的出場於是告一段落。隔天看報紙我才發現，我說的話被寫成「我對歹徒懷恨在心，除此之外沒有其他想法」。

那場記者會後，媒體的採訪攻勢持續了好一陣子。由於問不到什麼新的消息，他們竟然直接闖進我的生活圈，也不知道是從哪裡查到的，總之他們好像還殺到小惠工作的新光堂採訪，幸好他們似乎沒察覺到小惠和我的關係。

「那些媒體雖然沒把你的名字公布出來，但那樣還不是等於沒隱私了。」

「沒辦法，這種事又不是現在才有的。」

「話是沒錯，但想到出院之後的事，還是有點擔心。」小惠邊說邊拿起素描本打開看。我一共畫了十三張素描，幾乎全是畫小惠的臉。她大概發現了這件事，翻頁的同時兩頰也略略泛紅。

「眞希望能趕快正式畫到畫布上。」我說。

「再忍個兩天，之後就能盡情畫了呀。」

「而且也有現成的模特兒。」

「可是不能畫裸體喔。」小惠可愛地瞪了我一眼，眼神又移回素描本上，沒多久，見她頭微微一偏。

「怎麼了？」

「沒什麼。」小惠前後翻了好幾次素描本，「只是覺得你的筆觸跟之前好像不太一樣了。一開始的畫還沒什麼感覺，愈到後面似乎愈明顯。」

「會嗎？」我接過素描本，從頭翻看一遍，登時了解了她說的意思，「眞的，一點一點改變，線條好像變得比較硬了。」

「對吧？我的臉看起來感覺很俐落呢，好棒。」小惠露出開心的表情。

我想起昨天晚上堂元博士拜託我的事。他看到這本素描簿，請我務必讓他影印留下來當作研究資料，當時博士的眼神仍保持一貫的學者氣質，可是我覺得有哪裡不太對勁，是我的錯覺嗎？感覺他似乎忍耐著什麼，皺起眉頭，甚至還顯露些許悲傷。我問他怎麼了，博士回說沒什麼，他只是一想到我竟然能恢復得這麼好，不禁心生感慨。

「怎麼？」小惠狐疑地看向我恍惚的雙眼。

我搖了搖頭，「我在想這些畫。我猜我會有這樣的變化，大概是需求不滿的影響吧。一個健康的男人被關在封閉的房間裡那麼久，最後就會變成狼人，這就是狂暴本性的展現。」

「不管怎麼說，還是要再忍耐兩天呀。」小惠摟著我的頸子，「話說回來，你眞的變得好可靠，簡直像脫胎換骨似的。」

「妳不喜歡嗎？」

「才不呢。我喜歡以前的你，但更喜歡現在的你。」小惠撒嬌著說。

【堂元筆記　4】

六月十六日，星期六。

移植者的腦功能方面看來完全沒有問題，但還是要看看這一個月來心理與性格測驗的分析結果如何。指派若生、橘兩位助理進行分析。

此外，有一份算是追加的資料，那就是移植者所畫的幾張素描。移植者腦部受損的部位主要在右腦，這類病例中，患者繪畫的特徵就是容易忽略左半側空間，以及畫風轉變得更為直接且情緒強烈。然而就移植者的素描看來，目前還看不出忽略左半側空間的傾向，倒是筆觸變得銳利冷硬，畫風不再拘泥細部，這一點可從十多張的素描中獲得證明，正是直接且情緒強烈的畫風。

這麼看來，莫非移植者的右腦依舊有所損傷？然而就目前所有的檢查結果，並沒有任何數據足以證明這點，移植腦片已確定完美地與左腦結合了。

就移植者目前的狀況，已經很難再延後出院，接下來將以定期檢查來追蹤。

11

結果出院前兩天依舊是在忙碌中度過，雖然是病房，不過畢竟是要離開住了幾個月的房間，還是需要一些收拾。

出院當天，我把所有行李塞進紙箱之後，橘小姐進來病房。

「行李還眞大箱。」她看到包裝好的箱子，這麼對我說。

「不光是我自己的東西，還有住院期間你們幫我買的內衣褲和睡衣，這些眞的可以拿回去嗎？」

「沒關係啊，你不帶走，我們反而麻煩呢。」橘小姐雙手插在白袍口袋裡，聳著纖細的肩膀微笑。她平常素著一張臉，感覺是個滿腦子只有研究的人，但此刻的表情很有女人味，讓我瞬間心動了一下，我怎麼先前都沒發現她這麼迷人？

裝箱的行李委請貨運公司幫我送回住處，所以我隻身走出了病房。我在房門口再次轉過身，白色病床整理得乾乾淨淨，房內空蕩蕩的。在這裡的生活，現在回想起來依舊不像是真實發生過的事。

「很感傷嗎？」身旁的橘小姐問我，聽起來有些挖苦的意味。

「怎麼可能。」我說：「我可不想再來了。」

她一聽也垂下了眼，「對呀，還是別來這裡比較好。」說完她凝視著我。這時我也覺得她非常漂亮。

接著她帶我前往堂元博士的辦公室，進門後，我看到博士正坐在沙發上和訪客談話，三名訪客分別是一對男女和一個小女孩。我對小女孩和她母親有印象，看似父親的男士則是第一次見面。男士大概四十歲左右，風度翩翩，有著一張精明幹練的面容，壯碩的身材搭配灰色西裝十分適合。小女孩的父母望著我的眼神非常親切。

「要出院了嗎？」仍坐在沙發上的堂元博士摘下金邊眼鏡，抬頭看向我。

「是的，很謝謝您這段時間的照顧。」我行了一禮，博士點點頭。

「對了，我給你介紹一下這裡的幾位。這家人姓嵯峨，你應該知道他們是誰吧？」

「我當然知道。」我看著小女孩和她母親，「案發當天，妳們也在那家房仲吧。」

「當時真是太感謝您了。」母親深深一鞠躬，「典子，快說謝謝。這位哥哥是妳的救命恩人喔。」說完她輕輕按著女兒的頭。名叫典子的小女孩以生硬的口吻說了：「謝謝你。」

「我們眞的不知道該怎麼向您道謝才好。啊，忘了自我介紹，我是典子的父親，這是我的名片。」身穿灰色西裝的紳士彬彬有禮低下頭，遞出名片。

名片上印著「嵯峨道彥」這個名字。他是律師，開了一間法律事務所。

「令千金沒受傷吧？」

「沒有，都是託您的福。這孩子還小，搞不太清楚自己碰上什麼狀況，不過我們一再告訴她，是成瀨先生您救了她一命。」

我比嵯峨先生小了十多歲，他和我說話的語氣卻畢恭畢敬，應該是想藉此表達最大的誠意吧，但我聽著總不免有些難爲情。

「我先前答應過你，在你出院之前會回答上次你的提問。」

聽到堂元博士這麼說，我一臉納悶地看向他，不過一瞬間就想起來是什麼事了。

「所以住院費是……嵯峨先生付的嗎？」

「沒錯。」博士回答。

我看著嵯峨先生。他露出笑容搖搖頭，「這是應該的。要是中槍的是典子，一定沒辦法救活，那樣的話就算我花再多錢也無法挽回。」

「可是我會變成這樣，責任並不在令千金身上。」

「您這麼說眞的讓我稍微寬心，但您的確成了小女的替身，我們本來就有義務爲您的治療出一份力。」

嵯峨先生的話語沉穩中帶著律師的威嚴，我沒能反駁他，轉而問博士，「爲什麼一直瞞著我呢？」

「因爲嵯峨先生希望這麼做。他想讓你持續接受治療到完全康復，不要在過程中有任何顧慮。」

我又看向嵯峨先生，他的神情淚中帶笑。

「這些小事眞的微不足道，比不上您大恩大德的十分之一。有任何我們能做的請直說，別客氣。」

「謝謝。這樣眞的已經很足夠了。」

嵯峨先生伸出手握起我的右手，「我說眞的，若有任何困難都請來找我們。」

「我們一定會竭盡所能。」嵯峨太太也說。

我看著嵯峨先生的大手，又看看他們夫婦的誠摯眼神，兩人眼中閃爍著光芒。「很謝謝你們。」我又說了一次。

走出博士辦公室，我和橘小姐一起走到醫院大門口，好幾家電視臺和報社都湊上來採訪，我一一回答，而媒體似乎也遵守約定，沒有拍下我的面容。至於和嵯峨一家人之間的事，我隻字未提，因爲這件事不該從我口中講出來。

一群記者不斷拍著我和橘小姐的背影，我笑著對她說：「這樣好像大明星。」
「因爲你是來自外太空的生還者啊。」
「形容得眞好。」
在我走出大門前，橘小姐告訴我：「你每七到十天一定要再過來喔。」她指的是定期檢查，我的腦袋好像還不能獨立運作。
「我會當作要出門約會，乖乖標在日曆上的。」說完後，我又抬頭看向醫院，整棟白色建築物宛如一隻巨大生物，而我覺得自己就像是從這裡產出的新生蛋。

12

還記得回住處的路，讓我很開心，街上的景象也和記憶中一模一樣。公車道對面那所中學的學生魚貫地走在人行道上，這景象同樣教人懷念。
我確確實實地感受到——我回來了！
繞過轉角，出現一排小而美的新住宅。這一帶是近幾年才突然開發起來的，沿著這條路直走，就會抵達我住的公寓，這是一棟只是在L形鋼的骨架黏上合成樹脂板的簡陋兩層樓建築物，平常總有兩、三名家庭主婦聚集在停車場閒聊，今天卻沒見到。我走上最前方的樓梯，來到住處門口，立刻聽到屋內傳出吸塵器的聲響。一打開門，就看到小惠身穿圍裙的背影。

她關掉吸塵器，轉過頭對我說：「歡迎回來。」

「今天休假？」

「我請老闆早點讓我下班，因為要是讓你一回來就睡在到處是灰塵的房間，也太可憐了。」

「謝謝妳。」我脫了鞋進屋裡，透過敞開的窗戶眺望外頭的景色。

「輕鬆多了吧？」

「嗯，不過總覺得有點不可思議。」

「什麼事呢？」

「這些景色我應該已經看慣了，現在卻好像第一次看到。不，比較像是似曾相識的感覺……，是叫做既視感吧，就是那種感覺。」

「是嗎？」小惠走到我身邊，同樣望向窗外，大概是想體會我的感受吧。

「可能是長時間待在密閉空間裡，所以現在看什麼都覺得很新鮮。」我找了個藉口轉移話題，接著環顧室內，目光最先落在牆邊的畫架上，那幅小惠坐在椅子上讀書的肖像畫只畫到一半。

「那個，你可得負責完成。」小惠把手搭上我的肩。

我直盯著自己幾個月前畫的畫。很可惜，我認為畫得不怎麼樣，完全無法打動我自己。

「糟透了。」我說：「畫成這樣根本不行嘛，我到底在搞什麼，怎麼畫得這麼乏味。」

「是嗎？我倒覺得畫得很棒。」

「這不過是模仿別人作畫罷了，要是只有這種水準，不如別畫了。」我說著把畫布翻過背面，不想讓自己看了心情變糟。

「我知道了，就跟素描本上的畫一樣吧？」小惠說：「你不是愈畫到後面筆觸變化愈大嗎？我猜一定是你對事物的感受性有些微的改變了。」

「嗯，」我點點頭，「或許吧。」

「所以現在一定能畫得更好了，因爲你已經脫胎換骨了嘛。」

「眞是那樣就太好嘍。」我笑著親了一下她的臉頰。

我的脣從她臉頰上移開時，發現她凝視著我的雙眼。「怎麼了？」我問她。

「沒什麼。」她說完又盯著我看，「純，你的頭裡面，有一點其他人的腦袋吧？」

「是呀。」

「可是，你還是你……，對吧？」

「妳在說什麼？我當然是我，不是別人。」

「可是如果……把整個腦部換掉，會怎麼樣呢？那樣還是你嗎？」

「這個嘛……」我想了一下，「大概就不是我了吧，那就成了原本大腦的主人了。」

「是喔……」小惠的眼神開始游移。我大概猜得出來她在想什麼。聽到了她這個疑問，我也不由得開始思索某件事，不過我並不想深入碰觸這個問題，而她也一樣吧，只見她笑咪咪地轉移話題，「欸，得辦個派對才行。」

「只有我們喔。」我再次緊緊擁抱她，想藉此阻止不祥的預感浮上腦海。

傳來敲門聲，我去應門，只見隔壁的臼井面帶笑容站在門口。

「歡迎回來！你看起來精神不錯。」他一臉蒼白，加上雙眼布滿血絲，比我還像病人。「我聽見事發現場的狀況時，還以爲沒望了。」

「聽說是你幫忙通知小惠的？」

「因爲我想不到還能通知誰啊。」

「謝謝你，你還在迷這個嗎？」我比出敲打鍵盤的動作。臼井唯一的興趣就是打電動，我時常聽到隔壁傳來敲打鍵盤的聲響。

「是啊，不好意思吵到你了。」臼井搔了搔頭，接著像察覺到什麼，正經八百地說：「成瀨哥，你眞的恢復精神了耶，而且好像比以前更有男子氣概了。」

一瞬間，我和小惠四目相交，接著我擠出笑容，四兩撥千斤地否定了：「沒那回事，你想太多了。」

「是喔……」臼井偏起頭露出一臉納悶。

那天晚上，我睽違許久終於再度擁著小惠，由於不好吵到樓下，我們從頭到尾靜靜地做著愛，我始終在上位，最後直視著小惠的臉射精。

那一刻，居然有個想法浮現我腦中。

我告誡自己得忘了這個想法才行，千萬不能去想。只是因爲現在的我在心情上和之前不太一樣，才會出現一些奇怪的想法，一定是這樣。

最後我卻還是沒能將那個想法趕出腦袋，隔天早上，當我揉著惺忪的雙眼看到小惠時，還是又想了起來。那個想法是——

這女孩的臉上要是沒有雀斑就好了。

【葉村惠的日記】

六月十九日，星期二（陰）

在純的住處待到早上才回來。昨天是期待已久的出院日。

純回到了那個家，然後抱著我上床。這是連在夢裡都曾出現的情節，但胸口卻感覺悶悶的好難受。

神啊，謝謝祢救了純。純確實恢復了健康。

但是，神啊，我想再求祢一件事。請保佑這好不容易拾回的幸福，千萬別讓它毀了，千萬別讓我幼稚想法產生的不祥預感成眞。

13

出院兩天後，我回到工作崗位。原本打算再休息一陣子，但待在家裡也無事可做，而且媒體不停地打電話來，講的不外乎是邀約上電視、接受訪談，甚至有人問我要不要出書，「我又不是讓人看熱鬧的！」我忍著想大罵的心情一一婉拒了，精神上備受疲勞轟炸。

於是我決定提前上班，但是今早醒來時很不舒服，又作了那個頭部中槍的夢。現在雖然已經不至於記憶模糊，起床後好一會都覺得腦袋沉重，此外至今依舊沒好轉的是，我在這樣的早晨看向鏡子還是很緊張，總覺得映在鏡子裡的好像是陌生人。

我在洗手臺洗了臉，接著對著鏡子點點頭，告訴自己：這是我的臉。卻老覺得哪裡不對勁，心裡很不安。

我突然想起昨晚的事。即使只有一剎那，我確實覺得小惠臉上的雀斑很礙眼。我怎麼可以這麼想！

此外，她那句不經意的話，一直在我腦中揮之不去——「如果把整個腦部換掉，會怎麼樣呢？那樣還是你嗎？」

不是吧，那樣就不是我了。我不太懂那些複雜的道理，但是此刻認爲「我就是我」的這顆心，應該是由我的腦子來認定的吧？所以如果換成其他人的腦子，照理說我的這顆心也會隨之消失。

那麼如果一如這次的手術，只改變腦子的一部分，會變成如何？現在我的腦袋顯然和中槍前不是同一顆，既然這樣，這個腦袋所認定的心，能說和我先前擁有的是同一顆心嗎？

愈來愈搞不懂了，而且還有點頭痛。

我洗洗臉，再次看向鏡子。先別想這個問題了，這只會陷入詭異的悖論。我想一定能夠解釋清楚的。我自己最了解我還是以前的我，和小惠肌膚相親的感覺也和從前一模一樣。

把雀斑的事忘了吧。

到了工廠，我先去跟組長打聲招呼，然後再和組長一起去向廠長及製造部部長報到。幾位上司看到我的反應都一樣，先是面露驚訝，然後一臉懷念地瞇起眼睛，接下來以那種彷彿無時無刻都在擔心我的語氣說話，但事實上這幾個人在我住院時，連關心探病的隻字片語都沒捎來過。

跟一干人等打過招呼後，我和組長一起回到工作現場。穿過一道隔音門，各式各樣的噪音立刻湧上來。車床、鑽孔機的馬達聲，起重機上上下下的巨響，此外還有怪味，那是熔接機發出的瓦斯和金屬臭味，以及機械油的味道。

我們工廠的主要業務是因應客戶要求進行各種工業機械的組裝和調整，工廠裡有幾百名作業員在工作，但我所屬的機械服務組包括組長只有十二個人。

到了工作崗位，組長便把所有組員叫來。大家一發現是我回來了，立刻小跑步聚集上來。

組長說話時，我一一看著大伙兒。其實不過三個多月沒見，感覺卻好像變了很多，每一張臉都沒什麼精神，缺乏士氣，就連經常挖苦我的前輩看上去也讓人覺得似乎生了病。

我爲自己長期休假一事向大家道歉，同時報告說我已經完全康復了，請大家不用擔心。所有人應該都知道我做了腦部移植，卻都刻意不去提起。

上午時段，我負責支援葛西，目的在複習工作訣竅，工作內容則是修理及調整新型熔接機。我一開始還有點不太熟悉，但很快便想起了步驟。

到了午休時間，我和葛西來到員工餐廳，一找到座位坐下，葛西就問我：「你覺得工廠裡的氣氛怎麼樣？」

「是不差，但我有點失望。」我回答。

「失望？什麼意思？」

「大家的士氣比我想像得還低落。可能是因爲我先前離開過一陣子，感覺更深刻吧，我發現幾乎所有人都只是依著慣性工作。自己以這種工作態度領薪水，也沒資格責怪上面的人涉及不法呀。」

「眞嚴格啊。」葛西似乎不怎麼高興，「這種話你可別在其他組員面前講哦。」

「我不會刻意去說，不過被聽見也是沒辦法的事，我說的是事實。」

葛西握著叉子的手停在半空中，一副好像看到什麼令人不舒服的東西的神情。

結束第一天的工作後，我先繞去書店逛了一下才回住處，小惠正穿著圍裙在家裡等我，屋內瀰漫著肉醬的香味。她聽到我去上班了，顯得有些驚訝。

「看到你沒在家裡，害我好擔心。不是說好明天才開始上班嗎？」

「嗯，我後來覺得早點開始比較好。」我沒說明詳情，因爲不知道該怎麼解釋。

「你買了什麼書？可以看看嗎？」小惠眼尖看到我放在桌上的袋子，我還沒回答她就打開了袋子。「這是什麼？不是講繪畫的啊？《機械結構學》、《最尖端的設計思想》。……眞難得，你竟然會買這種書。」

「我好歹也是個工程師，必須隨時補充專業知識。」

我嘴上這麼回答，但其實我繞去書店時，原先想買的是繪畫相關書籍，只是當我心不在焉地晃來晃去，不知怎的在工程學相關的專業書籍區停下了腳步。書架上是大量的專業書籍和各類資料，我一看到，突然覺得胃部莫名地沉重；新資訊不斷問世，自己卻從沒想過要善加運用。

回過神時，我已經拿了兩本書準備結帳。說來實在丟臉，但這還是我第一次爲了在工作上充實自我而買書。

在排隊等結帳時，我瞄到前面一名男學生買的書，一本是教你如何不惹女生討厭的教戰手冊，另一本的書名則是《向父母A錢妙招》，兩本書不約而同在封面上都大大地寫著「漫畫圖解」。我心想，這個學生要到什麼時候才會發現自己蹉跎了寶貴光陰？

「永遠不會有那麼一天吧。」我對小惠說了那個學生的事，她面帶笑容回道，眼神卻很嚴肅，「我想這種人接下來也會一直抱著這樣的態度活下去。」

「這種態度遲早會讓他們一敗塗地的。」

「是啊，但是他們不會知道自己為什麼一敗塗地，所以也不會覺得是因為從前浪費了學生時代的寶貴時間所造成的。」

「這種敗類根本不配活在世上。」或許是我的說法太偏激，小惠顯得有些不知所措。

吃完她為我做的義大利麵，我們準備度過一段久違的作畫時光。擺好畫布之後，擔任模特兒的小惠問我：「要擺什麼姿勢？」

「我看看。」我從各個角度看著她的臉、她的全身，以往這麼做就會馬上有靈感的。

「怎麼了？想那麼久。」小惠把手肘撐在窗框上，有些納悶地笑著，因為她發現我不發一語愣在原地，而我之所以會這樣，是因為腦中遲遲沒浮現任何想法。和以前不一樣了，照理說小惠的每個小動作都會讓靈感像洪水一般湧向我的？

「欸，怎麼了？」小惠可能也感到不安吧，眼中的笑意頓時消退。

「沒什麼，就保持這個姿勢吧。」我面對白色畫布開始構圖。從斜前方角度看到的小惠表情，是我早就畫慣的。

但是大概過了十分鐘我就停筆了。「今天先畫到這吧。」

「不是才剛開始……？感覺不對嗎？」

「沒那回事。我眞的很想畫，而且也有靈感了，只是今天……怎麼說呢……有點累了。太久沒去工廠，大概精神上比較疲憊吧。」我對自己這番聽來只像胡扯的謊話感到不耐煩，想要敷衍過去又畫蛇添足地多講幾句，卻感覺都是藉口。

「這樣啊……嗯，也難怪。」小惠應該察覺了我不自然的反應，但她沒有追究，「我去泡點熱的吧？」

「好啊。」我把畫具整理好。

喝著小惠幫我泡的咖啡，一邊聽她談天說地。她一下子聊起店裡的顧客，一下子又說起朋友有趣的八卦，我邊聽邊笑著附和，但同時心底有一部分覺得，講這些事到底有什麼意義？當我發現這一點時，不禁暗自心驚。這些心裡的想法絕不能被小惠察覺。

一陣說說笑笑之後，我送小惠回到她的住處。在她家門口道別時，我告訴她說我想暫時休息一陣子不畫畫了。「爲什麼？」她一臉擔憂地問我。

「工廠那邊，我想先趕上落後的進度，從明天起應該會加班吧，回到家都很晚了。」

「是嗎？」她點點頭，但眼神看得出她其實無法接受。

「我不是不想畫畫了喔。」

「嗯，我知道。」

「好吧，那晚安了。」

「晚安。」

回家的路上，我回想著和小惠在一起的生活。她這麼愛我，而我也愛著她，無論發生什麼事，我都絕對不能忘記，對我而言她是世上無可取代的女人。

回到住處後，我拿出《機械結構學》和《最尖端的設計思想》讀到半夜兩點，卻一直無法集中精神，因爲我不斷聽到隔壁傳來臼井玩電動的敲鍵盤聲響，加上今晚好像有朋友來找他，整間屋子響徹他們喝醉後的嬉鬧聲。我氣到抓起手邊的咖啡杯往牆上丟，杯子應聲粉碎，但隔壁依舊沒安靜下來。隔天早上我收拾著杯子碎片，心想自己爲什麼要幹這種蠢事。

【葉村惠的日記　2】

六月二十一日，星期四（晴）

今天純回公司上班了。我從傍晚就在房裡等他，做了他最喜歡的肉醬義大利麵，但一直吃到最後也沒聽他說句「好吃」。我還用西洋芹和煙燻乳酪做了沙拉，他大概剩了四分之一盤沒吃完，他以前從沒吃剩過。

神啊！神啊！請別讓我害怕的事發生，求求祢放過我們。別搶走純，別搶走我的純。

14

重回工作崗位，比我當初估計的狀況順利許多，原本擔心休假期間會不會和其他人在技術能力上出現落差，沒想到一點問題也沒有。在感到欣慰的同時，也覺得不可思議。我住院這段期間，大家到底都在做什麼？公司接了一件修理最新型機器的工作，卻沒人願意動手，一方面是因為沒有使用手冊，構造又相當複雜，顯然是一項麻煩的工作。我記得自己以前也是一看到這類機器就打退堂鼓，但看到大伙兒至今仍和當初的我一樣，我覺得很意外。

「把裡面的零件全換掉比較快，反正這種機器很少會到我們工廠，要是光為了這臺就要有人從頭研究到尾，也太辛苦了吧。」老經驗的芝田先生對組長說。他也算是所有工作人員的代言人，因為大家都不想扯上這件棘手的工作，每個人都想照著至今的工作訣竅，淨做些不需思考就能上手的工作。

組長雖然認為大家不能老是抱持這種態度，卻說不出口。於是我下定決心，自告奮勇說想負責這項工作。要是都不去挑戰陌生的機械，像我們這樣的工廠不就永遠無法有所提升了嗎？組長似乎有些意外，但同時也開心地採納了我的毛遂自薦。

重新綜觀工廠，我發現我們工作人員周遭還有很多不合理之處，譬如作業過程中有太多不必要的步驟、工作人員的等候上工時間——也就是無所事事的時間太長等等。我針對觀察到的這些缺失，做出改善建議提交上去。改善建議是公司的一個獎勵制度，還會給予優秀提案獎金，但已經好一陣子沒有同仁善加利用了，我也很久沒寫了，卻不懂自己爲什麼先前沒發現這麼多不合理的地方。我一星期就提出了超過二十件改善建議，還提交了測試研究報告，報告的內容讓組長驚訝得睜大了眼，但我覺得身在第一線的人寫研究報告總沒有壞處，這下子應該多少達到促進公司改革的效果吧。

總之，無能又無聊的人實在太多。有些人看似勤勞，其實只是不會妥善利用時間；看似積極，不過是企圖逃避其他困難的工作內容；即使嘴上爽快地說工作只是生存的手段，實際上工作者自身也沒有足以自豪的興趣或技能。對我來說，每天簡直都像處在連續的失望中。

就在我的失望達到頂點時，葛西他們找我去喝酒。我很想婉拒，但這次的名義是爲了慶祝我康復，我也不好拒絕人家的心意。

大家挑的地方是距離公司步行約十分鐘的一家蘇格蘭威士忌酒吧，窄小的店面全部坐滿也不過十來人，我們一群人一進到店裡就幾乎客滿了。我和葛西他們找了張桌子坐下。

「話說回來，你扯上的這個事件還眞要命呀。腦袋中槍，我們光用想的就全身起雞皮疙瘩。再怎麼說，傷到的都是腦袋耶，一般大概都救不活了吧？」

在第一輪乾杯潤了潤喉的葛西，語氣誇張地感嘆，旁邊一伙人也很有同感，頻頻點頭。

「不過啊，眞不愧是純吶。」年長的芝田有感而發，「不是因爲魯莽逞英雄，而是爲了救那個小女孩才中槍。這種能耐，沒幾個人有呢。」

說什麼夢話，眞是太荒謬了，我差點沒笑出來。那種狀況跟能耐一點關係都沒有。我從前很尊敬這個芝田，覺得他是個懂得應對進退的成熟大人，現在看來只覺得他是個搞不清楚狀況、不懂裝懂的平凡人。

「如果是我碰到那種狀況，大概就只能這樣嘍——」像隻猴子、帶著輕佻性格的矢部則夫縮起脖子抱頭說道：「先趴在地上，然後開始求老天爺，求佛菩薩，還是耶穌基督，總之能救我性命的全都求一遍。管他哪個人死都沒關係，只要我一條小命能得救就好。」

大家聽完都笑了，我卻心想，這個人到底在害怕什麼？不管是貶低自己博大家一笑的態度，或是那雙卑微的眼睛，都明顯透露出他內心的恐懼。

不，不止矢部，這時在我周圍的所有人都一樣，他們到底害怕什麼？

不久，大概是關於我的話題已經沒得聊了，大家的焦點又轉到工作上。話雖如此，講的也淨是些低層次、沒長進的話題。我沒加入討論，只是一個勁兒地喝著純威士忌。很久沒喝酒了，我清楚感覺到強烈的醉意，身體輕飄飄的，眼睛四周也逐漸變熱。

「成瀨，你今天好像也遞了一份報告啊。」這時突然湊到我旁邊的，是先前坐在遠處一名叫酒井的同事。他個頭很高，面容像骷髏一樣，算起來比我早兩年進公司。我重回到工廠後，這還是第一次和他說上話。「你也太認眞了吧？雖然先前休息了一段時間，不要太勉強哦。」

「我沒有勉強，只覺得必須盡全力做好事情。」

「盡全力做好事情？呵，眞是服了你。」酒井似乎笑了，但看起來只是嘴歪向一邊，「你大概是充分休養之後精力特別旺盛吧，但也要顧慮一下旁邊的人嘛。」

「你是要我偷懶嗎？」

「我可沒這麼說，是希望你配合一下大家的步調。」

「要配合酒井先生你的話，」我正視著對方的雙眼說：「意思就是工作時多多偷懶吧。」

我話一說完，就被酒井一把揪住領子。「住手！」芝田插進來勸阻。只見酒井齜牙咧嘴：「不要因爲大家客氣捧你，你就這麼囂張！」

「先冷靜下來啦。」芝田邊勸邊把他拉到別桌，但酒井的怒氣似乎還沒消，惡狠狠地瞪著我許久。

「你話講得有點重喔。」葛西幫我倒了酒。

我一口氣把整杯酒吞入喉，「他那是嫉妒。」

「嫉妒？」

「對，不用理他。」我一說完，葛西又露出先前那種害怕的眼神。

酒井根本沒什麼好怕的，他不過是個脆弱的一般人。很多人在發現其他人做到了自己無法達成的事的時候，會感到懊惱，認爲自己只要有機會也能成功。酒井一定是心想，他只是沒在房仲遇上強盜而已。像他這麼低俗的人，說不定就連我接受全球首起腦部移植手術這件事也讓他嫉妒。

我的心情好得不得了，從沒覺得酒的味道這麼棒。腦袋裡愈來愈熱，整個人好像要飄起來。

似乎有點喝多了，意識漸漸變得不穩定。

15

一睜開眼，看到上方是老舊的天花板，我立刻知道我不是身在自己住處。抬起頭一看，發現自己躺在榻榻米上，身上還穿著昨天上班的衣服。

「哎呀，你終於醒啦。」我聽到聲音，一轉過頭，看到葛西三郎在刷牙，換句話說，這裡是他的住處了，很奢華的兩房外加廚房。

我慢慢爬起來，劇烈的頭痛似乎是喝太多造成的。胃部一帶悶悶的，臉燙得像燒起來，左眼下方感覺有些僵硬。

我看看桌上的鬧鐘，已經七點多了，所以葛西應該是正準備出門上班。

「昨天後來怎麼樣了？」我問。葛西拿毛巾擦著臉一邊走回房間說：「你果然都不記得了？」

「完全不記得。」我回答。

葛西一臉拿我沒轍似地搔著頭說：「好啦，你先把一身汗沖掉吧，昨晚很悶熱吧？」

「好啊。」

我揉著後頸正要走進浴室，看到門口鏡子映出的自己，嚇了一大跳。我的左臉腫了一大塊，眼睛下方也有點瘀青。

「這是怎麼回事？」我指著鏡子問道。

葛西顯得有些錯愕，回我道：「你先沖好澡之後我再告訴你。」

我舔了舔口腔內側，不出所料破皮了，還有點鐵銹味。怪了，我偏起頭，想不起自己到底是跟誰打架了，還是我單方面挨揍？

沖過澡之後走出浴室，葛西正在講電話。

「是，已經起床了，剛剛沖過澡。沒有，他好像什麼都不記得。我待會兒跟他解釋。好，我知道。」

放下話筒後，葛西嘆了口氣，「組長打來的。」

「組長？爲什麼會打來？」

組長並沒有出席昨晚的聚會，因爲沒人邀他。

「大概是芝田先生他們通知他的吧，唉，酒井哥的狀況也很令人擔心。」

「酒井先生？他怎麼了？」

葛西一臉傻眼地搖著頭說：「你真的不記得啊？」

「我不是說過了嗎？別賣關子，快告訴我。」

「我不是賣關子，只是不知道該從何講起啊。簡單說，就是你跟酒井哥起衝突了。」

「起衝突？又是那傢伙？」煩死了，頭好像痛得更厲害了，「他怎麼來挑釁的？」

「挑釁的是你啊，純。」

「我？少亂講了。」但葛西只是搖頭。我問他：「我說了什麼？」

「簡單講就是說了真心話吧，昨天聽到你不少真心話。」

「我到底說了什麼？」

「我看你好像完全沒印象啊。」葛西嘆了口氣，「你責怪我們工廠的所有人。」我驚訝得睜大眼，「我責怪所有人？怎麼可能！」

「事實擺在眼前呀。你說大家沒有上進心，也沒鬥志，只是渾渾噩噩度過一天又一天，硬要說有動腦的話，大概只是用來思考怎麼偷懶，怎麼摸魚，怎麼掩飾自己的無能。差不多就講了這些。」

聽完葛西的話，雖然只有一絲絲，卻似乎觸碰到了記憶。這麼說來，我好像真的講過那些話。

「要命的是，你接下來還說，大家對自己的無能視而不見，反而抱怨其他積極工作的同仁；而且一旦發現自己沒能力了解對方的工作內容，就安慰自己反正也沒啥大不了；老是抱怨在第一線做這些工沒辦法發揮創意，但其實根本沒努力去提升自己的獨特創意，也毫無鬥志。」

聽葛西一邊說，我差點忍不住笑了。他看起來不像在說謊，表示我真的說了這些話，其實我覺得自己說得眞好，眞可惜沒記得當時的情境。

「最後你還發下豪語，說自己要改變這個工作環境，改掉公司溫溫吞吞的體質，清除那些半吊子，讓依循慣性工作的人再也待不下去。如何？想起來了嗎？」

「沒什麼印象，但我想我應該說了吧。」

「說了呀。而且一開始大家還忍著，心想你大概是借酒裝瘋，可是你說個沒完沒了，終於惹火了酒井哥。所以你也不記得被他揍嘍？」

原來是這麼回事，我摸摸左臉頰的傷，是被那個人揍的。

「我光是挨打呀？眞不甘心。」

「挨打⁉」葛西氣得大吼：「你在說什麼？要不是我們阻止，他早就被你打死啦！」

「我做了什麼？」

「還問！你被打了一拳之後馬上站起來反擊，一拳就打上酒井哥的左眼。」

我看看自己的右手。經他這麼一說，我才發現食指和中指的指根部分確實熱熱的。

「酒井哥大概沒想到你會反擊，所以也大意了吧。他被打倒在地，然後你開始拚命踹他。我在一旁看著眞的覺得自己好像在作噩夢，沒多久你就抓起桌上的威士忌酒瓶，打算往酒井哥頭上砸，我和芝田先生他們拚了命才攔住你，但你還是不肯放下酒瓶，大喊著『沒想到會被這種人渣揍』。」

「眞的嗎？」我又看看自己的手。好像有模模糊糊的印象，可是我怎麼都不覺得自己會有這麼激進的舉動。「難以置信。」

「這句話應該是我來說吧！」葛西說：「後來你一下子就睡死了，我只好把你帶回來。店裡的人本來想叫警察，在我們的極力安撫下才作罷，總之鬧得很嚴重。」

「眞抱歉，不過我眞的做出這種事嗎？」

「我也很希望是假的。」

我不得不認眞思考。我知道自己這陣子愈來愈有自信，看事情的角度也和以前大不相同，然而我卻無法解釋自己這種異常的行爲。

這麼說來，我最近的改變，並不單純是一個人在個性上的成長嗎？

看樣子非得碰觸那個我一直在逃避的問題了，也就是小惠的質疑——如果把整個腦部換掉，那樣還是自己嗎？

「欸，純，這到底是怎麼回事？可以告訴我嗎？這陣子，工廠的人都覺得你怪怪的，因爲你實在變太多，大家對你都開始感到害怕，連我也是。純，你能不能解釋一下，讓我們安心點？」

我終於找到昨天那個疑惑的答案了，包括輕佻的矢部在內，讓所有人害怕的根源，正是我。

我和葛西一起前往公司，幾乎所有組員都聚集在工廠裡。各式各樣雜亂堆放的機械當中有一張大會議桌，旁邊還圍了幾張鐵椅。組員都坐在這裡打撲克牌消磨時間，或是喝著自動販賣機的咖啡一邊閒聊，一同等著上工的鐘聲響起。

「早啊。」葛西率先和眾人打招呼，幾個人只是宛如條件反射地應了聲，接下來就不同往常了。大家一看到我，先是僵住，然後迅速將目光移開，原先打撲克牌的開始收拾，在聊天的一口氣喝完咖啡，把紙杯丟進垃圾桶，每個人都不發一語，拿起工作帽，板個臭臉鳥獸散。

「看來你剛才說的好像都是眞的。」我對葛西說。

「要我說幾百遍呀。」他說。

上工的鐘聲響起，我正準備朝自己負責的崗位走去，突然有人輕輕戳了我的上臂。我一看，是頂著一張苦瓜臉的組長。我向他道了早安。

「你來一下。」組長顯然心情也很差。

走進辦公室，到了組長的位子旁，芝田正等在那兒。我原本想打招呼，還是閉上嘴僅以點頭示意，因爲他的表情和組長一樣苦澀。

「我聽芝田說了，眞是太意外。」組長在椅子坐下後，抬頭看著我說。他的護目鏡上映著日光燈。

「不好意思，驚動大家了。」

「幸好可以推說只是同事間的爭執，不至於鬧上警局，但只要有一點差錯，就會釀成重傷。況且，如果說是酒井想教訓你，我還能理解，沒想到剛好相反。」

我默默低下頭，無言反駁。

「總之，這件事我先記下了。先動手的酒井的確有錯，他好像也不想把事情鬧大。他今天請了假，下星期應該就能照常上班了。」

那傢伙之所以不想把事情鬧大，是不想讓其他同事知道自己被我痛扁一頓吧，不過我姑且一臉嚴肅地點頭回應。

「以後絕對不能再有這種事了，下次再犯的話，連我也包庇不了你。」

「我會注意。」

「還有，」組長說到這，語氣變得不太對勁，「昨天你講的那些話，我也聽說了。你大概是借酒裝瘋吧，在場不少人還是很介意，你可以去大家面前道個歉嗎？」

「道歉？我？」我驚訝地抬起頭，「使用暴力這件事我認錯，但我爲什麼要爲了講出那些話道歉？我的確是借酒壯膽才說出口，可是我不認爲自己說錯了。如果惹得大家不高興，我希望能在清醒的狀況下正式和大家討論一番。當然，也不會使用暴力。」

「別這麼激動。」組長垂下一對眉毛，「我知道你的意思。的確，你出院回來之後的工作表現也讓我很佩服，同時間裡你的工作量大概是其他人的一倍吧。」

「並不是我的動作快，而是其他人浪費了太多時間。」

「這我都知道。不過呢，純，不管做什麼事，大多的狀況下，『人和』都是一大重點。你看看大馬路上，塞車的時候也不可能只有自己一輛車加速呀，有時也得考慮到和其他人的協調性。」

「我們工廠目前的狀況，」我說：「不是塞車，根本是違規停車。」

組長對這個說法大概不是很高興，一瞬間語塞，皺起眉頭，「也就是說，你不打算道歉嘍？」

「我覺得沒那個必要。我的動機是希望讓工廠變得更好，爲什麼得向那些墮落的人道歉？」

「那好吧。」組長不耐煩地點點頭，「既然你都這麼說了，我也不勉強你。不過，我只提醒你一件事，這世界無論走到哪裡，都不可能光靠自己一個人活下去的。」

「也是有一個人反倒比較好的狀況吧。」我看組長好像已經沒事要交代，丟下一句「那我先回去工作了」就準備離開，這時突然想起一件事，於是我又走回組長的座位前面。組長抬起頭，露出詢問的眼神。

「請問我的報告如何了？我前幾天問了設計部的人，公司好像還沒發布消息。您不是應該已經提交給上面了嗎？」

「那個啊。」組長露出不耐煩的神情，「我還沒看。一直想著要看，不過有很多事要忙啊。」

我知道自己的眉頭用力皺起。組長還沒看過那份報告，就表示在那之後我提出的所有報告，他全都沒看！居然這麼怠惰，這麼無能！因為太忙？那還有閒工夫跟女職員開黃腔？

我臉上想必露出幻滅的神情。組長有些尷尬地搖搖頭說：「純，你變了好多。」

「什麼？」

「你變了，你以前不是這樣的。」

又來了，我心想，出院後這句話不知已經聽過多少次。「我一點都沒變。」我說完後走出辦公室。頭有點痛，一定是昨晚喝太多的關係。

16

隔天是星期六，我和小惠一起上街，好久沒這樣了。至於公司發生的事，我沒告訴她，一方面是不想讓她瞎操心，而我自己也不願去多想那件事。

我們先去購物，簡單吃點東西後繼續購物，然後看電影，接下來找個地方好好吃一頓，還可以聊聊看完電影的心得——這就是今天小惠提議的行程。

「看來挺緊湊的呢。」我說。

「得趕快把之前的空白填起來嘛。」穿著無袖背心的她聳了聳肩笑著說。

說是兩人一起購物，但九成的時間都是我在陪小惠挑她的衣服。來到成排的服飾店前，小惠先走進開頭第一間，一件一件物色多到讓人快暈倒的各式服裝。

在她走進第二家服飾店的試衣間時，我大大嘆了口氣。這實在太浪費時間了，過這種生活到底有什麼意思？還不如在家裡看書要來得有意義多了。

不過以往的我面對這種事並不覺得痛苦，看著小惠像個時裝模特兒般衣服換過一套又一套，從中找出最適合她的，整個過程對我來說是一大樂事，但為什麼今天絲毫不覺得開心？

「這件怎麼樣？」拉開布簾後，眼前是穿著秋季裙子的小惠，「很好看啊。」我努力擠出笑臉，「很適合妳。」

「是嗎？那這件就是第一順位嘍。」她又拉起布簾。我拚命克制心中湧起那股對她的輕蔑，然後思索著自己今天是怎麼搞的。之前和小惠約會，我從不會覺得不開心的？

就在逛著一家家服飾店時，我們碰巧遇到鄰居臼井，他和一名大概年過四十、氣質不錯的婦人在一起。

「這是家母。」他向我們介紹。

於是我們找了附近一家咖啡廳坐下，再次正式自我介紹。

「謝謝你平常那麼照顧我們家悠紀夫。」婦人行了一禮。她這次來東京好像是來見老同學，順便看看兒子。「可是他都不帶我去他的住處呢，我本來還想在回去之前看看他平常的生活狀況的。」她說出每個母親理所當然的心聲。

「難得來一趟，幹麻窩在那個小房間裡？不過這就要怪你們了，當初怎麼不幫我找個寬敞一點的地方呢？」

「因爲你爸爸說年輕人求學時期還是刻苦一點比較好呀。」

「那種想法太老掉牙了啦。」臼井一口氣喝光冰紅茶，然後像個小學生似地拿吸管前端玩起杯底的冰塊。

什麼刻苦求學，我好想大笑。我光是爲了付那個小房間的租金就費盡了九牛二虎之力，你這傢伙明明有老爸老媽出錢，卻不好好上學，老是跟一些豬朋狗友鬼混，這叫刻苦求學？我都快笑掉大牙了。

「你們剛才去買東西啊？」看到母子倆身邊分別放著紙袋，小惠問道。

「是啊。」臼井的母親點點頭，「難得來一趟，所以我買了個皮包，還給這個孩子買了一套西裝。」

「哇，眞羨慕！我已經好久沒讓爸媽買東西送我嘍。」

「我都說了拿現金比較好啊。」臼井悠紀夫說：「把錢給我，我自己也可以買西裝嘛，老媽卻堅持一定要買給我。」

「給你的零用錢應該很夠用吧？讓媽買給你有什麼不好。」

「喜好不同嘛，要是妳讓我自己選就好了。」

「哎喲，那套很好看欸。」

聽著這對母子的對話也很無聊，我想告辭了，正要站起身，卻看到臼井太太伸手拿帳單，我趕緊阻止她，付了我和小惠的份。

「一切都是命。」和那對母子道別之後，我看著前方邊走邊說：「出生在那個家庭，或是生在像我的家庭，都不是自己能選的。」

「你羨慕他嗎？」

「不羨慕。」我回答。

這天看的電影是一部熱門娛樂大片，劇情是小男孩搭乘時光機器的冒險故事。先前我和小惠滿心期待，兩人還約好上映時一定要來看。

但眞的看了，只覺得大失所望。劇情了無新意，劇中的角色也不怎麼樣，開場後大概半小時我就開始覺得無聊，頻頻打呵欠。我猜小惠也很失望吧，於是轉過頭想跟她提議我們早點離場，但看到她側臉的瞬間，卻讓我大爲訝異。

只見她亮著雙眼緊盯螢幕，看到緊張刺激的情節時——其實也沒多刺激——雙手還緊握在胸前，看到不怎麼高明的幽默橋段也開懷大笑。而且不光是她，其他觀眾的反應也大多如此，大家似乎都是打從心底開心地觀賞著這部電影。

我還是看了下去，試著要自己仔細品味這部大爛片。只要旁邊的小惠一笑，我也跟著笑出聲，但下一秒鐘又覺得自己好悲哀，爲什麼我得做這種蠢事？

「眞好看耶。」看完電影後，小惠不知道說了幾次這句話，連吃飯時也沒停過。我隨口應聲，一邊動著刀叉一邊擠出笑容。小惠似乎眞的很喜歡那部片，從頭到尾都在講搭乘時光機器冒險的故事。我聽得好痛苦，看著同樣的片子，卻無法和她一樣開心，讓人好難過。

「欸，我今天是不是不該拉你出來？」送小惠回家的路上，她邊走邊說：「你本來想今天一整天待在家裡用功的吧？」

「沒那回事啦。」小惠的直覺眞是太強了，我已經很小心了，她卻輕易看穿我彆腳的演技。不過我不死心，繼續圓謊，「今天很開心呀，眞的。」

「是喔。」小惠露出微笑，但她的眼神就像恐懼的小貓。

和她道別後，我到附近的錄影帶店租了三部片子，全是從前看過而且覺得「無論看幾遍都很棒」的作品，這下子能做個實驗了。

我回到住處，準備來看錄影帶時，隔壁卻吵吵鬧鬧的。我正想著到底是怎麼回事，傳來敲門聲，一開門就看到臼井悠紀夫帶著些許難爲情的嘻笑面孔。「剛才眞是謝謝你啊。」

「你母親感覺很親切呢。」

「她囉嗦得要命，煩都煩死了。」臼井皺起眉頭接著說：「不過她對我平常的生活不過問，也算謝天謝地。其實我剛才心裡直冒汗啊，因爲我媽一直以爲我很認眞在念書，我念高中的時候的確是那樣啦，但現在不同啦，萬一被她發現我上大學後根本沒去上過幾天課，家裡給的生活費就不保了。」

竟然只是因爲這個原因？

「所以，呃，這是一點小心意。」他說著遞出一瓶白蘭地。

我知道自己繃起了臉，「不用了，別這麼客氣。」

「別這麼說，請收下吧。也不知道我爸媽哪天還會跑來，到時候還得請你幫我掩飾咧。」他把酒瓶放在玄關前，「反正這也不是我的酒，是上次我回老家的時候順手摸來的。」

「這樣啊。」我壓下心中不悅，低頭看向白蘭地酒瓶，「對了，你房間好像很熱鬧，在做什麼啊？」

「哦，不好意思，剛好有幾個朋友過來，正在競標。」

「競標？」

「就是我老媽今天買的西裝跟外套。那實在不是我的品味，我又不可能穿出門，乾脆找幾個朋友來競標，看能不能賣個好價錢。不過話是這麼說啦，能賣個一萬圓就很不錯了。」

「一萬圓……，原價大概多少？」

臼井偏了偏頭，「不知道耶，我老媽刷卡買的，我也搞不太清楚，可能差不多十萬圓吧。」他若無其事回道：「沒關係啦，反正做父母的把錢花在小孩身上都很心滿意足的。好啦，那我先回去了。」

我心中湧上一股強烈的厭惡情緒，幾乎在臼井踏出房門的同時，我也從一旁流理臺抽屜拿出水果刀，一手緊握著刀子，另一手伸向門把。

就在這時，電話鈴聲響起。

我回過神來，像看到怪物似地把刀子扔到流理臺上，無法解釋自己這一刻動了什麼念頭。我到底想幹什麼？

電話響個不停，我調勻呼吸，拿起話筒，「喂，我是成瀨。」

「喂，是我。」是小惠的聲音，我覺得整個人差點虛脫。

「什麼事？」

「沒什麼。」一小段沉默之後，「只是想聽聽你的聲音。」

「現在聽到了，滿足了嗎？」

「嗯，很滿足。先這樣，今天很開心喔。」

「我也是。」

「那就晚安嘍。」

「啊，等等……」

「怎麼了？」

「謝謝妳。」

「謝我什麼？」

「謝謝妳打電話來。」

話筒那一端似乎有些疑惑。「你好怪哦。」小惠說。

「沒什麼，晚安。」

「嗯，晚安。」

放下話筒後，我發愣好一會，自己幾乎信心全失。我決定來做個實驗，只能這麼做了。

我慢吞吞起身，拿來錄影帶店的袋子，先把最喜歡的一部片放進錄放影機裡。這部諜報片不僅是大製作，出場人物的角色刻畫都非常鮮明出色。

但是才看了大概二十分鐘，我就發現自己一點都不覺得緊張刺激，倒不是因爲已經知道劇情，在知道劇情之下還能感到有趣的才能稱爲經典名片吧。

我拿出片子，換上另外一部，這是打著科幻巨作招牌的電影，但結果還是一樣，我看到了幾個從前很喜歡的特效鏡頭，此刻卻沒有任何感動。我把最後一部片放進錄放影機裡，年代久遠的片子，也是號稱青春電影的經典作。

可是依舊是同樣下場。不管看哪一部經典名作，給我的感覺都是無聊得要死、充滿虛構不實。記得從前看這些片子的時候我還曾感動落的。

我關掉錄放影機，看著沒有影像的螢幕，心中一片茫然。已經沒什麼好懷疑了，我的內心的確出現變化，現在的我顯然已經不是從前的我。

那現在的我，到底是誰？

17

即使是星期日，大學裡還是有人，卻沒有先前住院時感受到的那股融洽熱鬧的氣氛，走在校園的人們在大熱天裡也穿著白袍，嚴肅神情透露著自己根本無暇在意酷暑。會在星期日還來學校的人，一定有不得已的苦衷吧。和我一樣。

到了研究室，橘小姐滿面笑容迎接我。一看到她，我感到一陣悸動。先前出院的時候我也這樣想過，她的表情帶著光彩，而在這十幾天之中，那光彩似乎更加耀眼。

「重回正常生活，感覺如何？」她的語氣很親切。我不希望一見面就讓她擔憂，隨口蒙混了一句：「還好。」

不知道是不是說話的態度不太自然，她眼中好像閃過一絲狐疑。

她領著我到另一個房間，若生助理已經在那兒等著了。他只是簡單打個招呼，馬上開始幫我做心理測驗和智力測驗，橘小姐則在旁邊做筆記。若生助理依舊面無表情，或許這是身爲測試人員的基本態度吧，只是這樣好像把我當成單純的測試材料，感覺不是很好。

「一再重複這些測試，就能夠了解一個人的性格嗎？」心理測驗時，我提出疑問。若生助理似乎有些意外我會發問，但隨即恢復冷靜回道：「沒錯。」
「不能讓我看看測試結果嗎？」
「看結果？」若生助理瞄了橘小姐一眼，「爲什麼突然想看呢？」
「因爲我想了解一下，希望能掌握自己現在到底是什麼樣的人。可能的話，我還想看看自己先前的那些數據資料。」
若生助理使了個眼色，橘小姐便走出房間，大概是去把我這番話轉達給堂元博士吧。我相信自己丟出去的小石子會如同預料地泛起漣漪。
「我們會考慮，先繼續做測驗吧。」若生助理說完後又回到測驗。
測驗結束後，他指示我前往教授辦公室。我一打開門，看到橘小姐正在和博士交談，但我一走進辦公室，橘小姐就退下了。
「聽說你有煩惱？」博士讓我在沙發坐下，自己也坐到對面。他輕鬆的語氣反倒讓我覺得有弦外之音，是我想太多了嗎？
「不太像煩惱，應該算是疑問。」
「嗯，是什麼疑問？」
「就是副作用。」我毫不避諱，劈頭直接問：「腦部移植手術，會不會產生副作用？」
「副作用？」博士複述了一次，似乎在思考這幾個字的意思，「這因人而異，不同條件的移植者在術後的反應各有不同。」

「我的狀況呢？有沒有可能出現副作用？」
「你的狀況嗎……」博士緩緩舔著上下唇，或許是想在用字遣詞上保持謹慎，「根據我們的評估，應該不會有副作用。我之前也說過，你和捐贈者的腦神經細胞在配對吻合度上無懈可擊，就像是給機械換上原廠正牌零件，照理說不會出現異狀的，而事實上你也沒有出現頭痛或者產生幻覺的症狀吧？」
「的確沒有感覺到這些異狀，不過……總覺得不太對勁。」
「怎麼說？」
「和從前的自己比起來，好像……無論個性、嗜好，還有想法……都不太對勁……」
我坦承說出這一個星期來發生的種種，主要提到了公司的事，還有和小惠約會時感覺到的一些變化。不過，我還是隱瞞了兩件事，第一是我對小惠產生的負面感受，另外一件就是自己曾企圖殺了臼井。
「嗯——」博士探出身子，似乎想探進我的眼底，「我想應該是長時間與世隔絕的關係吧。不光是你，很多人一旦結束與病魔的長期對抗，重回日常生活時，看待事物的態度都會變得和以往大不相同，這種狀況並不罕見。」
我搖搖頭，「不是的。我出院後，一次都沒拿起畫筆。不，我拿是拿了，可是一點也畫不出來，腦子裡沒有半點靈感。您也看過我的素描本吧，應該也發現我的筆觸有了改變；我內在的變化早在住院時期就開始了。」

一提到繪畫，博士陷入沉思，似乎是想爲此做個合理且樂觀的解釋。我接著問：「有沒有可能是移植到我頭裡面的那部分對我產生了影響？」

堂元博士像是冷不防被戳中弱點，睜大眼揚起眉毛，「什麼意思？」

「就是捐贈者的腦，會不會是那個人的腦影響了我自己的腦？」

「你爲什麼會這麼想？」

「我昨天整晚都在想腦部移植的事。我的腦部有一部分因爲那起意外受到破壞，所以這部分就是把另一個人、也就是捐贈者的腦片移植過來，對吧？」

博士沒作聲，點了點頭。

「我不曉得移植的部分占了多少比例。假設是百分之十，而且我也保持著自己一直以來的心；但如果把比例提高到百分之二十呢？我的心不會出現任何變化嗎？那要是再提高到百分之三十、四十，甚至到我原本的腦只剩百分之一、捐贈者的腦占百分之九十九的狀況，那麼從那個腦生出來的『心』，還算是我的嗎？我不這麼認爲。當然這些變化不見得一定會跟腦部移植的量成正比，但我想肯定會產生一定程度的變化吧。」

這些是我把小惠先前不經意說出的話，重新冷靜歸納後得出的假設。她說，如果把整個腦部換掉，那樣還是你嗎？

「你這個假設有個根本上的錯誤。」博士開口：「第一，腦部移植並不像把一堵壞掉的牆重新修砌，有所謂可移植的最低門檻，也就是說必須在腦部的絕大部分沒受損的情況下才可行。第二，所謂的『心』，並不是腦細胞，而是腦中電流訊號交流的結果。所以用個極端的假設，就算你的頭裡放的完全是他人的大腦，只要是你的電流訊號程式在運作，得出的那個『心』，就是你自己的。」

「腦也能夠執行他人的『心』的程式嗎？」這個主題有些偏離現在討論的內容，難掩驚訝的我還是問了出口。

「當然不可能。不，我這話得加個但書，應該說是以目前的科技辦不到。腦部移植是另一個層次的技術，前提很單純，只是因爲掌管電流訊號交流的大腦一部分受損，所以拿他人的腦片來取代，使其恢復原來的程式，而其中當然也包含『心』這個程式。」

「不過，那塊移植的腦片未必能夠和原本的腦部部位發揮相同的功用吧？我反而覺得，照理說應該不會一樣。」

「是不一樣。」博士爽快承認了這一點，「但那麼一點差異，並不會改變程式。當然，我們討論的是在可移植的範圍內，或許會存在細微的負面改變，但我認爲不可能表面化。」

「您的根據是什麼？」

「因爲平衡感，人類大腦具備驚人的平衡感。我想你也知道，人類大腦分成左右兩半，擁有的記憶容量可創造出各自分開的意識程式。事實上就目前已知，做過腦部分離手術的患者，其左右腦會分別產生意識。不過只要透過腦梁的連結，意識就能統整合一了，因爲兩邊的程式會巧妙地自我平衡達成合作。所以如果只是些微的腦片改變，很快就會被抵銷掉。」

「我這樣的腦片改變算是些微嗎？所謂可移植的門檻不是很高嗎？」

「就現在的技術來看，那確實只是些微的改變，而且我想相關技術接下來也不會有太顯著的進步吧。」

對於堂元博士的說明，我不是不能理解，但一時之間還是無法完全接受。因爲就算他這麼解釋，我實際上眞的察覺到了自己的變化，而且這絕不是因爲環境的改變，也不是我的錯覺。

「那先不談移植腦片的影響好了，有沒有其他先例，像是出意外或動了腦部手術，造成患者精神狀態產生變化？」我試著換個角度切入。

博士盤起胳膊，瞪著天花板一會兒才開口：「這種倒是有。」他回答：「最好的例子就是lobotomy手術，應該說最壞的例子比較恰當吧。正確來說叫做『前腦葉白質切除術』，這是一種簡單的手術，在患者額頭側邊開個小洞，切斷某條神經纖維即可，通常施用在精神分裂症患者、行動異常的人或是病痛劇烈的癌末患者，術後患者精神狀態會好轉，對痛楚也不甚在意，但另一方面也會出現人格上的變化，例如不再積極、無法和他人來往，情緒過度激動。現在已經不再動這種手術了，當年可說是無知所引發的失敗案例。除了術後影響，還有一種例子是因爲意外傷到頭部而使得患者性格大變，我聽過有個原先勤奮熱心、好相處的男性，因為一起爆炸意外取掉前腦葉，之後整個人變成個性焦躁、缺乏自信且易衝動。」

「這些變化不保證不會發生在我身上吧？」

「雖然沒辦法保證，但我可以很肯定地回答你，這種事是不太可能發生的。」博士說著稍稍挺起胸膛，「我剛才舉的例子都是由於腦部變成不同於原始狀態之下所引起。但就你的狀況，我們完美地修復了你腦部的狀態。我敢說，腦漿比你的還不完整、但依舊相信自己活得很正常的，這世上至少有五萬人。」

「可是再怎麼說，我的腦動過刀，即使機率很低，還是有可能因此產生變化吧？」聽我這麼說，博士面露些許苦澀，「身為學科學的人，是不能鐵齒說可能性等於零的，但我可以告訴你，那可能性幾近於零。」

「所以我這陣子心境上的改變，不能以因為動過這個手術來解釋嗎？」

「跟手術無關。重點是，你剛才說得很好，『心境上的改變』，一點兒也沒錯。你這種症狀與腦部手術完全無關，只是宛如天啓般的東西落在你身上罷了。」博士說到這，桌上的電話突然響起，他拿起話筒講了兩、三句就面朝我說：「不好意思，我先暫時離開五分鐘。」

「請。」我答道。

堂元博士走出辦公室後，我細細回想剛才的對話，總覺得博士的話不太像真的，因為最詭異的是，我這個實驗材料在敘述寶貴的術後資訊時，博士居然完全不當一回事。做爲一名科學研究者，這樣的態度著實令人不解。

我站起身，走近博士的辦公桌。書架上擺滿專業書籍和資料夾，但就算拿起來看，我也看不懂。

突然，我的目光停在一份眼熟的資料夾上。我抽出來打開一看，不出所料，這份資料記錄了提供我腦部的捐贈者資料，我對「關谷時雄」這個名字有印象。於是我從垃圾桶裡隨便撿出一張廢紙，記下關谷時雄的資料，包括住址與電話，小心翼翼地抄寫。

你千萬不能對大腦原主人的事追根究柢。——這是堂元博士的命令。但是在現在這種狀況，我沒辦法當這個人不存在。

博士在離開整整五分鐘之後回來，我已回到沙發上坐好。

「若生用電腦分析了你的測驗結果，數據一切正常，你根本不必擔心，你一樣是從前的你。」堂元博士看上去沒有特別激動，只是一臉理所當然地點頭說著。

「分析結果可以讓我看看嗎？」聽到我的要求，博士顯得有些詫異，皺起眉頭說：「你不相信我們？」

「我只是想親眼確認，因爲覺得很不安。」

「沒必要確認。況且就算給你分析結果，你也看不懂，那上面只有一大堆枯燥的數字。不過，我也不是不能理解你的心情，我再找時間整理成你能看懂的形式好了。」

「麻煩您了。」我輕輕點了頭致意，挑眼看向博士。雖然只有短暫的目光交會，但我覺得博士似乎有意避開我的視線。

【堂元筆記　5】

七月一日，星期日。

必須尊重測驗結果。這也是做爲一名科學研究者應有的態度。

無論從任何角度來看都能清楚發現，成瀨純一的人格已經產生變化，而我們目前正嘗試架構出足以解釋這些變化的理論。

和初期階段相較之下，移植者的心理測驗與性格測驗的結果都有大幅變化，也難怪移植者本人提出了自覺症狀。

問題在於接下來該如何因應。我們的理論雖尚未成熟，已透過電腦分析模擬到一定的程度，但今後的發展仍無法預測。

成瀨純一正處於變身階段。

18

我終於決定重新面對畫布，並不是因爲我想畫畫，而是覺得或許這麼做能夠慢慢找回自己。事實上，這讓我極度痛苦。以前不知多開心的事，現在只是讓我感到不耐煩。然後發現自己變成這樣，又產生另一種痛苦。

我畫的是占滿整個窗框的夕陽景致，還有桌面雜亂的靠窗書桌。並不是這樣的主題特別吸引我，只是我找不到其他好畫的。其實畫什麼都無所謂，重點是，我要執起畫筆。

新的一星期開始，過了四天。這幾天表面上看起來什麼事也沒發生，我在工廠也盡可能低調，或許其他人都不願靠近我，我也留意盡量不和其他人接觸。

這幾天我明顯變得神經過敏，對其他人的一言一行都覺得不順眼。在工廠裡看到有人工作時偷懶，或者聽到那些低俗到極點的對話，就覺得胃部一陣翻攪，很想抓起扳手或鐵鎚朝這些傢伙的腦袋用力敲下去。爲什麼自己會這麼在意別人的缺點？

最可怕的是，這些妄想都有可能一個不小心實現，連我自己都不知道什麼時候會冒出像上回差點殺掉臼井悠紀夫時的那股衝動。

上次去找過堂元博士後，回程我繞去圖書館借了幾本書，內容全是與大腦或精神層面有關的，最近每天晚上睡前兩小時我都會讀這些書，試圖透過書中內容解釋發生在我身上的狀況。

比方說，昨天讀的書裡有下列這段文字：

過去普遍認爲腦中存在神或靈魂等超自然的東西，可透過腦部操縱人類。但後來證明腦只是由物質構成，腦內一切活動都能夠以物質之間的相互作用來解釋，就這一點來看，人腦和電腦其實沒兩樣。然而，電腦會以一對一的形式處理輸入資料，也就是說電腦會推導出正確答案，這是其基本功能；相對地，人腦卻是一個非絕對理性的巨大系統。兩者之間的這個差異，正可說是人腦創造力的原點。此外，組成大腦回路的神經細胞由於具有可塑性，可藉由學習或經驗來改變神經回路；相較之下電腦具備的學習能力只限於軟體，硬體本身無法改變。換句話說，人腦和機器最大的差異，就是人腦爲了發揮功能而會自體產生變化。

「變化」這兩個字正中我心，太適合用來表現我目前的狀況了。變化——而且還是極其劇烈的變化。只不過，究竟是什麼原因引起這樣的變化，到現在還找不到能讓我接受的答案，因爲過去從沒有像我這樣的臨床病例，書上自然不會提及。

話雖如此，我又無法忍受就這樣置之不理，得找到解決之道才行。所以，逼自己畫圖這個想法看來幼稚，卻是我所能想到的方法之一。

話說回來，我盯著畫布思考，自己的手一樣揮著畫筆，但爲什麼不會像從前那樣湧現熱情？之前那個想當畫家的自己，看起來似乎和現在的自己毫不相干。

我放下手中的鉛筆，從抽屜拿出一張紙片，上頭寫著我在堂元博士辦公室找到的捐贈者住址和電話號碼。捐贈者的姓名是關谷時雄，父親好像經營一家咖啡店。

即便堂元博士矢口否認，但這個念頭怎麼都離不開我的腦袋——我會變成這樣，都是捐贈者的影響。如果自己的個性、喜好和原本的自己不一樣，最合理的推論不就是這些影響都來自捐贈者嗎？對這個可能性，我沒辦法像博士那樣一笑置之。

我決定去關谷家看看。只要了解關谷時雄，說不定會有什麼發現。

我把紙片收好，又拿起鉛筆。總之，目前只能先做自己做得到的所有努力。

就在我勉強提振精神，好不容易完成簡單的構圖時，門鈴響起。

一打開門，小惠在門口。「晚安。」她笑著說。

「晚安。」我也應聲了，但應聲的同時我也發現自己有些心虛，說真的，我這幾天都不太想和小惠見面。上星期六約會的感覺又浮現心頭，我很希望那天不開心的感受只是偶發的狀況。但或許是下意識想掩飾自己內心的迷惘，我對小惠擺出一副愛理不理的樣子，甚至脫口而出：「有事嗎？」

小惠一聽到這句話，臉上的笑容消失了，眼神游移。話說出口我才驚覺自己傷到了她。一會兒之後她說了：「沒什麼事啦……只是想看看你而已。打擾到你了嗎？」

我很後悔自己居然說了那種話，而爲了讓她放心，我勉強擠出笑容說：

「沒有，沒的事。我剛好想休息一下，我、我也……嗯，才在想要看看妳，是因爲妳來的時間太湊巧了才嚇一跳。」我的解釋愈描愈黑，自己都覺得不耐，說起話來爲什麼不能自然一點？「妳都好嗎？」

「嗯，還不錯。只是工作有點忙，所以這幾天都沒跟你聯絡……我可以進去嗎？」小惠雙手放在背後，作勢探頭窺視屋裡。

「喔喔，請進。」我邀小惠入內。

她一進屋裡馬上看到畫布，「你在畫畫啊！」

「只是想轉換一下心情，不是眞的專心在畫。」我之所以編理由，是因爲上次才告訴她自己暫時不畫畫了。

「你開始畫不一樣的主題了耶。」她看著畫布，「你以前不是說過不怎麼喜歡風景畫嗎？」

「所以才說是轉換心情。畫什麼都好，有花瓶的話我就會畫花瓶吧，只是不巧家裡什麼都沒有。」

「這樣啊。」她露出略顯僵硬的微笑，「不過這構圖很特別耶，窗外的景色和桌子，並不是照著實際狀況畫的？」

「就憑感覺嘍。」我答道。確實我自己也覺得畫法不太一樣。畫布的右半部正確畫著桌子的右半邊，到了畫布中央卻沒了桌子，倒是左半部畫了窗外的景色，而那扇窗也只有右半邊，缺了左半邊。

「是新嘗試呢。」

「也沒那麼講究啦。」我邊說邊把桌布連同畫架一併推到牆邊。

小惠到廚房泡了冰紅茶，以托盤端來房間中央的小桌上，我們倆就隔著冰紅茶面對面坐下。

「公司裡最近有什麼特別的事嗎？」

「嗯，沒什麼。」

「是喔……我們店裡啊，今天來了一個怪客人。」小惠照例從她上班的新光堂聊起，說起一個淨買些怪東西的顧客，我聽起來並不覺得有趣到會像她那樣捧腹大笑，但我還是迎合她刻意笑了。

「然後昨天……」

她接下來說起電視節目和運動賽事。小惠的話題就像樹枝一樣往四面八方延伸，內容又宛如念珠連成一大串，沒有統一性，也掌握不到重點，或許一開始就沒有所謂的重點吧，但我聽著聽著，逐漸不耐煩了起來，嘴上附和著，卻聽得很痛苦。年輕女孩都是這樣嗎？

回過神時，我發現小惠沒作聲直盯著我。

「怎麼了？」我問她。

「你是不是在等著看什麼電視節目？」她問我。

「沒有，怎麼這麼問？」

「因爲……」她支支吾吾了一會兒，「你從剛才就一直在看時鐘。」

「咦？眞的嗎？」

「嗯，你看了好幾次。爲什麼這麼在意時間？」

「不知不覺看向時鐘而已吧，我沒有特別在意時間啦。」我伸手把桌上的鬧鐘轉個方向。我的確是不知不覺地看向時鐘，因爲我直想著她到底什麼時候才要回家，這是不爭的事實。而想到這，又讓我的心情蒙上一層陰影。

「沒事啦，眞的。」我盡力擠出笑容，「繼續剛才的話題吧，講到哪裡了？」

「就是上次那本書呀。」

她又聊了起來，這次我要自己專心聽，千萬不能分心想其他事情。我一再叮嚀自己，像這樣和小惠一起度過的時光，對我來說相當珍貴且意義重大。

「……結果她說我陷得太深，不就只是書中的劇情而已，但我不這麼想，我覺得讀一本書就像是參加一場模擬體驗，當然會陷入書中劇情啊。我覺得那個主角那麼做實在很自私——」

眞是幼稚的理論，乏味，膚淺，光聽就很痛苦，但我努力要自己忽略這股痛苦，絕對不能失去愛著小惠的這份心意；我必須認爲她的一切、她說的每一句話都很重要。

突然，我覺得很不舒服，小惠的聲音似乎變得好遠，彷彿只剩她的雙脣成了獨立的生物，在我眼前一張一闔動個不停。我不由得緊緊握住手邊空掉的冰紅茶玻璃杯。

「對了，我還跟她說了上次那部電影。我知道她是麥可的大影迷，但再怎麼說麥可回頭扮高中生實在太勉強了啦。聽我這麼一說，她馬上大喊別講了，她說她就是因爲不想看到麥可裝年輕的窘樣，才一直忍著沒去電影院呀。大家聽了都當場爆笑呢。」

頭好痛。不舒服的感覺排山倒海襲來。耳鳴，冒冷汗，全身竄過一陣痲痺，每塊肌肉都變得僵硬。

「然後啊，她還有最天才的一點，她說她只要看到把麥可的皺紋拍得太明顯的畫面就當場瞇細眼睛，因爲這樣看起來畫面就全是模糊的了——」

就在這時，我和小惠之間響起激烈的破碎聲響。小惠話才說到一半，嘴還張著闔不攏，她神情愣然地垂下眼一看，我也低下頭。

玻璃杯在我手中破裂，是被我捏碎的。冰紅茶剛才已經喝完了，但融化的冰塊還是弄溼了地毯，而且玻璃碎片弄傷我的手，傷口流出鮮血。

小惠愣了一下之後說：「不好了，得快點處理。醫藥箱呢？」

「在櫃子裡。」

她拿出醫藥箱，先仔細檢查我的手，接著幫我消毒擦藥。最後綁上繃帶時，她問我：「到底是怎麼回事？」

「沒什麼，太用力了而已。」

「可是這種杯子一般沒那麼容易弄破吧？」

「大概本來就有裂痕了吧，我沒注意到。」

「太危險了。」

包紮好之後，小惠開始收拾地上的玻璃碎片。她一低頭，淺褐色的頭髮便掩上長有雀斑的臉頰。我看著她的側臉說：「不好意思，妳今天可以先回去嗎？」

小惠一聽，宛如瞬間成了模特兒假人，神情僵硬，然後緩緩轉過來看著我。
「我不太舒服。」我又強調一次，「大概是工作太累了，覺得頭重重的。」
「怎麼了？」
「就說是太累了，這陣子有點拚命過頭了。」
「可是……」她表情僵硬地說：「這樣我更不能放你一個人。今天可以在這裡過夜嗎？我明天不用早起。」
「小惠。」我凝視著她，輕聲對她說：「今天晚上先回去吧。」
她的雙眼登時溼潤，不過在淚水掉下前，她不斷眨著眼忍住，然後搖搖頭說：「也對，你有時候也會想要一個人獨處吧。但是至少讓我先把碎玻璃打掃乾淨，不然太危險了。」
「不用了，這個我自己來就好。」我一把抓住小惠伸向玻璃碎片的手，而大概是我的動作太粗魯，只見她臉上露出恐懼，我連忙放開。
「好吧。」她放下已撿起的碎片，站起身來，「我先回去了。」
「我送妳吧？」
「不用了。」小惠搖搖頭，一邊穿上鞋，就在手伸向玄關門時，她突然轉過身來說：
「之後你會告訴我吧？」
「什麼？」

「你會把一切都告訴我吧？」

「我沒有事情瞞著妳啊。」

小惠泫然欲泣的臉龐泛起淺笑，搖了兩、三下頭，「晚安。」說完便消失在門後。

我愣在原地直到聽不見她的腳步聲，然後回頭收拾碎玻璃，小心翼翼地擦拭地毯，再用吸塵器吸過一遍。一想起自己剛才歇斯底里的行為，我不由得憂鬱了起來。那股衝動到底是怎麼回事？難道小惠做了什麼讓我氣得想把玻璃杯捏碎的事嗎？她只是開心地在聊天而已啊？

「老子還眞異常。」

我刻意把心裡想的事說出口，感覺似乎這樣才能讓自己客觀地接受事實，但是一說出口就發現，我居然用了平常不太會用的「老子」來自稱，連自己都覺得莫名其妙，同時一股莫名的不安浮上心頭。

腦海浮現昨晚看的書中某個章節提到，人腦會自體產生變化……

我的心出現了變化，顯而易見。

小惠，我明明很愛妳，對妳的愛卻漸漸消退……

【葉村惠的日記　3】

七月五日，星期四（陰）

一個人孤伶伶的房間，說不出來的寂寞。

今天去純家找他，想確定他一如往常，但我在他家看到的畫好糟糕，以前的純絕對不會這樣畫的。

因爲討厭腦中那些不吉利的念頭，我刻意在他面前表現得很開朗，還把想得到的開心事全說出來，但純的視線卻完全穿透我，遠遠地不知盯著哪裡。我這場悲哀的獨角戲，和玻璃杯一起化成了碎片。

再不快一點就沒時間了。但是，到底該催什麼快一點呢？

19

隔天，星期五的下班後。

我照著住址尋找，馬上就找到關谷家了。這家名叫「紅磚」的小咖啡店位在車站前岔開的小路上，木門旁的門牌上寫著「關谷明夫」。

一推開門，頭上方的風鈴「鈴鈴」發出聲響，這兒給人的第一印象就是一家氣氛復古的小店。

店內除了吧檯，就只有兩張兩人座的桌子，空間非常狹窄，即使坐在桌前也可能碰到吧檯顧客的背，不過牆壁和吧檯都是木造的，感覺充分吸收了咖啡香，加上隨意擺設的古董餐具，一看就是一家典型的咖啡專賣店。

店內只有兩名顧客，面對面正坐在靠內側的小桌。

老闆在吧檯內，滿頭白髮、身形瘦削，鼻子下方的鬍子也是白的，我在他面前坐下點了綜合咖啡。他不發一語輕輕頷首，隨即著手沖泡。

我喝了一口端上來的咖啡之後，開門見山地問道：「您是關谷時雄先生的父親吧？」

老闆的嘴半張著，露出狐疑的目光，「你是……？」

「我是東和大學的研究員，在堂元博士底下工作。」我有備而來撒了個謊。

關谷先生一聽，瞬間睜大雙眼，又立刻低下頭眨了好幾次眼，「請問有什麼事嗎？」

「想請教幾件關於時雄先生的事。」

「我們跟東和大學沒往來。」關谷先生說著拿起抹布擦拭吧檯。

「不用隱瞞了，我什麼都知道，所以想來請教您。」

關谷先生抬起頭似乎想說什麼，還是又默默低下了頭。

「事關重大。這問題牽涉到接受時雄先生腦部那位患者的一輩子——」

「別講了！」我話還沒說完，他就壓低了嗓子厲聲說道，然後瞄了小桌子座位的顧客一眼，「可以先別在這裡說這些嗎？」

「好，那我晚一點兒再說。」我說著啜了一口咖啡。關谷先生看上去不太高興，卻沒再說什麼不歡迎我的話。

我一邊看著在吧檯內擦拭餐具的關谷先生，一邊思索著。自己大腦的一部分和此人有所淵源，而一想到目前自己的人格或許正是遺傳自這個男人，就有一股難以形容的情緒。然而另一方面，我也感到些許失望，因爲我在這個人身上沒察覺到什麼特別的感應。雖然沒有任何科學根據，但我總覺得既然腦的一部分有共同的基因，雙方應該會有某些心靈相通吧？然而我不論怎麼看這位白髮的瘦削男士，腦中都沒閃過任何感應。

過了一會兒，那兩名顧客離開了，確認店門完全關上後，我望向自己面前的咖啡杯，喝掉最後一口，又續了一杯。

「聽說他是車禍過世的，人被夾在車子和建築物之間，是吧？」

關谷先生爲我沖著第二杯咖啡，輕輕嘖了一聲，「他開太快了。人生才剛起步，居然就迷上車子那種無聊東西。」

「他是個很好動的人吧？」

「不算好動啊。」關谷先生在櫃檯內的椅子坐下，「他表面上好像很喜歡跟大家瞎起鬨，其實相當膽小。不是有一種人一開起車來就像變了個人嗎？他就是那樣。」

「那他是對念書或工作很積極的類型吧？」

我會這麼問，是根據自己最近個性上的變化，但關谷先生的回答卻出乎我的意料。

「念書？你說時雄？」他聳聳肩，「眞可惜，你猜錯了。那小子考完大學之後，我就再也沒看過他坐到書桌前，一天到晚只知道跟他那些朋友到處晃蕩。不過他沒做壞事，我也還算放心就是了。」

「他不曾對什麼事特別認眞嗎？」

「說起來，他對任何事都有興趣，卻全都不專精。三分鐘熱度是他的缺點，總之是個輕易嘗試卻也一下子就半途而廢的小子。他也當過義工啊，結果半年左右就放棄了。」

「這樣啊……」我含糊地點點頭，把咖啡杯端到嘴邊。看來關谷時雄的個性似乎與我的推測有相當大的落差，眞要說，應該會被列入現在的我最討厭的類型。

「你要問的就是這些嗎？」關谷先生的臉上寫著懷疑，「當初動手術的時候，是你們要求一定要對時雄提供腦部的事保密吧？你們不是還說絕對不會造成我的麻煩，而且往後不再有任何聯絡嗎？那現在這是怎麼回事？」接著他似乎想起什麼，又問：「你剛才說了一句話怪怪的，什麼這關係到接受時雄腦部那位患者的一輩子……，那個患者出了什麼狀況嗎？」

「是我的說法誇張了點。」我擠出笑容，「我們只是因爲對時雄先生的資訊不足，希望能多了解一些。至於那位患者——」我潤了潤脣，「他很好，一切正常，目前沒有任何問題。」

白髮男的眼神始終帶著懷疑，「是嗎？那就好。」他答道：「雖然人死就一了百了，但要把身體的一部分挖出來給別人用，對家屬來說，總覺得不是滋味。」

「您沒想過拒絕嗎？」

「沒辦法，因爲是他本人的意思。先前他當義工的時候，好像塡過一份死後要捐出身體的一部分……就是當什麼捐贈者之類的同意書。他平日也常說，自己死了之後要這麼辦，但我作夢也沒想到竟然眞的是這種結果。」

我喝完第二杯咖啡，詢問關谷先生有沒有供奉時雄牌位的佛壇。「沒有。」關谷先生回答：「我們家沒有宗教信仰，只留了那個。」他大拇指指著掛在後方櫃子上的小相框，裡面有張年輕人帶著微笑的照片，應該就是關谷時雄了。

「他笑得很開心。」我看著照片說：「看起來很得人緣呢。」

「是啊，他確實很好相處。時雄對很多事都馬馬虎虎，唯獨對朋友眞的是沒話說，加上他又不喜歡跟別人起衝突，很少表達自己的意見。大概從念小學起吧，我就沒看過那小子跟別人吵架了。」

我愈聽愈覺得整件事眞的不太對勁，眞要說的話，關谷時雄的個性反倒和手術前的我比較像，這麼一來，我這陣子個性上出現的改變，就不單是捐贈者的腦所造成的影響了。

之後我又問了幾個問題，包括關谷時雄的童年，還有他的興趣、嗜好之類，但這些資訊都和現在的我毫無聯結，關於繪畫方面也是，我得到的回答只是「沒什麼特別興趣，但應該不討厭」。

我想不出還有什麼好問的，打算起身離開了，「謝謝您，幫了我很大的忙。」

「用不著跟我道謝。很久沒聊起時雄了，還滿高興的。」他難爲情地露出笑容，接著說：「方便請教一件事嗎？」

「請說。」

他盯著天花板開口了：「我是不太懂那些複雜的學問，不過，時雄的腦部後來到底怎樣了？」

「您說怎樣是指……？」

「我是說……」關谷先生似乎苦於無法將自己的想法清楚表達，他皺起臉，頻頻敲打自己的太陽穴，「就是時雄的腦還活著嗎？可以當作還活著嗎？」

「這……」很單純卻很難解的問題，也是我無法忽視的疑問。究竟是怎樣呢？時雄的腦還活著嗎？還是他的腦已經不在了？換作是心臟移植的病例呢？或是肝臟移植的話，又該怎麼看待？我不知道怎麼回答，最後，我說了一個能讓這位父親滿意的答案：「當然還是應該視為活著吧。時雄先生和那位患者一起活著。」

關谷先生似乎放了心，「這樣啊，可以當作還活著呀。」

「那麼，我先告辭了。」這次我說完便起身。

「謝謝你告訴我這個好消息，讓我能稍微放心。我聽說接受移植的那名男性跟時雄年紀差不多，這表示時雄也能活到跟他差不多老吧。」關谷先生瞇起眼睛，隨即訝異地看著我說：「年紀差不多……。你……該不會就是那位患者吧？」

我一瞬間猶豫著該不該告訴他眞相，但回過神時，發現自己已經搖著頭開口了：「不是，我只是個學生，在東和大學做研究。」

但關谷先生聽了還是懇切地望著我好一會兒，然後像是回過神似地移開目光，嘆了口氣說：「沒錯，不是你。」

我很好奇他爲什麼這麼說，於是筆直盯著他。

「不是你。」他又重複一次，「如果是你的話，我應該會知道吧。那個……像人家說的心電感應，不是會有一種觸電的感覺嗎？雖然無憑無據，但我想應該會那樣吧，可是我從你身上完全感覺不到那種東西。」

「是，我也沒有。」我說道。

「如果你遇到那個人，可以幫我問候他嗎？請他好好運用那顆腦袋。」

「我會轉告的。」

我行了個禮，然後毫不猶豫走出咖啡店。外頭下著雨，溼透的路面映著霓虹燈光。

眞的不太對勁……我低聲呢喃。

20

隔天晚上，我到了大學研究室。因爲比約定的時間早了些，室內只看到橘小姐一人。

我坐在椅子上，看著橘小姐忙碌地操作電腦、整理文件。我從沒看過她做比較女人味的打扮，但爲什麼即使身穿白袍也能充分流露出女性風情呢？不單是她的姿色，或許因爲她在工作和生活方面都充滿自信吧。當然，她本身也具備了天生的女性魅力，最好的證明就是當我窺探她從白袍下襬間露出的膝蓋時，忍不住怦然心動。

我看著她的側臉，還是覺得她跟某個人很像。我確定那是以前看過的某部電影中飾演女主角的外國大牌女明星，但就是想不起來是誰。

她好像發現我直盯著她，轉過頭來問：「我臉上沾到東西了嗎？」

「呃，沒有。」我搖搖頭，「對了，我想問妳一件事。」

「什麼事？」

「妳在我住院期間一直照顧我，對吧？想請妳坦白回答我，妳覺得最近的我，感覺起來怎麼樣？」

「你指哪方面？」

「就是和我剛住院那段時間比起來，有沒有什麼改變？比方說個性或是行爲模式。」

橘小姐捲起半截袖子的纖細手臂盤了起來，微微偏起頭看著我，然後露出微笑，「我覺得一點也沒變喔。」

「是嗎？」我追問：「不可能，一定有變的。妳爲什麼不說實話呢？」

「我已經說實話了，你爲什麼這麼說？」

「我差點殺了人哦。」

我一說完，她的表情彷彿瞬間停格，接著滿臉不知所措地盯著我，僵硬地笑了，「你亂講的吧？」

「很遺憾，是眞的。」我坦承了自己那天想殺死臼井悠紀夫。她聽完我的話，深呼吸了好幾次，似乎想讓情緒平靜下來。

「我不了解當時的狀況，所以沒辦法給你明確的答案，不過……你對那個學生的憤怒，應該不算異常的精神活動吧。老實說，要是我看到那種人也很生氣，而個性稍微急躁的人，說不定就會採取暴力手段。」

「但我絕不是那種個性急躁的人，至少動手術之前不是。」

「我了解你的意思，不過人的個性本來就會改變，況且有時候只是暫時埋藏在意識深層，有可能某一天就突然浮上表層。好比在運動場上，有很多人平時溫文儒雅，但一旦換上球衣上場，就立刻變得攻擊性十足，不是嗎？」

我咬著下唇，「妳的意思是，我原本就具備殺人犯的特質？」

「我不是那個意思。你要了解，任何人都不可能完全了解自己的。」

「就算我沒辦法了解自己，但了解患者的症狀總是醫師的義務吧？博士還有你們這些人明明負責檢查我的腦袋，卻對我的症狀漠不關心，這一點我實在無法接受。」

「我們怎麼會漠不關心？只是比較冷靜面對而已。不過是精神狀態稍微失衡，就把這件事跟大腦功能聯想在一起，這樣下結論也太草率了。你的腦部是經過多項精密檢查之後判定沒有異常的。」

我以拳頭輕輕敲著自己的頭，「感覺到異常的，是帶著這個移植腦的我本人，ＯＫ？

還有比這更確切的證據嗎？我本來以爲可能是受到捐贈者的影響，但現在看來，好像不能光憑這個原因來解釋了。」

橘小姐一聽到「捐贈者的影響」這幾個字時，顯然倒抽了一口氣。

「這話什麼意思？」

「就我的觀察，捐贈者並不像我剛才形容的是個性粗暴的人。」我坦承自己去見了關谷時雄的父親，還向他詢問了一些關谷時雄的事。橘小姐一臉苦澀地皺起眉頭說：「爲什麼去找他？不是交代過你千萬不能去了解捐贈者嗎？」

「在這種狀況下根本不可能忍得住啊，我受不了就這樣什麼都不做。」

她使勁按了按自己的太陽穴，「那麼這下子你總算能接受了吧，你眞的完全沒受到捐贈者的任何影響。」

「我並沒有接受。我只是一點也感受不到自己的腦和那位父親有什麼淵源。」我把手伸進頭髮間用力搔著頭，接著我倏地停下了手，一邊觀察橘小姐的表情變化一邊說：「該不會……根本就不是吧？」

「不是什麼？」她皺起眉頭。

「不是那個捐贈者啊。我和關谷時雄的父親道別後，一直想著這個可能……」我潤了潤嘴脣繼續說：「捐贈者眞的是關谷時雄嗎？」

橘小姐臉上的表情又瞬間消失了，接著她張開口，停頓了一下才出聲，「你在胡說什麼？爲什麼要懷疑這種事？」

「是直覺，我覺得捐贈者可能另有其人。」

「你的直覺錯了，怎麼可能有那種事，再說我們爲什麼要撒那種謊？」

「我不知道原因。」

「眞是莫名其妙。」她揮了揮手，像趕蒼蠅一樣，「好了，剛才這些話我就當沒聽過。時間差不多了，我去找若生助理過來。」

橘小姐宛如逃跑似地離開房間。她的倉皇失措是因爲被我說中了事實，還是因爲聽到意料之外的假設？目前的我完全無法判斷。

到了約定的時間，我一如往常接受了一連串的測驗。負責人照例是若生助理，橘小姐則不見人影。

「測驗的結果一樣是毫無異常吧？」結束一連串的測驗後，我語帶嘲諷地問。若生助理不可能聽不出來這是挖苦，但他依舊面不改色地回答：「確實結果要等電腦分析出來才曉得，但我想結論大概是這樣沒錯。」

我露出不耐煩的表情，「要是你沒說謊，我敢肯定你們有必要重新檢討這個測驗方法了，根本一點用處都沒有！還是你們的電腦壞了？」

「這個測驗和電腦都沒問題。」若生助理還是面無表情，「不過因爲沒辦法一次做到全面性的檢查，所以才得像這樣定期請你過來進行測驗好補充資料——請過來這邊。」

我在他的引導下進到隔壁房間，室內擺著一座類似電話亭的箱子，我對這個設備有印象，手術後沒多久時，我曾進到這個箱子裡接受測驗。

「要做聽力測驗嗎？」

「類似，不過這個測驗還能了解很多其他的狀況。」

若生助理指示我進去。箱子裡放著一把椅子，前方還有一臺配備了螢幕和鍵盤的機器，機器接出一條電線連到耳機。

我依照助理的指示戴上耳機，開始測驗。這是與聲音有關的各項測驗，像是聽過兩種音之後判斷其高低、強弱、長短，或是比較音色，或是指出兩段旋律的差異，最後則是辨別數種節奏。每種測驗都不太難，只要一般耳朵正常的人都能答對吧。

「拜託你們不要因爲這項測驗的結果很好，就做出結論說我的腦袋一切正常。」我走出箱子後，指著若生助理的胸口說：「這種測驗根本是在騙小孩！」

若生助理似乎在思考著什麼，沉默了數秒之後，看著我問：「你覺得太簡單了嗎？」

「我記得以前做這個測驗的時候，題目比較難啊，你們這樣改變難度也太不公平了吧。」

若生助理面對我的抗議，依舊沒露出什麼反應，彷彿吊我胃口似地頓了一下才說：「當然，這只是其中一項測驗，不可能光用這個來判斷你的腦子正不正常。」

「那就好。」我點點頭。

結束測驗後，我來到堂元博士的辦公室，博士正在自己的桌前打電腦。旁邊有個陌生男士，身材矮小，有顆光溜溜的大頭。

「噢，你氣色看來不錯。」堂元博士心情很好似地對我說：「上次見面之後，還有什麼變化嗎？」

「幸好沒有。」

「嗯，所以是已經順利恢復正常生活嘍。」

「那倒不是。上次跟您提過了，我還是覺得自己的個性和喜好變了，而且變化愈來愈大。」

博士稍微沉下臉，「具體來說呢？」

「就是——」我正想說，又閉上了嘴，因爲旁邊有個局外人。堂元博士大概是察覺到我的顧慮，立刻笑著點點頭說：「喔，還沒給你介紹。這位是我的朋友，光國教授。他是個心理學家。」

「心理學？」

「他在那個領域可算是權威。」

「你好，我是光國。」矮小男從椅子起身朝我伸出手，這個人不管坐著或站著，身高都沒多大差別。我一邊跟他握手，同時看著堂元博士說：「您找了幫手來嗎？」

「是有這個意思，但他應該對你也有很大幫助。好了，這件事之後再慢慢說，總之你不用顧慮他在場，他會保密的。」

我看著這位頭大得不像話的男士——光國教授，他則是對我投以宛如老人看著孫子的眼神，那視線讓我覺得不太舒服，但我還是開口了：

「我最近愈來愈覺得，和他人接觸是一件令人厭煩的事。」我告訴堂元博士，「我環顧周遭，幾乎沒有人值得信任，只覺得每個人都是沒用的廢物。我以前從來沒有這種想法。」

「哦？」堂元博士張著口，似乎很驚訝；光國教授也露出相同的表情。「我之前也說過，這應該只是單純的心境變化吧。人在年輕的時候總會有幾次這種類似大夢初醒的感覺。」博士又重複這些老掉牙的回答。

我不耐煩地搖著頭說：「這絕對不是什麼心境的變化！」

「嗯……」博士以小指搔了搔太陽穴一帶，「對了，上次你好像提過你懷疑這是受到捐贈者的影響吧。」

「我只是提出一個假設來請教您的意見，並不代表我堅持這個論點。」

尤其在我調查過關谷時雄之後，我更覺得自己沒有根據去主張這一點。

「換句話說，你現在不這麼想了？」

「我也不知道，所以才來問您。」

「原來如此。」博士起身，拿了兩張紙回來放在我面前。紙上畫著幾十道橫線，「上星期我答應過你，要把你的測驗分析結果整理成簡單易懂的形式，對吧？比方說，這個『內向性』旁邊的橫線長度，就是用來表示你內向的程度。這裡有兩張，一張是你最近的測驗結果，另外一張是手術後第一次測驗的結果。你自己比較看看。」

我雙手接過來對照著看，發現在心理測驗和性向測驗的結果上都沒有太大差異，雖然多少有些差別，都不太明顯。

「我們這些測驗也能偵測到你內心潛在的部分，所以就這些結果來看，並沒有發現你自覺的那些人格變化。然後，這裡有日本人的平均數值。」他又遞出另一張資料，「看看這個就知道，你具備的是很普遍的正常人格。雖然稍微偏內向，但這種程度並沒有什麼好奇怪的。如何？」

我搖搖頭把三張資料放在桌上，「光讓我看這些數字，我還是無法接受。」

「是你自己說要看分析結果的。」

「我上次的確說過，因爲那時候我只是稍微懷疑有問題，但現在不同了，我完全不認爲自己這個狀況算正常。」

「唯一的原因就是，你想太多了。只要相信我們的分析，精神上也會慢慢平靜下來的。」

我靠上沙發椅背，手撐在扶手上托著下巴。堂元博士究竟是打從心底覺得我很正常，還是因爲某種原因而說謊？我實在判斷不出來。

「對了，」博士開口，「光國教授今天來這裡也不爲別的事，他好像想找你做個簡單的訪談。」

「訪談？」我看著坐在博士旁邊那名矮小的男人，他簡直就像隻可以塞進口袋的小猴子。

「很簡單的。」矮小男人說，「只是很基本的精神分析。其實我之前就對你很感興趣，心想一定要找機會跟你談談。」

「如果是心理測驗之類的，若生助理已經做過很多了。」

「這和心理測驗不太一樣，不過你也不必害怕。」

「是嗎？」我蹺起腿，撫著稍微冒出鬍碴的下巴。看來這兩名學者似乎都非常想進行這個實驗，於是我問光國教授：「您應該聽博士說過，我認爲現在自己內心出現一些異常狀況，您這個測驗可以幫我弄清楚到底是怎麼回事嗎？」

「我不敢說百分之百，但我相信一定會有幫助的。」光國教授不斷點著他那顆光頭，「只不過，最後的結果會是證實你實際上眞有異常，或者只是你個人的感覺，這部分就無法預測了。」

一旁的堂元博士跟著說：「我個人是很希望能透過這個測驗找出你妄想的原因。」

「妄想嗎？」我知道自己的眼神充滿質疑，因爲我完全無法接受博士的這種態度，爲什麼硬要當作沒發生任何事？難道是因爲他認爲這樣有損腦部移植成功的榮譽？

總之，我覺得口袋猴的提議倒也不壞。

「好吧，我答應您。」

光國教授眨了幾下眼睛，朝堂元博士點點頭。博士也在用力點了一下頭之後起身說：

「那我暫時回避一下比較好嗎？」

「麻煩你了。」光國教授說。

這個名爲訪談的測驗，在另一個房間裡進行，據說是希望盡可能讓我的視野之內沒有任何東西。我心想，既然這樣戴眼罩不就好了嗎？但好像不能這麼做。

房間中央放了一張長椅，教授要我躺在上面，我依照他的指示做了。天花板的日光燈迎面對著我，接著燈光突地被關掉，室內卻沒變有漆黑，因爲光國教授從公事包拿出一個類似光筆的東西，電源是打開的，原來那不是單純的光筆，因爲筆尾還接了一條電線，連接另一頭的設備好像就放在他的公事包裡。

教授坐在我的頭那一側，所以我看不見他的模樣。

「那就開始吧。身體請放輕鬆。」教授說話的同時，光筆的亮光開始一明一滅，室內也隨之忽明忽暗，那閃爍的節奏很奇妙，光是這樣看著就覺得好像整顆心都要被吸進去。

「請讓心情平靜下來，想睡覺的話，也可以把眼睛閉起來。」

我閉上眼，教授的聲音持續響起：「好，接下來我要問幾個問題，先從你故鄉的事開始。你的出生地是哪裡？」

我回想著自己出生的舊家，還有周邊的環境，一一說了出口，連老家隔壁有間盆栽店都說了。先前似乎早已遺忘的種種，竟然變成莫名生動的畫面浮現。然而另一方面，這些全像是電影場景，而不是我自己的親身經歷，爲什麼會這樣？

教授的問題來到下一個階段：想想你之前住過的房間，你人正在裡面，穿什麼樣的衣服？在做什麼事？

「我一個人……沒做什麼事，只是一直盯著窗外。」

「那麼，在這個狀態下，你最在意的是什麼？」

「最在意的事？」

「就是你掛心的事。放輕鬆，任何小事都不要緊，直接說出腦中浮現的事物。」

整個世界慢慢遠去，耳邊只隱約傳來教授奇妙的呼喚。

音量先是愈來愈小，直到聽不見，然後又慢慢變大。有人喊著我的名字，「純！純！」是誰在叫我？

那個聲音逐漸變得清晰。喊我的是班上一名叫蒲生的男孩，他是全五年級體形最高大的學生，總是要當孩子王才甘心。叫我的居然是蒲生，我有不好的預感，這下肯定沒好事。

蒲生問我，你最喜歡的球隊是哪一支？我回答巨人隊。他說，有你這種蠢蛋支持，巨人會變弱啦，你去當別隊的球迷。哪有這樣，喜歡就是喜歡，我有什麼辦法，我說完之後，他馬上賞我一巴掌說你這小子居然還頂嘴。

好！決定了！從今天起你就是大洋鯨隊（*1）的球迷！蒲生這麼說。因爲當時吊車尾的是鯨隊。每次哪個球隊墊底，他就命令我當那一隊的球迷，而要是那個球隊一輸球，隔天他就會逼我在大家面前跳舞謝罪；而要是巨人隊輸給最後一名的球隊時，他就會把我當出氣筒，對我拳打腳踢。

我對家人從沒坦誠自己在學校被欺負的事，因爲說了就會挨爸爸罵。爸爸經常在盛怒之下脫口而出：像你這種膽小鬼，根本不是我的兒子！我每次聽到這句話都覺得很難過。

爸爸連在家裡都坐在書桌前默默工作，他是個從不鬆懈的人，我總是看著他的背影。

而那道背影逐漸變黑，然後突地轉過身朝向我，卻變成高二同班的一個男同學。這個人是籃球隊的主將，經常蹺課去咖啡廳抽菸，他對我說：欸，成瀨，要不要跟我一起去看電影？我驚訝地反問：就我跟你兩個人？白痴啊。他說：要約高澤征子啦。

一想到高澤征子，我的胸口就熱了起來。我們從中學就同校，她是我唯一的女性朋友，也是我崇拜的對象。她對我很親切，只要一講起書和繪畫，我們可以聊上三天三夜也聊不完。

回過神時，我們三人來到了電影院門口，這裡就是約好碰面的地點。進戲院前，籃球隊主將在我耳邊悄聲說：你坐到離我們遠一點的位子啊。還有，看完電影之後就說你有事要先走。知道嗎？我雖然想反抗，卻什麼也說不出口。

我依照他的命令，找個離他們遠遠的位子坐下看電影。銀幕畫面是一名工廠廠長正在講電話，通話對象是某高輸出電源器廠商。這次下單的對象將由數家公司競標的價格來決定，廠長卻把其他公司的出價告訴了幾個跟自己「交情好」的特定業者，也就是說，他收了人家的賄賂。

這時有個年輕人出現，來到講電話的廠長面前，遞出一份報告。報告上指出最近產品頻頻出問題的原因，就出在某家廠商的電源上，而那家廠商正是與廠長掛鉤的業者之一。廠長脹紅了臉，勃然大怒，抓起紅筆把報告上他看不順眼的部分槓掉，結果幾乎一整頁都讓他不高興，一張報告紙成了滿江紅。我抓起那張變成廢物的紙張，一瞬間那張廢紙變成報紙，上面刊著一篇女高中生自殺未遂案的報導——高中二年級的A子同學割腕自殺。報導中的A子同學就是高澤征子，自殺動機不明。但是根據不知來自哪裡的小道消息，那天看完電影回家的路上，那名籃球隊主將在公園裡對她施暴。征子不可能自己說出去，所以肯定是那個男的想跟同伴炫耀時說溜了嘴吧。征子出院後沒回學校，直接轉學到其他高中。而我自從留下不安的她自顧自離開那間電影院之後，我們也沒再見過面。

報紙被我扔進焚化爐裡，頓時揚起火焰，火團中有個捕鼠籠，籠裡有隻老鼠，而那隻

*1　二〇一二年隊名更改爲「橫濱DeNA海灣之星隊」。

老鼠突然又變成籃球隊主將。我掐著他的脖子。我掐著蒲生的脖子。我掐著廠長的脖子，扔進了火焰裡。管他是誰，全都燒個精光最好——

我聽見一道聲音，有人在叫我。

成瀨先生，成瀨先生！

我一睜開眼，刺眼的光線讓我又閉上了眼睛。「這樣不行。光線稍微調暗一點。」有人這麼說。我再次睜開眼，光國教授的瘦臉就在面前，他身後站著堂元博士，不知是什麼時候進來的。

「感覺怎麼樣？」光國教授問我。

我以指尖按著眼頭，「有點昏，但是不要緊。」

「睡著了嗎？」

「嗯，好像睡了一下。然後……那是夢嗎？呃，想不太起來。」

「不用勉強。今天就先到這裡吧。」光國教授靠著桌面的雙手十指交握，一旁擺著那支奇妙的光筆和膠布。

膠布？

我記得剛才沒看見這樣東西，是用來做什麼的？

「你們有什麼發現嗎？我的意思是，查出我內心潛在的是什麼了嗎？」

「不算有什麼重大發現，畢竟今天只是第一次測驗。不好意思，我想還是不要對你解釋太多比較好，怕對於日後的測驗會產生不良影響。」

「意思是還要繼續這個測驗嗎？」

「可以的話，能夠繼續是最好了。我已經取得堂元博士的許可，再來只需要你的同意了。」

「如果有需要就只能做了啊。不過我現在很累，頭也很痛。」

「稍微休息一下再回去吧。」在教授身後的堂元博士說。

離開大學後，我恍恍惚惚踏上回家的路，卻怎麼也想不起來夢境的內容。那個心理學者到底做了什麼？他眞的能爲我解開這個詭異症狀的謎團嗎？

電車車廂內空空蕩蕩，我找個位子坐下，雙手放在膝上。這時，我發現雙手不太對勁，泛紅的手腕好像被什麼東西用力扯過，摸了一下，感覺黏黏的。

怎麼回事？

我盯著好一會兒，驀地倒抽一口氣，我連忙拉起牛仔褲褲管檢視，不出所料！腳踝上也沾著同樣的黏著物。

膠布！他們一定是用那個來固定我的手腳，爲什麼要這麼做？這代表，我當時曾經陷入讓他們必須這麼做的狀態。

還有其他證據嗎？我試著檢查自己的身體，發現在左手肘內側有一處小割傷，我在到大學前並沒有這道傷口。

還說沒有異常！——我心情黯淡地低喃。

【堂元筆記　6】

七月七日，星期日。

光國教授認爲這是一種共鳴效果，和我的看法一致。

透過自由聯想陷入催眠狀態的成瀨純一，跟隨著引導說出了幾段記憶。那些片段全都以厭惡自己窩囊、懦弱、卑劣的形式保存，尤其是高中時期的回憶，不可否認在他內心造成極大的陰影，影響之大，可從他在催眠狀態中突如其來的脫序行爲看出。雖然請來若生助理協力壓制住，成瀨純一仍持續發作了將近十分鐘。

這些記憶至今全靠他本身具備的智慧和善良，將其完全封閉起來，原本很可能一輩子都不會浮上意識表層。

可是現在這些潛在意識竟然逐漸成形，爲什麼呢？

我們不得不考量有可能是由於受到其他外物的誘發，而所謂的「外物」，除了移植的腦片，不作他想。根據PET(*1)的結果，也發現移植腦片的活動遠遠超過我們想像。

雖然難以置信，但我們不得不承認捐贈者的精神模式的確逐漸控制了成瀨純一，而這個模式喚起成瀨純一的潛在意識，產生了進一步加深影響的「共鳴效果」。

至於解決方案，我們目前仍持續討論中。委員會當中希望再動一次手術的聲浪較高，但問到具體手術方式時，所有人又陷入沉默。此外，腦部移植手術的這類弊病一旦公諸於世，將非常難堪，這也是事實。

「眞的很難相信捐贈者的意識竟然能傳導至移植者身上。」有位委員搖頭這麼說。或許該讓他看看今天進行的音感測驗結果。成瀨純一的音感程度正如我以及電腦所預料，相較於三個月前，有了無可比擬的巨大進步，這項事實正清楚說明捐贈者對他的影響。

橘助理的報告中提到，成瀨純一對捐贈者來源開始起疑。這一點要充分留意，並向委員會報告。

21

我在工廠受到孤立的狀況愈來愈明顯，原因之一是先前提出的業務改善報告被公布了出來，內容主要是強調若要提高效率，就得減少目前三分之一的組員，也就是暗指，用了這麼多人形同浪費。但是軟弱的人最討厭聽眞話了，而且還會痛恨說眞話的人。

連我少數的友人之一——葛西三郎這陣子也和我離得遠遠的，可能是他認爲這樣比較能在公司裡平靜過日子吧，這個人同樣屬於軟弱的一群。

*1 Positron Emission Tomography，正子掃描。

我猜想這個狀況應該不會持續太久，而我的預感也準確實現，卻是我怎麼也沒想到的結果。

「我跟廠長討論之後決定了。因爲你先前休息了好一陣子，現在手上應該沒有太多分不出去的工作吧。」組長的視線落在桌上那疊文件上，好避開我的注視。他以前對我講話總是「喂」地大呼小叫，這陣子卻改稱「你」。

組長提出的是人事調動。這天下午通知上工的鐘聲一響，他馬上把我叫進辦公室，告訴我這件事。

據這個無能的組長說，第三製造工廠提出需求，希望能調一名線上作業員過去，負責站在輸送帶旁拼湊零件或組裝機器。第三工廠經常苦於人手不足，因爲他們不但工資低廉，又是以非人待遇的工作環境出名，也難怪會找不到人手，而現在這個白痴組長居然挑中我去補上缺額。

我除了錯愕還是錯愕。明明還有一大群不好好工作、騙吃騙喝的冗員，現在卻留下他們，把一星期提出超過兩篇報告的我攆出去⁉我完全無法理解他的腦子在想什麼，眞是瘋了。

「這算是排除異己嗎？」我這麼一說，組長立刻裝出生氣的模樣回道：「你胡說些什麼！沒那回事。」

「但是我現在負責的工作量應該比其他人都多！只要是稍微有腦子的主管，絕對不可能挑我這種人去補缺額的。」

「你的意思是我沒腦子嗎？」

「這個工廠裡到處都是不需要的人，幾乎全是廢物。」

「你就是因爲這種偏激的看法才會被大家孤立。」

我聽到這句話忍不住激動地說：「才不是！」但我的辯解只是暴露了自己目前遭孤立的狀況。

組長似乎察覺了當中的矛盾，乾咳了一聲之後說：「的確，我的考量是盡量保持團隊合作，才會有這次的人事調動，你也別淨往壞處想。」他試著用這個說法圓場，接著看我愣在原地，他便說：「沒其他事了，你回自己的崗位去吧。」說完就像趕蒼蠅似揮了揮手。

我正要走出辦公室，在門口又突然轉過頭瞪向這個一臉窮酸的矮小男人。他抬眼瞅著我，看我還有什麼事，我一邊感覺著自己雙頰的抽動，對這個無能的男人吐了句：「你沒救了！」

他錯愕得無話可說時，我已經開門走了出去。

回到工廠後，我知道有幾個作業員偷瞄著我，我一瞪回去，他們又馬上避開目光，看來大家都知道調動的事了。

那天直到下班，都沒人接近我身邊，眞是幫了我一個大忙。我很怕自己一看到他們就會爆發出厭惡的情緒。

我。

離開公司後，我沒有直接回住處，而是在夜晚的街道上晃蕩，空虛和憤怒輪流攻擊著我。

我心想，如果這事情發生在出意外之前，會怎麼樣？如果還是從前那個成瀨純一，就不會像這次被挑中成爲調職的人選吧？因爲一點都不起眼，而且還是組長最聽話的下屬。但是像那樣永遠無法貫徹自己的想法，會比較好嗎？不，從前的我就連有沒有自己的想法都有待商榷。

不過有件事絕對不能忘記——現在還不確定這個人格到底是不是眞正的我。

我的雙腳走向小酒館。

我很了解酒精對身體不好。又想到先前那次因爲喝醉而整個人失控的狀況，很顯然酒精對腦部功能造成了重大影響。即便如此，還是有些夜晚讓人不得不喝上幾杯，譬如今晚。

我晃進一間酒吧，店裡窄到推開門一踏進去就差點撞到吧檯前的椅子。不過靠裡側還有一點空間，擺了一架老舊的黑色鋼琴。我坐上吧檯靠中央的位子，點了一杯加冰的野火雞威士忌。店內的顧客除了我，就只有另一對男女，似乎是常客，和酒保聊得熱絡。

仔細想想，以前的自己怎麼想都不可能獨自進來這種店，不止如此，說不定我根本沒一個人在外頭喝過酒。

我能夠理解組長想把我調走的心情。難相處固然是主要理由，但給人感覺不舒服一定也是原因之一。原本文靜的下屬有一天突然變了個人，任誰都會覺得困惑吧。

只是心境的變化？別鬧了。

堂元博士很明顯地隱瞞了一些事情。前幾天在精神分析的過程中——他們稱做「自由聯想」——我應該是出現了異常行爲，他們卻沒告訴我，一定是怕我察覺到什麼事。是捐贈者有問題嗎？還是手術本身根本是失敗的？無論如何，我幾次提到的人格變化，看來並不是自己的瞎操心。

我會變成什麼樣子呢？持續這樣變化下去，最後等待著我的會是什麼樣的終點？

我一口氣喝乾酒，續了一杯波本威士忌，我品味著體內滲入酒精的感覺，就宛如海綿吸水，我的內在似乎有什麼即將覺醒。

突然聽到一聲輕響，我抬起頭，看到一名臉色很差的瘦削中年男坐到鋼琴前，擺上琴譜，看樣子正要開始彈鋼琴。

我把視線移回酒杯，因爲對音樂沒什麼興趣。我扔了一顆花生進嘴裡，配一口波本酒吞入胃裡。

那人開始演奏，是我聽過的曲子，不是古典樂，大概是電影配樂之類。

眞好聽，我心想。

曲子本身固然優美，但琴音更是莫名打動我的心。是因爲鋼琴師的技巧高超嗎？總之，我從來沒在這樣的心情下聽過鋼琴演奏，我端著酒杯聆聽得入神。

第一首曲子快結束時，又有顧客上門了，一群男女四人看來都只有二十歲左右，他們在鋼琴旁那張全店唯一的桌席坐下。這一瞬間，我閃過個不祥的預感。

中年鋼琴師默默彈奏起第二首曲子。這次是古典樂，很常聽到的曲子，我卻不知道曲名。我再續一杯波本威士忌，移到離鋼琴更近的位子。琴鍵發出的每個音符都像在對我的內心傾訴，有種既懷念又難捨的心情，爲什麼今晚會有這種感覺？爲什麼我從沒發現鋼琴的旋律是這麼地動人？

身體好像浮在半空中，宛如一陣煙，輕飄飄的。不是酒精作祟，而是琴音，是鋼琴的琴音讓我有這種感覺。我閉上雙眼，整個人陶醉其中。

突然響起一陣刺耳的笑聲。

好不容易培養的氣氛一下子被破壞，我睜開眼睛往聲音來源一看，不出所料，剛才進來的那幾個年輕人正放肆地聊天嬉鬧，一群人散發出只顧自己開心、犧牲他人也無所謂的傲慢。

店裡的人當然不會去提醒他們，大概面對這種狀況也死心了。鋼琴師依舊面無表情繼續彈奏，至於另外那對情侶，正忘情地竊竊私語。

我本來打算不理會他們，卻辦不到。曲子細微的部分全被他們沒格調的嬉鬧蓋住，我心中的不悅愈來愈強烈，開始感到輕微的頭痛，同時發現胸口下方一團沉重的黑色塊狀物緩緩上湧。

他們當中一個人發出怪聲怪調，聽起來像是人類以外的某種低等生物的鬼吼。

我朝他們的桌席走去，一把抓住那個最吵的年輕人的肩膀說：「安靜一點，你這樣我聽不到鋼琴聲。」

四人登時傻眼，一副不明白發生了什麼事的表情，恐怕他們壓根不曉得，在公共場合做出這種不經大腦的蠢事會有人站出來提醒他們。沒多久，他們立刻明顯擺出不耐煩的臉色，兩個女的抿起鮮紅雙唇，似乎覺得炒熱的氣氛被潑了冷水很掃興，兩個男的則是皺起眉頭狠狠瞪著我。

「搞什麼啊！」其中一個男的站起來，一把揪住我的襯衫衣領說：「你有意見嗎？」這個男子一副就是高中不良少年的模樣，對著我挑釁，那頭用髮膠固定得硬邦邦的頭髮，更顯示出他的內在有多膚淺。

「你們太吵了，我叫你們安靜點，這裡又不是幼稚園。」

才見他面露猙獰之色，我的臉上立刻受到猛力一擊，腳下一個踉蹌，我的背撞上吧檯一角，酒杯順勢落到地上摔破。

「要打去外面打！」吧檯裡的酒保說。

「已經打完啦。」那小子說完後吐了口口水，就沾在我腳上。他嘿嘿笑了幾聲，說道：「像你這種鄉下土包子，還是乖乖回家睡覺吧。」

其他三人似乎覺得這句話說得很妙，不約而同笑了。

我的頭愈來愈痛，耳鳴，全身冒冷汗，一股憎恨宛如吹氣球擴散到全身。我看著腳上沾的那口唾沫，心想，已經有理由殺掉這個人了，這種人根本沒有活下去的價值。

我起身站穩，那小子立刻擺好架式。「幹麻，有種你就——」我沒讓他說完，朝他兩腿之間就是用力一踹。他發出呻吟，像隻蝦子似地彎下腰，接著我毫不遲疑，一把抓起一旁的空啤酒瓶，使盡渾身力氣便往他後腦杓猛揮下去。啤酒瓶並沒有像動作片裡演的頓時化爲碎片，只是發出一聲悶響。我再補上一記，那小子應聲倒地。

同伴的另一個男子從椅子站起，但他只是緊盯著我，往後退了一步。這種人多半一看苗頭不對就夾著尾巴躲得遠遠的，而那兩個女的早已嚇得花容失色。

我放下啤酒瓶，走近他們那一桌拿起一瓶白蘭地。瓶裡還有不少酒，我直接朝昏厥在地的那小子頭上澆，只見他的白外套漸漸染深，散發出濃烈的香氣。瓶子倒空之後，我又抓起吧檯上一瓶新開的白蘭地，繼續往他身上澆。沒多久，那小子皺著眉頭睜開眼。

「你醒啦。」

接著我拿起旁邊不知是誰的打火機，把瓦斯調到最大，問杵在吧檯裡的酒保：「白蘭地點火會燒起來吧？」

「咦？」酒保一時沒聽懂，愣了幾秒才僵硬地點了點頭。全身被白蘭地淋溼的男子似乎從這對答中察覺到我的用意，高喊著：「哇！快住手！」

「把你火葬吧。」我拿起打火機對著那小子，作勢要點火。幾個女生尖叫。但就在千鈞一髮之際，突然伸出一隻手抓住我的手腕，一轉過頭，只見那名瘦削的中年琴師搖頭對我說：「別這樣。」

「放開我！」

「別做傻事。」鋼琴師扯著沙啞的嗓音說。

這時，那小子趁機奪門而出，我立刻甩開鋼琴師的手，拿著打火機就追上去。

衝出酒吧，我聽見有人跑上一旁階梯的聲響。這間酒吧位在地下一樓，我看見那小子上樓梯之後衝向大馬路，大概是剛才的敲擊讓他腦子受了傷，只見他的步伐搖搖晃晃，加上這附近行人稀少，就算到了外頭仍很有可能追上他。別想逃出我的手掌心！

我猜的沒錯，一下子就找到他了。那小子也發現我，慌忙竄進一旁的小巷子，我緊追在後。巷子很窄，瀰漫著污水和垃圾腐敗的惡臭，其中帶有微微的白蘭地酒香，是那小子身上發出來的。

我直直往前走，來到一處稍微寬敞的地方，紙箱還有木盒之類的雜物堆積如山，只見那小子正努力移開小山的一部分，又看到通往巷子另一頭的出入口同樣被雜物堵住了，我露出滿意的微笑。

「你到底想幹什麼！」眼見已經逃不掉了，那小子開始對我狂吠。我將打火機點了火，確認火焰開到最大後，慢慢逼近。我不知道衣服光是淋了白蘭地，火會燒得多烈，但一想像這傢伙全身被一團青綠色的火焰包住，我就忍不住興奮得顫抖。同時腦海浮現一個畫面：燒老鼠。朝著捕鼠籠裡的老鼠澆上燈油，放火點燃，老鼠肉和毛被火一燒，發出無法形容的臭味。那是什麼時候的事？

「快住手！住手啊！」那小子高聲哀號：「是我不好，我跟你道歉。你就饒了我吧。」

「把你火葬，燒個精光。」我又接近了幾步。

這時，身旁傳來幾聲老鼠叫，我忍不住看過去，那小子趁這一瞬間抓了一只紙箱扔過來，就在我閃躲紙箱的同時，那小子朝方才的來時路衝去。

我拔腿緊追在後，邊追腦子裡邊閃過個念頭——自己到底在幹麻？在小巷子裡狂奔的自己，眞的是我嗎？究竟是誰？打哪來的？

就在衝出小巷子口時，突然感到一陣劇烈的頭痛，我不禁發出呻吟，手按著頭抬起臉，只見那小子拿著一根長木棍，好像就是用那個打我的。

我不支倒地，同時順勢抓住對方的雙腳腳踝，他一個站不穩，身子直接往後倒。

「哇！快放手！」他拚命掙扎，但我偏不鬆手，緊緊抓住他，一邊點上了打火機。

「住手！住手！住手！」他不停揮著手中那根木棍。我知道自己額頭受了傷，鮮血流過鼻翼，奇妙的是一點也不覺得痛，手上的力氣也絲毫不減。

眼看火焰就要燒到衣服，那小子放聲慘叫，但幾乎就在同一時間，有人抓住我拿著打火機的手，我的頭上響起一道聲音：「你們在幹什麼！」

一抬頭，對方是一名陌生男子，不遠處警車車頂的紅色警示燈也映入眼簾。

「這傢伙瘋了！」差點慘遭火燒的那小子高喊。

22

警車載著我到了醫院而不是警局，聽說那小子坐其他警車去了警局，大概是員警判斷對方的傷勢沒什麼大不了的吧，反觀我不但頭上有鮮血汩汩流出，一坐上警車還暈了過去，想必員警也很緊張。

在醫院接受過簡單的處理後，醫師說只是一點皮肉傷，應該不需要擔心，但謹愼起見還是照一下X光比較好。我一聽，立刻堅決拒絕了，我怕這一檢查會讓醫師發現我的身分，還好這位醫師看到我頭上縫合的疤痕，似乎以爲是車禍或其他意外造成的。

後來醫師交代我改天找時間再過去照個X光仔細檢查，治療便暫告一段落，接著我就頂著包了繃帶的頭被帶到警局。

我在警局二樓的偵訊室裡接受偵訊，由於看起來像典型的酒後鬧事，值勤的員警連問問題都顯得意興闌珊，但針對我企圖點火燒對方衣服這一點卻相當生氣，還說要是一個搞不好，會造成對方重傷，甚至可能害對方沒命。我當然覺得那小子就算死了也無所謂，卻沒把這話說出口。

結束偵訊後，員警帶我到一間會客室，要我在那裡等著。房間裡只有一排長椅，非常單調。申請會見被拘留的嫌犯時，先到的一方就是在這裡等候吧？現在這兒沒有其他人，說不定是三更半夜不得申請會面的關係。對了，現在幾點了？我看看手表，才發現手表壞了，指針停在十點五分。

果然不能喝酒，我再次深深體認到這一點。腦部一旦受到酒精的控制，就連正常人，有時都無法克制，更何況自己現在腦部的狀況不明，喚醒潛在意識下的未知實在太危險。

我簡直不敢相信自己幾個小時前的行爲，我從沒經歷過這種程度的情緒失控，而且還是以充滿憎恨的形式。那小子的確很討人厭，可是爲什麼會讓我激動到想燒死他？有導火線嗎？如果眞的有，又是什麼？

我躺在長椅上，思考著雙重人格的種種。小時候曾讀過《化身博士》(*1)的故事，也看過電影《三面夏娃》(*2)，我細細回想故事的內容，確定自己並沒有罹患雙重人格。因爲雙重人格的患者不但每個人格完全獨立，通常對處於另一個人格時發生的事都沒有記憶。我的情況卻不同，我並不是突然轉換成另一個人格，而是緩慢地朝著某個人格改變，而且我的一切言行舉止都是出自個人意願，並不是不知不覺之間出現驚人的行爲。

這麼說來，我目前的症狀比起雙重人格，還有機會治癒？但也可能比雙重人格更糟，像是原本的人格逐漸消失之類的……

眞是這樣嗎？

萬一成瀨純一到最後消失不見，該怎麼辦？我又是搓臉又是摸頭，一想到人格消失後的自己，不由得陷入混亂。

過了將近一個小時，一陣腳步聲接近，我於是坐起身。門打開來，出現的是先前那名刑警。

「傷口如何？都還好嗎？」刑警問我。

「嗯，看來沒什麼問題。」我回答。

刑警一臉愛理不理地點點頭，接著朝門外說著：「請進。」進來的是一位我曾見過的人，卻一時之間想不起來。對方面帶微笑點了點頭，我恍然大悟，他就是之前在堂元博士辦公室見過的嵯峨道彥。爲什麼他會來這裡？

「剛才堂元博士跟我聯絡，聽說您在這裡，我就連忙趕來了。」嵯峨的口氣輕鬆，簡直就像只是來車站接人。先前我接受偵訊時，被問到有沒有保證人，我沒多想就脫口說出

---

*1 《化身博士》（*The Strange Case of Dr. Jekyll and Mr. Hyde*），羅勃・路易士・史帝文生（Robert Louis Stevenson, 1850-1894）的心理小說。書中人物的名稱「Jekyll and Hyde」，後來更成爲心理學「雙重人格」的代稱。故事敘述年輕心理醫生傑奇在喝下自己調配的藥劑之後竟變身成爲惡人海德博士，不僅心理狀態變了，就連身形也完全不同，後來甚至殺了自己的未婚妻。故事生動描述人類幽暗的心理角落，一探人類潛藏的欲望與陰暗面，一九四一年改編爲電影。

*2 《三面夏娃》（*The Three Faces of Eve*），一九五七年出品的美國懸疑電影，改編自一位名爲Chris Costner Sizemore的婦女的親身經歷。故事講述一名家庭主婦伊芙承受著頭痛、情緒壓抑、健忘等病症的困擾，於是她尋求精神科醫師的幫助。醫師使用了催眠療法後，發現伊芙患有「多重人格」，除了白天的模樣，還有獨立世故和淫蕩婦人的隱藏人性。

博士的名字。

「話說回來，您傷得不輕。不要緊吧？」

「呃，還好。」我摸摸自己的臉，從指尖的觸感就知道腫起來了。

「沒想到嵯峨律師您居然認識這個人，眞是太意外了。」刑警不住打量著我的臉問嵯峨：「二位是怎麼認識的？」

「這位先生有恩於小女，是小女的救命恩人。」

「眞的嗎？是什麼狀況？」

「小女在海裡差點溺斃時，多虧他挺身而出，簡直是捨命相救。」

「這樣啊，落海啊。」刑警似乎不覺得特別感動。

「總之，能不能讓我帶這位先生離開呢？」

「嗯，應該沒問題吧。」刑警搔了搔耳朵看著我，「別幹些蠢事啊。」

我默默低頭致意。

領回隨身物品走出警局後，嵯峨要我坐上他的車。這輛白色富豪轎車的右車門上有一處刮痕，我以手指輕輕觸摸。他見狀露出苦笑說：「有一次暫時停車被刮到的，那時車才剛買不久呢。」

「世界上這種不正常的人很多。」我說。在心裡補了一句：說不定我也是那一類的人。

「成瀨先生，您會出這種事，讓我滿意外的。」車子開了沒多久，他語氣輕鬆地對我說：「您以前就常跟人起糾紛嗎？」

我搖搖頭，「我是第一次碰上這種事。爲什麼這麼問？」

「往後還是謹慎一點比較好。這次是以雙方都有錯收場，但遇到某些人，也是有可能鬧上法庭的。」

「那家酒吧也被搞得亂七八糟的吧。」

「好像是啊，聽說他們已經備案，提出損害賠償了。那邊我也會設法解決的，成瀨先生您不必擔心。」

「錢我自己出。」

「哎呀，就讓我處理有什麼關係？」

「不，這樣我很爲難。」我對著他的側臉乾脆地說：「您沒道理爲我做那麼多，這跟令千金的事完全是兩回事。」

「我想幫您的忙。」

「您已經幫我很多了。」

號誌燈變紅，嵯峨停下了車，接著他看向我微笑道：「您眞固執。」

「我只是講道理，這跟無功不受祿是一樣的。」

「對我而言，您絕對不是無功啊。不過，好吧，既然您這麼堅持，那這次就算了。」

說完他再次駛動車子，「話說回來，好一陣子沒跟您聯絡，真是抱歉。我一直想帶女兒去問候您，卻遲遲抽不出時間。」

「不用這麼客氣。」

「您身體狀況怎麼樣了？我聽堂元博士說好像一切正常，恢復得很順利？」

「博士既然那麼說，就是那樣吧。」我忍不住話中帶刺。

「怎麼了嗎？聽您的口氣似乎意有所指？」嵯峨不安地問我。看來要是我的身體沒有完全康復，他心裡的負擔也不會減輕吧。

「沒什麼，我的意思是那些專業上的知識我不懂。」

但這樣解釋似乎沒能讓嵯峨釋懷，接下來好一會他都只是沉默著。

不久，車子在我住處的公寓前停下，我看向車裡的時鐘，就要天亮了，今天只好跟公司請假了，反正剩沒幾天能待在那個工廠，這陣子休息個一、兩天也沒啥大礙，還好明天是星期六。

「其實，我有點事想拜託您。」嵯峨拉起手煞車之後對我說：「我和內人商量過，我們都想著一定要請您吃頓飯，很希望您說個方便的時間。」

我只是輕笑著搖了搖頭，「我說過了，不用那麼客氣，真的不需要把那件事放在心上。」

嵯峨聽了也笑著說：「是我們想找您吃頓飯。話說回來，您一個人來大概也覺得彆扭，不如找個熟朋友一起來吧。對啦，聽說您有個交往中的女孩子，邀她來如何？」

他應該是從堂元博士那裡聽到小惠的事吧。一想起她，我的頭似乎又痛了起來，胸口一帶也覺得刺刺的。

「好吧，我再問問她。」我答道。

「太好了，那麼我過幾天再跟您聯絡。您請多保重。」嵯峨說完，踩下富豪轎車的油門離去。

隔天一整天我都在住處休息，全身上下疼痛不堪。沖澡時發現身上有數不清的瘀青和傷口，一沖到熱水就痛到差點跳起來。

傍晚時分，橘小姐來探望我的狀況。當我打開玄關門，一時還沒意會到眼前的人是她，因爲這是我第一次看到她穿白袍之外的服裝──嫩綠色的無袖夏季毛衣搭配深綠色裙子，我不由得看傻了眼。她打量我全身上下之後，只是搖了搖頭說：「看來打得滿慘的。」

「本來想主動聯絡你們的，抱歉給你們添麻煩了。」我禮貌上先低頭賠個禮。

「倒沒什麼麻煩，只是有點擔心。頭部沒受到什麼重擊吧？」

「只有一點小傷，我想不要緊。」比起被子彈擊中頭，這根本是小兒科，「堂元博士沒說什麼嗎？」

「他好像苦笑著說年輕人眞亂來。」她聳聳肩。

「苦笑啊。」我搖搖頭，「我猜他要是親眼看到我當時的行爲，保證不會那麼悠哉地講出那些話了。」
「到底發生了什麼事？」橘小姐一臉疑惑地偏起頭。
「就連我自己回想起來，都覺得昨晚的行爲不太正常。如果沒有喝醉這個藉口，大概當場就被送到精神病院去了吧。」
「但你喝醉了啊？」
「其實沒那麼醉，而且就算眞的醉了，以前的我也絕不可能變成那副鬼樣子。我又認眞動了想殺人的念頭了。」
我的音量稍微大了點，這時碰巧經過的別間住戶看了我一眼又看看她。她微低著頭，等那人走過之後說：「這些話好像不太適合站在門口說。」於是我請她進屋裡。
「你家眞乾淨，一定是葉村小姐常常來幫你打掃吧。」橘小姐站在玄關，張望著室內。
「打掃這種小事我都自己來。先進來再說吧，我來泡個茶。」
「不用了，在這裡就行了。」她站在原地。
「妳是怕我會對妳怎樣嗎？」我說著垮下嘴角。她盯著我，輕輕搖了搖頭說：「這眞的不太像你會講的話。」
「看，妳了解了吧，現在的我已經變得不像我了，我不是告訴你們幾百次了嗎？說我的個性、人格正一點一點改變，但每次得到的回答都一樣：『那是不可能的。』

「沒錯，是不可能。」

我舉起拳頭朝旁邊的柱子狠狠一捶，伸手直指著她說：「這句話我原封不動奉還！那是不可能的！從來沒跟別人起過爭執的人，爲什麼會在小酒館裡失控？你們也該說眞話了吧，到底在隱瞞什麼？我這顆腦袋裡究竟發生了什麼事？」

她皺起那對以女性來說稍顯粗濃的眉毛，搖著頭說：「別那麼激動。」

「我在問妳話！回答我！」我靠近她，雙手一把抓住她露出的兩條手臂。她顯得一臉驚訝，我卻沒鬆手。「橘小姐拜託妳，告訴我眞相吧！爲什麼要瞞著我？」

「好痛！」她別過頭，「快放手啊。」

她這麼一說，我才察覺到她肌膚的觸感。那雙手臂冰涼涼的，肌膚光滑又柔軟。「妳的皮膚好好。」我說：「就像會呼吸的陶器。」

「你放手。」她再說一次。

我又一次確認掌心的觸感之後，才靜靜放開，「不好意思，我不是故意這麼粗魯的。」

她交叉雙臂，輕搓著剛才被我抓住的部位，「我了解你的憂心，但你別爲難我，我是眞的相信你沒有哪裡不正常。」

「別騙人了！」

「我沒騙你，有誰說過你不正常嗎？」

「就算沒明講，也有一大堆人覺得我變了。公司的主管還說我變得難搞，害我被調職！」

「你住院好幾個月，有些改變也不奇怪。」

「難道連愛都變了也是理所當然的嗎？」

「愛？」橘小姐面露疑惑。

「就是我對小惠的心意。」我把自己這陣子面對感情的心情轉變，一五一十告訴橘小姐。本來不打算對任何人說的，此刻卻渴望講給她聽。意料之外的內容似乎讓橘小姐一時之間陷入了沉思。

「我並不想這麼說。」過了一會兒她才開口，「但這種事，年輕時不是很常見嗎？」

「妳是說變心嗎？」她的回答完全如我所料，讓我忍不住苦笑。她完全不懂得我對小惠的心意，才說得出這種沒大腦的話。「沒什麼好說的了。」我告訴她：「請回吧，順便幫我轉告博士，我不會再去研究室了。」

「那可不行。」

「不要再命令我，我受夠了！」我一手抓住門把，另外一隻手作勢推她的背。但她卻一扭身子避開，抬頭看著我說：「等一下，聽我把話說完！」

「我不想再聽那些無聊的藉口了。」

「不是的，我有個提議。」

「提議？」我手上的力道輕了下來，「什麼提議？」

橘小姐吐了口氣說：「我只是聽醫師的話，依照醫師的指示行動，所以我都是根據他敘述的狀況，判斷出你並沒有不正常。但老實說，我也不知道堂元博士他們眞正的考量是什麼。」

「所以呢？」

「我聽了你的話之後想了想，說不定眞的有些事連我們助理都被蒙在鼓裡，而那些事對你造成某種重大影響。」

「很有可能。」

「不如這樣吧。我想辦法查出醫師眞正的目的，只要一有發現就向你報告。交換條件是，你要照常來做定期檢查。如何？」

「又無法保證妳一定會告訴我眞相。」

她嘆了口氣，「我只能說，相信我吧。還是你有其他想法？」

我沒作聲搖了搖頭，其實我根本毫無頭緒。接著，她伸出兩手緊握著我的手說：「別擔心，一切都會好轉的。」

我盯著她那雙白皙玉手點點頭，一顆心竟然莫名感到不靜。

「那我先回去了。」她鬆開我的手，握上門把。我看到她的側臉突然想起來，「是買桂琳・貝茜(*1)！」

「什麼？」

「我之前就一直覺得妳很像某個人，終於想起來了。」

「你說賈桂琳・貝茜啊。」橘小姐輕輕笑了，「學生時代也有人說過。」

「橘小姐，妳的名字叫什麼？」

「我的名字？爲什麼這麼問？」

「我想多了解妳一點，不行嗎？」

她似乎有些困惑，稍稍屏住呼吸，然後伸手一撥劉海試圖掩飾內心的倉皇，「我叫直子。」

「……怎麼寫？」

「直角的直，孩子的子。很常見的名字。」

「橘直子，眞是個好名字。」

「那就下次研究室見了。」橘直子稍稍板起臉離開了。我走到門邊上鎖時，聞到隱約的香水味。

23

晚上小惠來我家。她聽說了我在小酒館裡的瘋狂行徑，好像是橘小姐聯絡她的。小惠要我躺進被窩裡休息，自顧自東忙西忙張羅著照顧我。

「下次別這麼亂來啦。」她把一條溼毛巾放在我額頭的傷口上。和橘直子比起來，她的面容還未脫稚氣，是否有一天，這女孩臉上的雀斑也會褪得乾乾淨淨？

「你在聽嗎？」她擔憂地問。

「我知道，我不會再做那種事。」

我對於自己把小惠拿來和橘直子比較有些愧疚，小惠應該是無可取代的。

她沒問我昨晚為什麼會做出那種舉動，似乎很怕觸及那件事，或許她已經察覺到我內心出現的某些改變，總之，今晚她顯得少見地安靜。

「嗳，純，今晚我可以在這裡過夜嗎？」小惠巴巴地看著我，眼神就像小孩子吐露眞心話。她從來沒這樣問過我。「好啊。」我回答她：「陪在我身邊吧。」

她露出笑容，但似乎強忍著淚水，接著起身走到我一直沒收起的畫架前，望著說：「這幅畫完成啦。」

「勉強算是吧。」

那是上次那幅從窗子看出去的風景畫，因為實在畫得太糟，之後我再也提不起勁去

---

*1 賈桂林・貝茜（Jacqueline Bisset, 1944-），英國知名氣質女影星。

看，很難相信那是出於自己的手。

外頭傳來一陣狗吠，非常歇斯底里的吠法。「吵死了。」我低聲抱怨。

「好像是後面那戶人家養的狗喔？」小惠說。

「大概是吧。這麼吵的狗，乾脆殺了省事。」聽到我這麼說，小惠並沒應聲。

她望著畫布好一會兒，接著把臉稍微轉向我說：「呃，純，我決定……暫時回鄉下一陣子。」

「回老家？」

她用力點了個頭，「我媽身體不太好，而且我也很久沒回去了……。家裡之前打過好幾次電話來，希望我回去一趟。」

「這樣啊，什麼時候出發？」

「我買了明天的車票。」

「是嗎？」我只說了這麼一句，不知道還能說什麼。該問她爲什麼要回鄉下嗎？那樣會比較像成瀨純一的反應嗎？

「其實啊，我昨天已經把公寓退租了，在朋友家暫住了一晚。所以如果你今天不收留我，我就得在外面露宿嘍。」這大概是她盡全力勉強自己說出的玩笑話，只見她露出僵硬的笑容。

「妳就留下來過夜吧。」我告訴她。

那一晚我們倆睡在同一床棉被裡，小惠枕著我的手臂，把臉埋在我的腋下偷偷哭泣。她爲什麼哭，又爲什麼決定離開，我比誰都清楚。但我有什麼辦法？她只是發現了我先前一直不願正視的內心變化。

我輕輕抱著小惠，很久沒體會到這觸感了，我的下體卻沒有任何硬挺的反應，這個事實讓我感到悲哀。

隔天，我送小惠去坐車。兩人站在月臺上時，我猶豫著該不該在這時候說些成瀨純一會說的話。如果我開口要她別走，她會就此安心嗎？但是把她留在我身邊，我們倆到底會勾勒出什麼樣的未來？

電車駛進月臺，她提起行李。行李先前似乎是寄放在投幣式置物櫃裡。

「那我走嘍。」小惠說。看得出來她努力克制激動的情緒。留下她！留下她也等於留下自己！但我口中終究是沒說出「別走」，只說了一句毫無價値的「自己小心」。

「謝謝，你也多保重身體。」小惠回答。

她上了電車之後，直望著我，臉上是我從沒見過的哀傷神情。我一看到她那副表情，就覺得頭又快要痛起來，彷彿有一道太鼓的聲響從遠處逐漸靠近。

車門關上，電車起動。小惠輕揮著手，我也對她揮了揮手。

腦子裡的太鼓聲愈來愈響，咚、咚、咚。送走電車後，我連站著都很勉強，當場蹲了下去。想吐，頭暈目眩，我忍不住抱住頭。

「先生……，你還好吧？」有人這麼問我。我搖搖手，表示我不要緊。

不久，腦內恢復平靜，太鼓聲逐漸平息，頭也不痛了。我蹲在原地望著鐵軌盡頭。當然，小惠搭乘的電車早已遠離。

我到底在慌什麼？

不過就是身邊少了個女人罷了呀。

我站了起來，對著那些一臉狐疑看著我的路人瞪了一眼之後，離開了月臺。

【葉村惠的日記　4】

七月十四日，星期六（陰）

我怎麼那麼膽小！那麼卑鄙！最後還是逃走了，我離開了純的身邊。

是因爲發現他不愛我了嗎？不。我最清楚他的變化不是變心那麼庸俗的狀態，我知道這件事一定也深深折磨著他。

然而我卻逃走了。爲什麼？說這樣對他最好，不過是自己事後編出的藉口。

害怕——這才是我眞正的心情。我沒辦法眼睜睜看著接下來會發生什麼事，我想我肯定無法承受。

在每個停靠站我都想跳下車回頭，想著自己得回去助他一臂之力，可是我做不到，因爲我沒有勇氣，因爲我是膽小鬼。

一回到家，所有人都開心地迎接我，滿桌豐盛的好菜好酒，我卻一點兒也不開心。

神啊！至少讓我爲他祈禱。請祢救救我的純！

24

我被調到新的單位，是汽油引擎所使用的燃料噴射裝置的生產線。這條生產線幾乎是全自動化，只有在不易使用機械或是以人工方式可節省成本的部分，才由作業員負責。

首先零件會由輸送帶送過來，在一個叫「面板」的方形盒子裡裝有十組零件，這些是燃料噴射裝置的噴嘴部分，而確保這些零件組成得出的噴射量維持固定水平，就是我的工作。我把零件組裝至機械上頭，讓它實際噴出類似燃料的特殊用油，再將噴射量調整到標準值。機械共有十臺，零件也有十組，如果沒在下一塊面板送過來之前處理完，零件就會愈堆愈多。

感覺自己好像成了機器的一部分，不過在這個單位也有好處，一是一整天下來都不必和其他人打照面，另一個好處就是能讓腦袋放空，不用去想其他事。但什麼都不想，對我的腦部來說到底好不好？這我也不知道。不斷重複同樣動作的過程中，我的意識曾數度像是突然斷了線，當這段意識空白過去，我總會覺得周圍的世界似乎比先前扭曲了少許，這現象讓我有股非常不好的預感。

這樣的生活持續了三天左右，我接到嵯峨道彥打來的電話。

「上次我跟您提的事，不曉得您星期日是否方便？」律師開朗地問我。

上次提的，就是去他家做客一事。我實在提不起勁，卻又想不到拒絕的理由，而且就算拒絕，他之後一定還會找其他方式來招待我，既然這樣，不如早點解決算了。「星期日沒問題。」我回答。

「太好了，您女朋友也能一起過來嗎？」

「不，她不會去。她剛好回老家了。」

「這樣啊？真不巧，我應該早點邀您的。」嵯峨似乎非常遺憾。

到了星期六，我前往大學研究室。其實很不想來，但因爲之前已經和橘直子談好，我決定今天乖乖接受測試，不多廢話。

這天，若生助理爲我做了一項詭異的檢查。他先是讓我戴上一副古怪的眼鏡，鏡片上有遮板，可遮住左右的視野；此外，被遮住的視野內側還能投射出各種影像。我身前的桌上凌亂地擺放著圓規、小刀等小東西，還有蘋果、橘子之類的水果。接著若生助理開口了：「現在我只針對你的右眼提供訊息，請你用左手拿起右眼看到的東西。」

最先映入右眼的是剪刀，雖然只有短短一瞬間，但我能夠很清楚地掌握到影像。接著我伸出左手在桌面摸索，一下子就找到剪刀了。

「OK，接下來請用右手摸索。」

右眼看到的是蘋果。我不加思索伸手就抓。

再來是在左眼映出圖像，若生助理一下子叫我用右手、一下子叫我用左手摸取。我完全搞不清楚這個實驗是在幹什麼，問了若生助理，他只是回答：「這項檢查是用來檢查腦部是否有障礙。看來你沒什麼問題。」眞是夠了，我就不信這種騙小孩的檢查能看出什麼。

接著又做了幾個每次固定會做的心理測驗，結束後，我就前往堂元博士的辦公室，上次那位光國教授也在。

「最近身體狀況怎麼樣？」博士問道。我和上次一樣說了覺得自己人格出現變化，但博士也和上次一樣，設法模糊帶過。這次我決定不要太生氣了，和一個不打算講實話的人講什麼都沒用。

「對了，最近工作方面如何？有什麼特別的事嗎？」大概是看我今天表現得很坦誠，博士心情很好地問道。

「我調單位了。」

「調單位？噢，換成什麼樣的工作？」

「就跟卓別林的《摩登時代》(*1)一模一樣。」我解釋了工作內容，還有不斷重複單

*1 《摩登時代》（*Modern Times*），英國著名演員查理・卓別林（Charlie Spencer Chaplin, 1889-1977）所製作的無聲電影，於一九三六年上映。

調動作之下那種腦袋空空的感覺。

博士聽完，稍微沉下臉，「聽起來是份辛苦的差事。你短時間內都會留在這個單位嗎？」

「大概是吧。」我回道。博士和光國教授似乎互看了一眼，我卻不知道他們在想什麼。

「好了，接下來就交給教授吧。」堂元博士說完，矮小的光國教授一臉得意地起身，我卻對他說：「雖然您特地前來，請容我拒絕這項治療。」

「爲什麼？」光國顯得很意外。

「我不想做，就這麼簡單。」

「但我覺得這是化解你內心各種擔憂最理想的方法。」

「這得要在我相信您的前提下才能成立吧。」我這麼一說，光國教授不太高興地閉上嘴。我接著又說：「況且治療過程中，萬一我又失控了也很麻煩。」

兩名學者都垂下眼，表情像在說「原來他知道了」。我趁這時候說了聲：「那就這樣，我先走了。」語畢立刻走出辦公室。

我朝學校大門走去，不久身後有人叫住我，是橘直子。我感到一陣怦然心動，說不定這個女人特別適合穿白袍。

「看到你來，我就放心了。說眞的，我先前還有點擔心。」她走在我身邊說道。

「約定好了當然要遵守。妳那邊呢？有什麼發現嗎？」
「目前還沒有。不過我找到了最近召開的腦部移植委員會緊急會議的資料，那份資料只有委員才能看，所以我們也從沒看過，說不定那上面記錄了一些跟你有關的內容。」
「那我當然要看一下。」
「要拿出來給你看是不可能的，不過我可以想辦法偷看一下。你大概覺得很誇張，不過那份資料是收在保險箱裡。」
若眞的這麼重要，就更有一看的價値了。
「拜託妳幫我看看，我只能靠妳了。」
「我會試試看。」橘直子的聲音有些沙啞。
到了校門口，我停下來轉身面對她，「對了，明天有空碰個面嗎？」
「明天？怎麼了嗎？」
「嵯峨先生說要請我吃飯，我想找妳一起去。」
「嵯峨？哦……」她想起了這個名字，「你怎麼不找葉村小姐？」
「她回鄉下去了。」
「這樣啊。」橘直子眨了好幾次眼，這似乎是她有所猶豫時的小動作。
「而且……」我又說了：「我也希望偶爾可以跳脫醫師和患者的關係，私底下和妳碰面。」

看得出來她倒抽了一口氣，沉默了一會兒之後，她說：「約幾點呢？」
「他說六點半會來接我。」
「那我們約六點吧。」
「好的，我等妳。」我伸出右手。橘直子在猶豫幾秒之後，也伸出手回握。

【堂元筆記　7】

七月二十一日，星期六。

檢查結果令人大感意外，沒想到變化程度一下子變得如此劇烈，原因之一可能是成瀨純一的生活環境有了改變。就我們從他本人口中得知的訊息，他似乎調到了一個會加速精神破壞的單位，得設法改善才行。至於對我的問診，今天他在應對上顯得比較平和，但我很清楚那並不代表他敞開了心房，甚至剛好相反，因爲出於對人強烈的不信任，自我防衛的外殼開始形成，最好的證明就是他拒絕了光國教授的精神分析治療。

是否該將他的症狀視爲內因性精神病的一種，尚有諸多爭議。若要從精神分裂的觀點來看，就必須鎖定檢查其腦內分子的活動了，目前以A10神經活動過於旺盛的看法最具說服力。然而最棘手的是，引發精神障礙的恐怕並非移植者的腦部本身，而是捐贈者的腦部，很可能是該處產生的負回饋控制轉移至其他部分所造成。

總之，不能對他的狀況棄之不管，因爲這也攸關著我們的未來之路是否會遭到封鎖。

25

星期天，我一大早便開始簡單整理房間，這種緊張的感覺，簡直就是第一次邀女友來家裡時特有的情緒。我想起了小惠，我和她交往初期，也是這種心情嗎？那段記憶彷彿昨天的事，清晰鮮明，但我記不起當時自己心中的雀躍與些許的緊張。

六點整，橘直子到了。她一身襯衫搭配裙子的端正裝扮，配上一對不曾見她戴過的金色耳環，令人眼睛爲之一亮。我稱讚她這身打扮很漂亮。「眞的嗎？」她臉上也浮現了笑意。

「那件事呢？有什麼進展嗎？」我劈頭就問她調查得如何。

「事情可能比我想像中來得困難。要避開醫師偷看那份資料，不像用嘴巴講講那麼簡單。」她稍稍皺起眉頭。

「沒辦法從電腦裡調出檔案嗎？」

「這我也試過了，但沒有密碼就叫不出檔案。不過我想再努力一陣子，說不定能破解密碼。」

「拜託妳了。」

「我不保證能達成你的期待。」她苦笑說完，立刻正色嘆了口氣，「以我的立場，這麼說有點奇怪，不過我也覺得這件事可能眞的不太尋常。因爲就算再怎麼機密的計畫，這次保密的部分也太多了。」

「有些他們不願曝光的內情吧。」我說：「而且肯定和我身上出現的變化脫不了關係。」

「或許吧。」她也悄聲回答。

六點二十五分，我們走出我家，來到公寓前方時，白色富豪轎車剛好出現。嵯峨下車向我們打招呼，我今天稍早已經打過電話告訴他我邀了直子同行。

「這下子更加蓬蓽生輝了。」嵯峨說了句老掉牙的客套話。

我和直子一起上了後座坐定後，嵯峨發動車子。這車坐起來挺舒服的。

「內人很期待兩位的光臨，還說要更加把勁露一手廚藝呢，不過她的廚藝本來就不是值得自誇的就是了。」

「府上就三口嗎？」

「是啊，只有三個人。本來還想再添個小孩的，沒能成功。」

嵯峨透過後視鏡望著我，眼中帶著熱切的感激，似乎是想謝謝我救了她唯一的女兒，然而這樣只是讓我壓力大到感覺喘不過氣，於是我別開目光。

嵯峨的住家離市區有一段距離，在一處坡道很多的住宅區，屋子外頭圍了一圈圍牆，前院的樹木茂盛到覆蓋道路上方。在首都圈能擁有一棟這樣的房子，的確不簡單。

下了車一來到門口，嵯峨太太彷彿盼了許久似地立刻打開玄關門走出來。她迎接我們時的表情比之前見面時看起來要開朗多了。

「歡迎您來。最近身體還好嗎？」

「沒問題的。謝謝您今天的招待。」我形式上地回了問候。

「客套話就免了，請進請進。」嵯峨推著我們進屋。

他先帶我們來到客廳，約五坪的空間裡，擺著一座幾乎能將整個身體埋進去的大沙發。我和直子並肩坐到靠裡側的長椅上。

「這房子眞漂亮，而且看起來很新呢。」我環顧室內說道。

「是去年剛蓋好的。我們之前住在大廈裡，但還是一直夢想著有一棟自己的透天獨棟房子。」

「就算有夢想，沒有本錢還是蓋不起來。」我坦白說出感想，「在這種地段自己蓋一棟獨棟的房子，一般上班族也只能過過作夢的乾癮吧。」

嵯峨聽了，摸了摸頭道：「倒不是當律師眞那麼好賺。是我過世的父親有些土地，我剛好分到一小塊零頭地。」

「眞是令人羨慕。」我想起自己頭部中槍時的情景。那天嵯峨太太和房屋房仲的店長似乎聊得很開心，說不定就是在討論多出來的土地該怎麼有效運用。

嵯峨太太端著咖啡過來了。她打開客廳門時，傳來一陣鋼琴琴音，我的胸口突然莫名其妙抽痛了起來。

「是令嬡在彈鋼琴嗎？」直子也聽見了。

「是啊。她滿三歲我們就請老師來教了，不過一點都沒進步。」嵯峨太太一一端上咖啡，笑得瞇起了眼，「她也差不多要下課了，結束後我讓她來跟大家打個招呼。」

「不用那麼客氣。」我說。接著我又叫住正準備走出客廳的嵯峨太太，「可以讓門開著嗎？我想聽聽令嬡的演奏。」

「哎呀，沒什麼好聽的。」嘴上雖這麼說，嵯峨太太還是顯得很開心，依照我的請求把門敞開後才退下。

「您很喜歡音樂嗎？」嵯峨問我。

「算不上愛樂者吧。我住的地方連套音響也沒有，只有偶爾聽聽ＦＭ廣播。」事實上，我與音樂的交集僅止於此，但今天不知怎的卻對鋼琴的音色特別在意，明明不是多精采的演奏。接著我想起來，今天並不是我第一次對鋼琴的琴音感到在意，先前在小酒館失控的那晚，一開始的導火線就是鋼琴演奏。

「剛結婚時，我太太就堅持，如果生了女兒就要讓她學芭蕾舞或是鋼琴。這兩項才藝，就小女的天分來看，我都不抱太大期待，不過感覺要是讓她練個樂器，這孩子好像還有一點可塑性。」嵯峨的表情寫盡爲人父母對子女的溺愛。

「但她還沒上小學吧？能彈成這樣已經很優秀了。」直子語帶佩服地說道。

「是嗎？不過這方面我就沒什麼研究了。」嵯峨邊說邊隨著曲子節拍動著手指。

這個小女孩彈奏的方式的確很流暢，沒什麼停頓或彈錯音的地方。這首曲子的曲名還有作曲者的名字，我都不曉得，卻是曾經聽過的曲子。我不知不覺以腳拇趾打起拍子。

然而，聽了幾次之後，有個地方讓我特別在意，總覺得不太對勁。原因不是出在琴藝不純熟，而是更根本的問題。

「怎麼了嗎？」嵯峨大概是看我頻頻偏起頭而感到奇怪。

「哦，沒什麼。」我說完，再次豎起耳朵仔細聆聽。果然沒錯。我告訴嵯峨：「鋼琴好像有點走音了。」

「咦？真的嗎？」他顯得很意外，也跟著傾聽。

小女孩仍彈奏著。「你聽，就是這邊。」我告訴他：「隱約聽得出不太一樣。啊，還有這裡，應該很清楚吧？」

嵯峨搖搖頭，「不好意思，我聽不出來。」

「我也是……真的走音了嗎？」直子好像也很懷疑。

「你們都聽不出來，那應該就是我大驚小怪了吧，不過我覺得聽得很清楚呀。」

不久琴音停歇，傳來有人下樓梯的腳步聲。鋼琴課好像結束了，我看向客廳門口，一名長髮女子正要經過。

「牧田老師！」嵯峨叫住她：「這位先生說鋼琴好像走音了。」

「咦？」名叫牧田的女子略顯驚訝地停下腳步望著我。我哼了一段旋律告訴她：「就是這個部分，感覺走音得特別厲害。」

她微笑點了點頭，「是呀，我才在想該找調音師來調整一下了。」她看著嵯峨說道，然後又把視線移回我身上，「眞虧您聽得出來，一般人應該察覺不到的。請問您對音樂很專精嗎？」

「沒有的事，我一竅不通。」我回答。

「眞的嗎？那就是天生好音感嘍，眞令人羨慕。」牧田小姐顯得相當感佩，之後便行了一禮告辭了。

牧田離開後，嵯峨說：「您有這麼好的音感竟然沒接觸音樂，眞是暴殄天物，您眞的從沒學過任何樂器嗎？」

「呃……」我自己也覺得莫名其妙。從來沒人說我的音感好，小學時音樂課有一項聽和音分辨出幾個音的考試，記得我當時完全聽不懂，作答時都靠瞎猜。讓我比較訝異的是，那架鋼琴走音成這樣，嵯峨和直子居然都聽不出來。

就在我思索著這些事時，嵯峨的女兒典子來到客廳，一頭長髮紮成馬尾，站在門口恭敬地行了一禮，「您好。」

「喔，妳好呀。」我也起身擠出笑容。但一看到典子，瞬間一陣劇烈的頭暈目眩襲來，我雙腿一軟，伸手撐著地板。

「怎麼了？」

「身體不舒服嗎？」

「沒什麼。只是突然站起來有點頭暈，不要緊的。」我坐回沙發上，但自己也很清楚我此刻應該是臉色慘白。

「稍微躺一下比較好吧？」

「不用了，眞的沒事。」我深呼吸兩、三回之後，對嵯峨點點頭。

「頭暈嗎？」直子悄聲問我。我回她說沒事。

不久後，嵯峨太太來喚我們去飯廳吃晚餐。餐桌鋪著白色桌巾，好像來到一間正式的餐廳似的，而嵯峨太太的手藝也沒話說，無論來的是什麼樣的賓客，相信都不會失了面子。

「看您身體康復，我們就放心了。在您平安出院之前，我們可是擔心得不得了。」嵯峨太太邊說邊往我的杯子斟葡萄酒。

「謝謝你們的關心。」

「不不，您別掛心這種事。嗳，都怪妳說錯話啦，擔心人家是我們自己的事，不必講給成瀨先生知道。」嵯峨出言責備，他太太趕緊道歉：「啊，抱歉抱歉，是我說錯話了。」

我用餐時頻頻提醒自己別喝過頭，葡萄酒的酒精含量也不少，難保我不會又突然出現失控的行徑。

無意間，我感覺到一股視線，抬眼一看，發現典子一口飯也沒吃，只顧盯著我，睜得大大的雙眼就像洋娃娃的眼睛。

「怎麼啦，典子？」嵯峨也察覺到了，開口問女兒。

「這個叔叔……」典子說：「不是上次見到的那個叔叔。」

餐桌旁登時籠罩在尷尬的氣氛中，所有人面面相覷。嵯峨太太笑著對典子說：「妳在說什麼呀，我們不是一起去醫院打過招呼嗎？妳忘啦？」

「不是。」小女孩搖搖頭，「不是上次那個叔叔。」

我覺得口乾舌燥，小孩子的直覺果然很敏銳。

「叔叔只是身體康復之後，給人感覺不太一樣而已，跟我們之前在醫院看到的是同一個人喔。來，妳仔細看看。」不懂得小孩子感受能力的嵯峨，努力想彌補女兒的失言，一旁的太太也露出打圓場的笑容。只有直子什麼話也沒說，低頭看著下方。

「妳說的沒錯，不是同一個人喔。」我對典子說：「上次那個人是叔叔的弟弟，叔叔有雙胞胎兄弟。」

她盯著我看了一會兒，「看吧，我就知道。」邊說邊輕戳她爸爸的側腹。嵯峨一臉困惑地看向我，我卻沒再說什麼了。

用餐時，大家有一搭沒一搭地交談。主要是嵯峨太太和直子在聊天，嵯峨在一旁插話，至於我則從頭到尾扮演聆聽的角色。

「典子，妳的鋼琴彈得眞棒耶。」直子發現小女孩開始覺得無聊，便找她聊了起來。

典子一聽，笑得露出了眼睛下方的淚窩，「嗯，我最喜歡彈鋼琴了。」

「妳要不要彈首曲子給叔叔聽？」我喝著飯後的咖啡，一邊問她。

「好啊，叔叔想聽什麼？」典子從椅子跳下來問。

「乖乖吃完飯再說。」嵯峨太太念了典子，小女孩的盤裡還剩下不少食物。

「可是我已經飽了嘛，不吃了。」

「人家叔叔也還在喝咖啡呀。」

「沒關係的，我喝完了。」我一口氣喝完咖啡，推開椅子起身，「謝謝招待。典子，妳要彈琴給叔叔聽嗎？」

「好，跟我來。」典子拔腿往前跑，我緊跟在後。

鋼琴擺在上樓後的第一個房間裡，小花圖案的壁紙，感覺就是個小女孩的房間，大概是嵯峨太太的品味吧。

「要彈什麼呢？」典子啪啦啪啦翻著琴譜問我。我告訴她彈什麼都好，她便翻到某一頁說，那就彈正在練習的曲子吧。

彈奏起這首曲子，小女孩的技巧完全稱不上熟練，不但彈錯好幾個音，很多地方聽起來都怪怪的，加上我剛才就察覺鋼琴本身音不準，但是，琴音似乎依舊滲進我的腦子裡。爲什麼會這樣打動我的心呢？連我自己也搞不懂。就像上次在酒吧抓狂時，我也不懂自己爲什麼會被中年琴師演奏的琴音深深吸引，是一樣的情形。

我凝視著典子一雙小手在鍵盤上飛舞，白色琴鍵看起來彷彿在水面搖曳。

不公平——我看著典子的側臉，腦中浮現這三個字。世界上充斥著不公平。這個小女孩應該終其一生都與「貧窮」這個詞沾不上邊吧。她的腦子裡肯定壓根不曉得，世界上有一群人拚死拚活工作一輩子，也沒能力蓋一棟房子，但是她對這種不公平也不會抱有任何疑問，反正即使沒有一丁點兒才華，她還是有機會練鋼琴。

我看到典子白皙的頸子。即使是天經地義似地握有幸福的這個小丫頭，一樣能讓她嘗嘗突如其來的不幸遭遇。我察覺自己的十指宛如熱身般開始蠢動。

就在這時，我的眼前忽然變得一片朦朧。先是輕微暈眩，然後很想嘔吐，感覺整間房子都在搖晃，琴音漸漸遠離。是典子在彈嗎？不，不是典子，這陣琴音是從更遙遠的記憶中傳來的。

有人搖晃著我的肩。我抬起頭，回過神時，發現自己正跪著，上身趴在鋼琴上。

「怎麼了？」我轉過頭，看到直子的手搭在我肩上。嵯峨則是一臉擔憂地站在直子身後。典子躲在他身邊，眼神畏怯地看著我。

「您不要緊吧？」嵯峨憂心問道。

「沒事，只是頭有點暈。」

「您剛才也是這樣呢，是不是太累了？」

「呃，看樣子是有點累……。不好意思，今天我就先告辭了。」

「這樣也好。我送您吧。」
「眞不好意思。」我站起來賠了個禮。典子從嵯峨身後探出小臉對我說：「下次再來玩喔。」
「嗯嗯，下次見。」我回了她。見直子臉上滿是不安，我對她使了個眼色，要她有什麼事待會兒再說。
在回程的車上，嵯峨頻頻問我身體的狀況，我不知道回他多少次說我已經沒事了。
「倒是我方才嚇到典子了，請轉告她說我很抱歉。」
後視鏡映出的嵯峨笑了，「她才沒嚇到，只是有點驚訝而已。她不是說了請您下次再來玩嗎？她今天其實玩得很開心喔。」
「那就好。」
嵯峨父女應該無法想像我剛才動了殺機吧。
「眞的請您務必再度光臨，到時候一定要帶女朋友一起來。」
「……好的。」
「這次眞可惜，您女朋友很可愛吧。」
我沒作聲。「是啊，很可愛哦。」身旁的直子接話。嵯峨打著方向盤，一邊點點頭問我：「您和那個女孩子交往多久了？」他一再提起我不太願意想起的小惠。
「大概一年半吧。之前我經常光顧一家美術用品店，她在那裡打工。」

「原來是這樣。對了，聽說您平常還作畫嘛，最近有什麼大作嗎？」

「沒有，這陣子沒怎麼畫……」我含糊其詞。

「這樣啊，因爲很忙吧。我有個朋友經常拿作品報名參展，但只有少數幾次幸運入選，他總是抱怨每次都白忙一場呢。」不知道是不是因爲客氣而特地取悅我，嵯峨的話題始終繞著繪畫打轉，但我對這部分一點都不感興趣。

「可以麻煩您開一下收音機嗎？」我趁著對話空檔時趕緊說：「我想知道一下職棒球賽的比數。」

「好啊，今天不曉得比得怎麼樣了。」嵯峨扭開收音機開關，傳來的是交響樂演奏。

「是呀。嗯，應該有哪個頻道在播球賽——」

「沒關係，就聽這個吧。」我制止嵯峨更換頻道，「聽這個比球賽好。」

「也對，球賽比數看新聞就知道了。」

「是莫札特。」直子說。

狹窄的車子裡充滿悠揚的樂聲，宛如置身演奏廳的臨場感，直子和嵯峨好像都聽得出了神。

「典子的鋼琴如果能彈到這種水準就好了。」演奏結束後，嵯峨帶著苦笑說：「據說音樂方面的天分在三歲左右就決定了，這麼看來說不定已經太遲嘍。」

「典子沒問題的，對吧？」直子尋求我的認同，我禮貌性地點頭附和。但如果要我說眞話，就剛才聽到的那幾段演奏，典子實在不像是有天賦，不過總不好在此時讓一個做父親的失望。

「對了，聽說那個人也曾立志當音樂家呢。」後視鏡映出嵯峨的那雙眼睛，突然別有深意地亮了起來。

「哪個人？」我問道。

「就是京極瞬介，開槍打你的那個強盜。」

「喔……」感覺好久沒聽到這個名字了，「他懂音樂？」

「好像還滿專業的，而且他念的是音樂大學，但詳細情形我就不太清楚了。」

「但我聽說他經濟上不怎麼寬裕？」

「沒錯。所以好像念得很辛苦，據說他過世的母親非常堅強。」

京極的父親就是那家房仲的社長，卻沒給京極母了任何援助。

「原來那傢伙懂音樂啊……」

我心中冒出一個疑點，雖然此刻就像阿米巴原蟲般看不出具體的形狀，卻始終貼在心上揮之不去。

京極懂音樂……

這又如何呢？不是很常見嗎？以前就曾在某篇報導上看到，目前全世界年輕人最關注的焦點就是音樂。

「好像勾起您不好的回憶了。抱歉，我眞是太粗心了。」大概是因爲發現我一直沒出聲，嵯峨連忙道歉。

我看向身旁，直子也正看著我，我直覺認爲她和我想的是同一件事，見她皺著眉輕輕搖頭，就是最好的證據。她的眼神像在說「不會有那種事的」。

車子來到我的住處公寓前，我向嵯峨道謝後下了車，直子也隨我下車。

「不請他順便送妳嗎？」我問。

「總不能放你一個人不管吧。你剛才冒出的想法全是妄想，絕對不可能有那種事。」

「妳怎麼能肯定是妄想？我倒覺得這麼解釋的話，一切都合理了。」

「堂元博士他們是絕對不可能做出那種荒唐事的。」

嵯峨看著我們倆站在原地講了許久，顯得不知所措。「上車吧。」我對她說，「總之今天晚上我想一個人好好思考一下。」

見她猶豫不決，我往她背後一推，讓她上了富豪轎車後座，再次向嵯峨說：「謝謝您，那就下次見了。」說完便要嵯峨發動車子。

我目送轎車遠去，後座的直子始終欲言又止地看向我。

26

隔天是星期一，我又向公司請了假。雖然受到主管冷嘲熱諷，反正這是我的權益。

我前往警局找倉田刑警。到服務臺說明來意後，對方說刑警馬上來，請我到會客室稍候。說是會客室，其實裡頭只有一張簡陋的長椅和髒兮兮的菸灰缸。

過了十分鐘左右，倉田刑警來到會客室，他還是老樣子，有些晒黑的臉龐，鼻子和額頭泛著油光，捲起長袖的模樣顯得活力十足。

「喲，你精神還不錯嘛。」他一看到我就這麼說。如果這是他的眞心話，那這個人的觀察力也不怎麼樣。

「不好意思在您百忙之中打擾了，因爲我有點事想請教。」

「嗯。什麼事？」

我舔了舔有些乾燥的嘴脣，「關於之前那起案子的強盜……我記得是叫京極吧？」

「哦。」倉田刑警說著看了一眼手表，「我們換個安靜點的地方談吧，附近有家店的咖啡滿好喝的。」

不過他推薦的那家店，咖啡其實不怎麼好喝，只喝得出濃濃的苦味，但坐在最靠裡頭的位子談話，不必擔心被其他人聽見，確實很適合密商。

「請問京極他家現在是什麼狀況呢？」我問他。

「詳細情形我也不了解，案發前後應該是他妹妹住在那裡，但現在就不確定了。我看搬家了吧。」

「他有妹妹？」

「你不知道嗎？這麼說來，他妹妹也沒去探望你嘍。我以爲她理應代替哥哥向你道歉的，沒想到她這麼不懂事。」

「我很意外京極有個妹妹，他母親不是沒結婚嗎？那種狀況下還生了兩個孩子？」

「也不是她願意的。」倉田刑警說，「那對兄妹是異卵雙胞胎。」

「雙胞胎？」完全出乎我的意料。

「嗯，加上兩兄妹的親生父親不肯承認他們，根本是禍不單行。他妹妹的名字叫亮子，漢字這麼寫。」

刑警以手指頭沾水，在桌面寫了「亮子」兩個字。

「請問您知道她的住址還是聯絡方式嗎？」

「也不是不知道，不過，你問這些想做什麼？我了解你恨歹徒的心情，但當事人都死了，你遷怒他妹妹也沒用呀。」

聽了刑警這番話，我露出微笑，「我沒打算那麼做，只是想多了解一下那個叫京極的。之前在醫院住了太久，沒什麼機會認識這個人。」

倉田刑警似乎很想問我進一步了解那傢伙又能如何，但他什麼也沒說，從內側口袋掏出記事本。

「我剛說過，那個地址現在可能已經沒人住了。」

「我曉得。」

刑警念出本子上記下的住址和電話號碼，地點在橫濱。我從牛仔褲口袋拿出筆記本和原子筆，把這些資料抄下來。

「聽說京極好像立志當音樂家？」我收起筆記本，假裝若無其事地問道。倉田刑警點點頭，「聽說他想當鋼琴家，卻一再受挫，犯案前好像是在酒吧還小酒廊演奏打零工。」

「為什麼會一再受挫呢？」

「誰曉得，藝術這條路不好走吧。」

這一點我也很清楚。

想想沒什麼其他事要問了，「我也差不多該告辭了。」我起身時伸手要拿帳單，但倉田刑警早我一步搶走。

「這點小錢讓我來吧，上次多虧你幫了忙。」

「不過沒能讓您立功吧？」

聽我一說，刑警閉上一隻眼露出苦笑，「被你戳到痛處啦。但是就算沒功勞，我們的工作還是得以某種方式來解決案子。這起案子是因為有你的證詞才能順利告一段落的。」接著他把手搭在我肩上，「事情已經結束了，你也早點忘了比較好，重新出發吧。」

我輕輕笑了，這是對一無所知的刑警發出的嘲笑。事情已經結束了？明明才剛開始。

而刑警大概誤以為這是一抹善意的微笑，開心地走向收銀檯。

在咖啡廳門口和刑警道別後，我直接朝車站走去。我在附近的小書店買了地圖，查一下剛才問到的地址。看來只要搭上電車，到離那個地點最近的車站應該不用花太多時間。

我毫不猶豫地買了車票，通過剪票口。

我昨晚思考了一整夜的結論是，必須從調查京極開始。在嵯峨的車上閃過的那個念頭，一直緊揪著我的心不放。不先釐清這件事，我將無法往前踏出半步。

究竟是誰捐了腦給我？先前聽到的是關谷時雄，但眞是這樣嗎？

我從關谷的父親那裡聽到對他的描述，他是個膽小、怯懦又文靜的年輕人，就像從前的我。

但這卻不符合我之前懵懵懂懂做出的假設。我的假設是，這陣子出現個性上的改變很可能是受了到捐贈者的影響，包括情緒不穩定，神經質且衝動。以往的我完全不是這個樣子，所以把這些當作是捐贈者的個性以某種形式漸漸浮上檯面，這種想法還算有道理吧？

然而就我從關谷父親口中聽到的，關谷時雄的個性中幾乎沒有那些特徵。這麼說來，是我的假設錯了嗎？造成我個性上的改變另有原因？

可是自從昨晚聽了嵯峨所說的事，我的腦中又出現另一個可能性，關鍵就在於，京極曾立志當音樂家。

包括幾個令我不得不正視的線索，關鍵字是「音樂」還有「鋼琴」。先前我在酒吧失控時，還有聽到嵯峨典子演奏時都一樣，我的腦部對於鋼琴的琴音有了異常反應。

我開始覺得，說不定捐贈者不是關谷時雄，而是京極瞬介。這個假設其實不算太突兀，甚至可說，除了這個可能以外，其他的解釋都太不自然了，否則還有什麼原因會讓一個對音樂從來漠不關心的男人一下子具備了良好音感？

堂元博士他們試圖隱瞞捐贈者的身分的原因也顯而易見了。再怎麼說，京極都是個罪犯，移植那種人的腦部，在人道上會引來諸多問題，更何況接受移植者還是那個歹徒的受害者。

這下子我也懂了博士他們對於我堅稱自己個性改變一事爲什麼始終不聞不問，因爲一討論到這一點，就得連帶表明捐贈者的眞正身分。

博士他們當然知道我受到京極大腦的影響，上次若生助理安排那個好一陣子沒做過的聽力測驗，就是爲了確定想當音樂家的京極所具備的特徵有沒有在我身上顯現。檢查結果應該是肯定的，因爲我有信心自己做出來的成績接近滿分。

還有，那個心理學者的奇怪精神分析，我猜目的也是爲了找出我體內潛藏的京極影子。

既然已經弄清事實，我當然不可能不去深入調查京極。至於調查之後要怎麼做，我還沒想到那麼遠，我只想知道，有什麼方法可以控制這樣的變身進程，然後要是無法制止，我將會面臨什麼樣的終點。我想我有權知道。

經過幾次轉乘電車，總共花了兩個小時才抵達目的地車站。這個車站很大，旁邊就是大馬路。

我到派出所一問之下，好像只要徒步幾分鐘就能到我在找的地址了。走出派出所時，我看到公用電話，猶豫著該不該先打個電話通知對方，但我沒想多久便邁開步伐，因爲我覺得不要讓對方有心理準備，才能看到更清楚的眞相。

我照員警指的路走，鑽進了一條彎曲小路，路邊停了不少車子，把道路擠得更窄了，道路兩側密集蓋了整排小房子和公寓。

京極的家也在這排建築之中，建地面積大概十來坪吧，老舊的兩層樓木造建築，牆壁黑黑髒髒的，陽臺欄杆生滿鐵銹，像是得了皮膚病，只有一扇門看起來是最近才換新的，卻顯得與四下格格不入，反倒有種淒涼的感覺。我看到門外還掛著「京極」的門牌，房子好像還沒轉手，話雖如此，也不保證現在還有人住在這裡。

我摁了門邊陽春的門鈴，屋裡傳出門鈴聲，但摁了兩次都沒人回應。

「您找京極小姐有事嗎？」

一旁突然冒出話聲，我一看，發現隔壁窗口探出一名主婦，一頭短髮，大約三十多歲。

「有點事情想請教她……。呃，請問她現在不住這裡了嗎？」

「還住這兒啊，只是剛好出去工作了吧。她每天好像都到三更半夜才回來。」婦人不屑地撇起嘴。

「請問她工作的地點在這附近嗎？」

婦人一聽，露出冷笑，「也不知道能不能算是工作地點啦。」

「是特種營業？」

「她在幫人畫肖像畫。好像還有其他打工吧，但反正沒一個工作做得久的。」婦人臉上露出的並非同情，而是擺明的幸災樂禍。我感覺到自己眼睛下方的肌肉微微抽動。

「您知道她都在哪裡幫人畫嗎？」

「不曉得，跟我又沒關係。」婦人擺出一臉不在乎別人家事情的表情回道：「假日好像會跑去遠一點的地方，今天的話，我看可能就在車站附近吧。」

「車站附近，是嗎？」

「大概啦，你在做什麼調查啊？」

婦人似乎想問出我的來路，來這裡找京極小姐又有什麼事。「算是調查之類的。」我只敷衍地回答這麼一句就快步離開了。

回到車站附近，我又跑去派出所，問員警這附近有沒有在幫人畫肖像畫的。員警想了想，說偶爾在車站東側大道上會看到。

東側大道是站前商店街為年輕族群設計的一條路，路上成排主攻年輕客層的商店，走在路上的也多是高中生之類的小鬼頭。

畫肖像畫的攤位就在賣可麗餅的旁邊，只見一組畫架架得好好的，前方坐著一名身穿T恤、牛仔褲的女子，但這時沒顧客，女子正讀著書，一旁邊擺了幾幅當作樣本的作品，看來繪畫的技巧很不賴。

我慢慢走過去。女子低著頭，看不出她的長相。沒多久，她大概是察覺到我的視線，突然抬起頭。一頭短髮的她皮膚曬得很黑，一雙鳳眼給人深刻的印象。

一瞬間，我覺得自己全身僵硬，不知該說什麼，也不知道要做何表情，登時滿身大汗。

見了面不就知道了嗎？——我先前是這麼想的。就像見到關谷時雄的父親時，我直覺自己的腦肯定跟他毫無關聯，但如果移植到我頭殼裡的真是京極瞬介的腦，當我見到他的親人時，應該會有所感應吧。

我的猜測果然沒錯，而且遠比我想像還要來得強烈。

這個女子跟我有關聯，我們之間有著看不見的牽絆，我深信不疑，因爲她全身上下發出來的所有訊息都彷彿徐徐滲透進我的體內，與我合而爲一。京極瞬介和這個女孩是異卵雙胞胎一事，和這股宛如心電感應的震撼一定也脫不了關係。

「幹麻？有什麼事嗎？」面前突然有個陌生男子莫名其妙地僵在原地不動，女子不由得如此質疑。她的聲音略爲低沉，很有磁性。

「沒什麼，沒事。可以幫我畫張畫像嗎？」我問她。

她大概沒想到我是上門的顧客，先是一臉驚訝，然後收起在讀的書。「畫肖像畫可以嗎？」

「好啊。坐這裡就行了吧。」我在簡陋的摺疊椅上坐下。

「你想畫成怎麼樣的？跟本人一模一樣？還是要把你畫得帥一點？」

「照妳看到的畫就行了。」我回道。

她盯著我的臉好一會兒，然後開始動起鉛筆。不過很快就停下了手，露出一臉不可思議說：「我問你，你常來這裡嗎？」

「沒有，今天第一次來。」

「是嗎？」她似乎思量著什麼，接著像是重振了精神，再次面對畫紙。

她下筆確實有兩下子，就像樂團指揮掌握指揮棒般爆發力十足。「妳畫畫是在哪裡學的？」我問她。她邊畫邊答：「幾乎是自學，還有朋友稍微指導一下而已。」

「但妳畫得很好。」

聽我一說，她忍不住噗哧笑了。「從你那邊又看不到。」

「用不著看也知道。」

她那雙銳利的眼睛帶著光采。「你也畫畫嗎？」

我想了想，回答她：「沒有。」現在已經沒在畫了。

「是喔。你這人講話眞怪。」她繼續動著畫筆，「你別太介意我講話的用字遣詞哦，我最怕用那些文縐縐的敬語了，動不動就有一堆麻煩得要死的規則，講起話來都快咬到舌頭了。」

「照妳的習慣就好。」我告訴她。

我認眞凝視描繪著我的她，很快便感覺到我們倆內心的波長似乎達成一致，連她細微的呼吸我也聽得很清楚。

她一開始還流暢地揮動著筆，沒多久，似乎不太對勁了起來，只見她一次又一次看著我的臉，露出複雜的表情。

「怎麼了嗎？」我問她。

「我問個怪問題哦。」她一臉尷尬地開口，「我們……在哪裡見過嗎？」

「我和妳？沒有。」我搖搖頭。

「是嗎……應該在哪裡見過吧，要不然不可能有這種感覺。」

「哪種感覺？」

「就是……我說不上來，反正有一種奇怪的感覺。算了，是我想太多了。」她顯得頗爲焦躁，抓起筆只畫了幾筆，又搔起那頭短髮。「不好意思啊，畫壞了。好像沒辦法專心。」

「讓我看看。」

「別取笑我了，我重畫一張。」她拆下畫架上的紙，立刻撕成碎片，「我不是想找藉口，但這可是我第一次出這種狀況。今天不知道怎麼搞的。」

「別放心上。」

「你還有時間嗎？這次我一定會好好畫的。」她拿出一張新的畫紙，卻依舊一臉無法釋懷地看著我，「我們眞的沒見過？」

「見倒是沒見過。」

「是喔……」她講到一半，似乎察覺我的說法有弦外之音，「你說『倒是』？什麼意思？」

「我知道妳的名字。妳叫京極亮子，對吧？我想妳可能也聽過我的名字。」

「咦？」她立刻顯得有些戒心，「你是誰？」

我緩緩做了一個呼吸，告訴她：「我叫成瀨純一。」

「成瀨……」

幾秒鐘之後，她才對這個名字有了反應。只見她的臉上漸漸出現驚訝，就像平靜的水面泛起陣陣漣漪。她睜大雙眼和嘴巴，屏住了呼吸。

「我來找妳了。」我對她說：「很高興能見到妳。」

她緊咬著脣，用力一個低頭。「對……不起。」

「爲什麼道歉？」

「因爲……我都沒去探望你……雖然一直想著非去不可，可是遲遲踏不出那一步。」

亮子再次低下頭，「對不起。」

「我對妳完全沒有負面情緒，當然，我不否認對京極瞬介還有恨意。」

「我代替瞬介向你道歉……」她只說到這就接不下去了。

「別這樣，我不是來看妳向我道歉的。我有很多事想問問妳，有沒有什麼地方可以讓我們好好談一下？」

「那就回我家去吧。」

「妳的工作怎麼辦？」

「今天就算了。要不是你過來，我正在打算差不多該收攤了。」

亮子把畫具收好，放到停在一旁的機車貨架上，然後她跨上機車，以與我步行相同的速度慢慢騎。

我們回到先前那間屋子，她請我進屋。一進門就是廚房，往裡頭走，迎面是一間三坪大的房間，廚房旁邊有一段上到二樓的階梯，階梯下方緊鄰流理臺上方，看來做飯的時候很不方便。

「不好意思，地方很小。」京極亮子說著端來茶水。

「妳一直都住在這裡？」

「是啊。這房子好像是我媽繼承父母留下來的遺產，我跟瞬介從小就在這裡長大。」

我環顧室內，天花板黑黑髒髒的，牆面處處斑駁，屋內感覺整修了很多次，老舊的速度卻似乎更快。

但是我發現這個家散發出非常強大的能量，對我的精神起了作用，讓我的心感受到前所未有的安穩。我心想，沒錯，這裡的確是京極瞬介生長的地方。而化爲我大腦一部分活下去的他，對於這個懷念的家所發出的呼喚也產生了回應。

「話說回來，眞是嚇了我一大跳。」亮子感觸良深地說道：「我沒想到你居然會跑來這裡，照道理應該是我去問候你才對。」

「別再說啦。」我擺出不耐煩的神情，「我大老遠跑來不是來聽這些的。」

「這倒是。對不起啊。」她把茶杯端到嘴邊卻沒喝茶，只是直盯著我，「我剛才第一眼見到你，就覺得你不是一般的顧客，忍不住一直想到底是在哪裡看過你。應該就是案發後，刑警拿你的照片給我看過的關係吧。」

我想不是那個原因。——我在心中說道。而她也感覺到了，她的雙胞胎哥哥正在我的腦中對她呼喚。

「可以告訴我一些京極瞬介的事嗎？」我說：「我的生活也好不容易平靜下來了，想整理一下這陣子的想法，所以希望對他多一些了解。」

「這件事對你而言，還眞是飛來橫禍呀。」

「聽說妳母親在案發前不久過世了？」

亮子用力點點頭，用手指戳了一下自己胸口，「心臟的毛病。醫師說她的身子不適合走動，所以她幾乎都臥病在床。她那個病是不可能治好的，頂多是能拖就拖，盡量讓她活久一點吧，不過聽說只要動手術，多少有幫助，所以我們想盡辦法要讓她動手術。瞬介和我爲了籌手術費到處奔波，結果還是來不及，我媽得了惡性感冒，沒多久就痛苦地過世了。」

「聽說你哥哥之前就去找過那個房屋房仲的社長？」

「一開始我們是打定主意絕對不向那個人開口，因爲全世界我們最恨的就是他，不過錢的事始終沒著落，最後瞬介只好去找他，卻一如我們預料，那個人不但不答應瞬介，好像還罵了很多難聽的話。」亮子嘆了口氣之後繼續說：「之後過了一個星期，我媽就過世了。」

「妳母親的死，好像就是那起案子的主因吧？」

她點點頭，「瞬介對我媽的愛，可不是普通的強烈，那應該算是『猛烈』了吧。所以我媽過世的時候，他成天把自己關在房間裡大哭大喊，我還很擔心他會不會就這樣瘋到送命。就連我媽遺體入殮了，他也死不肯離開棺木旁，說實在的，我眞的是被他搞慘了。」

原來他有戀母情結啊——我在心裡低喃。

「後來到了火葬場又發生類似的事。棺木推進去才燒沒多久，瞬介就跟現場的工作人員說，要他們把我媽送出來。」

「送出來……？燒到一半的時候？」

「是呀。我當時心想，他大概要說不忍心心愛的媽媽被燒光吧。工作人員的想法好像也和我一樣，當場跟他講起道理，說如果這麼做，老菩薩就沒辦法安心前往極樂世界了。」

「他怎麼說？」

「他回說，我沒說不要燒呀！既然媽已經死了，我也知道不能不把遺體燒掉，但我不想看到待會兒送出來的時候全都變成黑塊。可以的話，我希望親眼看著媽燃燒，但我猜應該也沒辦法，所以想至少燒到一半的時候推出來讓我看看吧——瞬介當時是這麼說的。」

我覺得背脊一陣涼。「火葬場的人怎麼說？」

「要瞬介別給他們出難題呀。」亮子微微笑了，「工作人員回他說，以往沒有這種例子，而且不符合規定。瞬介顯然無法接受，當場大吵大鬧要對方快點開爐把我媽送出來。我告訴他，媽畢竟也是女人，一定不想讓任何人看到自己被燒成一半的模樣，拜託他暫時忍耐一下。瞬介聽了才總算安靜下來，但在場所有人都感覺有些毛毛的，這也難怪，因爲瞬介後來不停地自言自語，說什麼媽媽燒起來了、媽媽燒起來了。」

媽媽燒起來了……

一瞬間，我的視網膜上彷彿浮現熊熊烈焰，火光的另一頭有人把手伸向我。

「在那之後，瞬介就變得不太對勁，好像對於沒能救活我媽相當自責，一方面他也怨恨那些不肯伸出援手的人，不過，我眞的沒想到他最後會做出那種傻事……」亮子說到這一臉苦澀，語帶哽咽。

我想起京極的那雙眼睛，那宛如死魚一樣的無神雙眼。那是因爲對人性的絕望、憎恨而抹殺了一切情感的眼睛。

「聽說京極曾立志當音樂家？」我問她。

「嗯。我媽很早就察覺到瞬介的才華，家裡明明窮得要命，還是想盡辦法東拼西湊籌錢讓他受教育。然後，我媽最偉大的一點就是，只要瞬介有的，她永遠都會一樣公平地給我。只不過很可惜，我沒有和瞬介相同的天分就是了。」

「妳不是會畫畫嗎？」

亮子皺起眉，閉上一隻眼睛。「那算天分嗎？」

「京極平常都在哪裡練鋼琴？」

「在二樓。要上去看看嗎？」

京極瞬介的房間不到兩坪半，房裡除了書櫃和鋼琴，就是一大堆只能算是廢物的雜物到處亂扔。亮子一進來馬上打開窗戶，原本房裡的空氣熱得讓人喘不過氣，原因似乎就出在覆蓋住整面牆的瓦楞紙板和保麗龍片。

「這都是瞬介弄的，好像說是爲了隔音。」亮子大概是察覺到了我的視線，對我解釋著，「別看這樣，還眞有點效果。」

我走到鋼琴前面，打開琴蓋，象牙色的琴鍵看上去宛如某種東西的化石。但我隨意把指頭按上琴鍵，發出厚重的聲響，證明了這絕非化石。

京極曾經待過這裡。

我知道自己的大腦對琴聲有了反應。京極曾經待在這裡，而現在，他回來了。

「我去拿個冷飲。」亮子說完走下樓梯。我坐在鋼琴前，細細品味撫摸琴鍵的觸感。已經無庸置疑了，大腦的捐贈者就是京極瞬介。他的腦對我的腦開始產生影響。

一陣輕微的暈眩襲來，我按著眼頭。再度睜開眼時，我發現腳邊有架紅色的玩具小鋼琴。我坐到地板上，看著那架小鋼琴。這東西顯然相當舊了，不過幾乎毫無損傷，除了積了些灰塵和突出的尖角稍微生銹，大致上跟新品沒什麼兩樣。

我敲下小小的琴鍵，立刻響起廉價的金屬聲響，雖然如此，仍舊有著基本的音階，足夠彈奏簡單的旋律。我伸出食指，試著彈起一段家喻戶曉的童謠。

回過神來，我發現亮子站在身後，雙手端著托盤凝視我。

「這東西眞令人懷念。」我問她：「這也是京極的嗎？」

「嗯，小時候我媽買的。本來是要買給我，但每次都是瞬介拿去玩，他很中意這架鋼琴，就像是小孩子愛玩的珠寶盒一樣寶貝著。我媽過世後，他也不時像你這樣彈。」說完之後她搖搖頭，「我覺得好不可思議，跟你聊著聊著，好像瞬介又回來了。你明明長得跟他一點都不像，大概是給人的感覺很接近吧。」

我不知道該怎麼回應，於是沒作聲，亮子見狀，顯得有些不知所措，「呃，抱歉，聽到有人說你跟那個瘋瘋癲癲的人很像，你肯定不高興吧。」

「沒有，無所謂的。」會像也是理所當然。

亮子往杯裡倒了啤酒。我這段時間都盡量不碰酒精飲料，今天卻想喝一點。我喝了一口，再次張望四周，書櫃裡滿滿的全是音樂相關書籍。

「他很用功呢。」

「那個人的字典裡沒有『偷懶』兩字。」亮子回答：「瞬介的口頭禪就是沒時間，一天到晚說沒時間用功，沒時間練習，所以他最受不了看到有人浪費時間，連我也常挨他罵呢，他說我都在鬼混，還說要是沒有上進心，活著根本一點意義也沒有。」

「他好像對周圍的人都看不順眼？」

「大概吧。」她點點頭，「幾乎所有人他都看不起，從以前就這樣，念書的時候也很痛恨老師，罵學校爲什麼在寶貴的時間派這種低能無腦的老師來上課。」

聽她說起這些事，感覺好像是我自己的回憶，但事實上無論我怎麼回溯記憶，印象中自己都不曾有過輕視老師的念頭。

「京極的興趣只在音樂方面嗎？其他像是繪畫之類的呢？」

「繪畫？完全不行。」亮子邊喝著啤酒，一隻手搖了搖，「瞬介對那方面一竅不通，念小學的時候也最討厭繪畫課。眞是怪了，我會畫畫但音樂就不行，他卻剛好相反，明明兩種都屬於藝術。」

大概是大腦運作的方式不同吧，這是我的見解。京極將一切都投入音樂，相對地強烈拒絕在其他任何方面發揮創造性。

我一手拿著裝啤酒的玻璃杯，另一手敲打著玩具鋼琴。這個玩具和我沒有任何關係，我卻有種一時之間遙遠的記憶被喚醒的感覺。

「我知道這麼說很失禮。」亮子語帶保留地說：「但你的感覺眞的跟瞬介好像，彷彿他此刻就在我身邊。我跟他在一起的時候覺得最幸福、心情最平靜了。現在跟你在一起，也有同樣的感受。」

「眞不可思議。」

「不可思議，好像瞬介回來了。」她的眼神彷彿在作夢。

「我有個請求。」我說：「這架玩具鋼琴可以給我嗎？」

亮子似乎不了解這句話的意思，半張著的嘴闔不攏。「送你是無所謂……但你要這種東西做什麼？」

「沒什麼特別的理由，單純想要而已。」

亮子看著我，又看看鋼琴，一會兒之後，露出甜甜的微笑。

「好啊，你帶回去吧。留在家裡也沒用，況且——」她吸口氣繼續說：「這麼一來，好像對這架鋼琴也比較好，感覺本來就是該讓你帶走的東西。」

她到隔壁房間拿了一只大紙袋回來，剛好裝得下玩具鋼琴。

「我待太久了，該回去了。」我提著紙袋站起來，「抱歉，造成妳不少困擾。」
「別這麼說。」亮子搖搖頭，「我也很高興能見到你。」
「讓妳想起很多不愉快的事吧？」
「不要緊。再說，最近也有其他人來打聽過瞬介的事。」
正準備下樓的我一聽，停下腳步轉過身，「打聽京極的事？是誰？」
「他們自稱是在東和大學研究犯罪心理學的兩個人，記得是叫山本和鈴木吧。」
「東和大學？」想不起來這兩位是什麼人，「長什麼樣子？」
「兩個都是男的，一個是頭髮全白的老先生，另一個是年輕人，身材很瘦，而且有種說不出來的陰沉。」
是堂元和若生。那兩個傢伙來打聽京極瞬介，等於爲我的假設做了有力的背書，這表示他們顯然也察覺到我的改變是來自京極的影響了。
「那兩個人……有什麼問題嗎？」她擔心地問道。
「沒事。世界上就是有這種做些亂七八糟研究的人。」下樓梯之後，我再次轉身面對她，「謝謝妳提供很多寶貴的資訊。」
「是嗎？我還是不太懂你爲什麼想知道那些事。」
「妳不用知道。」我伸出右手，「請好好保重。」
亮子猶豫了一下，伸出手來跟我握手。

就在這一瞬間，我感覺全身的血液奔竄，所有神經集中到掌心，我清楚感受到腦部發出的電流傳遞到手臂，同時她傳送過來的訊號似乎侵入了我的大腦深處。

我看著亮子，亮子也凝視著我。

「啊啊，眞奇妙。」她低喃，「感覺好像遇到了非常懷念的人。」

「我也是。」我告訴她，「我覺得自己就快愛上妳了。」

亮子抬頭看著我，雙眼溼潤，「很抱歉我這麼說，但是，只要你說出口的事，不管什麼我都答應。」

有股衝動驅使著我想緊緊擁抱這名女子，我知道她也正期待著。

「妳愛京極嗎？」

「別想歪了。不過，那小子的確是我的一部分，而我也是他的一部分。」

腦波呈現同樣的頻率。京極需要這個女子，但是和這個女子的結合，連帶等於我接受了京極的支配。

亮子的頸部滲出汗水，T恤緊貼著肌膚，女性的曲線展露無遺。我感覺雙腿之間的高漲。不行，千萬不能受他控制。

我用力甩甩頭，彷彿斬斷一切似地放開手，而我和亮子實際上的聯繫也在這一瞬間倏地斷開。她同樣感覺到了吧，只見她帶著落寞的眼神直盯著自己的手。

「我很慶幸自己今天來這一趟。」我說。

「如果你下次再來——」她話沒說完就搖搖頭，「我沒資格說這種話。」

「我們最好別再見面了。」我正視她的眼睛說：「再見了。」

「再見了。」她也低聲說。

出了玄關，一步步遠離京極家，但還是有股力量試圖要我停下腳步，就像硬要把磁鐵的S極和N極分開時所感受到的抗力，直到我上了電車，那股力量還持續了好一會兒。我一逕望著剛才京極亮子握過的手。

隨著離自己熟悉的街道愈來愈近，我對京極亮子和那間舊房子的懷念情緒也逐漸轉淡，但不可否認的是，那股精神上的安穩也同時慢慢消失，我的內心開始湧現沸騰的憤怒及憎恨，怒氣持續升高，幾乎就要衝破我的身體。

27

夜晚的大學校園裡瀰漫著一股特殊的氣氛，漆黑，靜謐，卻不是完全沉睡，我走進校園才發現還有好多人待在學校裡，至於亮著燈的窗戶更是數不清。

所謂的研究，就是這樣做出來的嗎？不眠不休，否則不會進步，也無法搶得先機，我猜那群研究腦部移植的傢伙也是這樣吧。

四下伸手不見五指，和白天的感覺很不一樣，我卻不擔心走錯路，畢竟已經很熟悉了。我走進固定拜訪的那棟建築，走上每次都走的同一道階梯。

幾乎每個房間的燈都關了，堂元的辦公室卻透出亮光，正如我預料。看來沒白跑一趟，太好了。

我沒敲門就直接拉開門。辦公室裡的冷氣很強，一踏進去，黏答答的肌膚就感到一陣涼意。堂元正坐在辦公桌前處理事情，背對書櫃，但他好像沒發現有人開門，聲響可能是被冷氣機運轉的噪音蓋過了。

我走到辦公室中央，把紙袋碰的一聲放在會客用的茶几上，我刻意弄出聲響，這下子堂元總算察覺到了，猛地抬起頭朝這邊一看。

「哎呀！是你呀。」堂元大口呼吸，似乎想穩住瞬間飆升的血壓，「怎麼了嗎？爲什麼在這個時候跑來？」

「你知道這是什麼嗎？」我把紙袋裡的東西拿出來放到茶几上。

「看起來像玩具鋼琴？」

「沒錯。每個有女兒的家庭，孩子的玩具箱裡大概都會有一架吧。」我敲了敲琴鍵，辦公室裡響起金屬琴音，「這是京極瞬介的。」

堂元的表情大變，睜大眼，臉色倏地變得蒼白。「你去過京極家了？」他的聲音微微顫抖。

「我從他家過來的，剛剛和他妹妹聊了很久。她叫京極亮子，是吧？」

博士從椅子站起，「你爲什麼要這麼做？」

「爲什麼？」我朝他走近，「那還用說！因爲我想知道眞相呀！我已經聽膩了你們的胡說八道，我有權利知道我這顆頭裡面裝誰的腦袋吧！」

「我聽不懂你在說什麼，之前不是早就告訴過你捐贈者是誰了嗎？」

「你耳朵聾了嗎！我說我聽膩了你那些胡說八道！你告訴我的只不過是欺騙社會的幌子，眞正的捐贈者是京極瞬介！」

博士不斷搖著頭，「你的根據何在？」

「我也查過關谷時雄了，但怎麼都不覺得他和我現在個性的變化有關。相較之下，京極生前的狀況和現在的我擁有太多無法忽視的共同點，我們簡直就像影子和本體。」

「這只是你的妄想。何況說到頭，你的個性根本沒有任何變化。」

「你有完沒完啊！」我氣得大吼，「要問根據，你手邊根本要多少有多少吧！先前做了那麼多測驗，尤其上次那個音感測驗，應該很明顯顯示出京極對我的影響！」我整個手掌使勁往玩具鋼琴的鍵盤上一按，「你以爲瞞得過我，但你們兩個地方失算了。第一，我的人格開始受到京極影響；另一個是，你們忽略了有些事是無法以目前的科學來解釋的。」

「無法以科學解釋的事？」

「就是直覺！」我以指尖敲了敲自己的腦袋，「讓我來告訴你這位腦科權威吧。人類的大腦有一股奇妙的力量，我和京極亮子待在一起的時候，感受到一種驚人的一體感，而她似乎也有相同的感覺。就算你想盡方法瞞我，我也忘不了那種感覺的！」

堂元的眼中閃爍著與先前完全不同的光采，那並非出於思考著要怎麼敷衍我，而是對於我說的話大感興趣。

不過，他依舊呻吟似地不斷重複：「不管你怎麼說……，捐贈者就是關谷時雄。」

「少裝蒜！」我又上前幾步，雙手揪著他的衣領，「我聽亮子說了。你和若生助理也去向她打聽過京極的事吧？那又是爲了什麼？」

「我……我不知道這種事。」

「你怎麼可能不知道！」我把博士整個人按到辦公桌上，「要不然我把京極亮子帶來，如果她說上門的不是你們，我就作罷。不過，我想應該不會有那種答案。」

堂元別過頭閉上眼，似乎打算無論發生什麼事也絕不吐實。我提起他的衣領，用力一扯再突然鬆手推開，老頭子腳下踉蹌，雙膝當場跪地。

「我要把這個大頭條賣給報社。」我說：「我這個世界首例腦部移植患者的招牌應該還沒生銹，把這件事告訴那群飢渴的媒體，保證他們會立刻圍上來。移植腦片居然來自歹徒!?那群人一定會不擇手段找到證據，就算掌握不到證據，這個消息也會馬上口耳相傳，不消多久就能傳遍大街小巷了。」

堂元拾起掉在地上的眼鏡戴好，抬頭看著我。「爲什麼？爲什麼你這麼想知道捐贈者是誰？你的腦不是有我們保證會負責治好嗎？」

「你根本不懂。你先前說，千萬別把大腦想得太特別，但腦的確很特別呀。你能想像嗎？今天的自己和昨天的自己完全不同，然後明天醒來時又已經不是今天的自己，那些遙遠的回憶全部一點一點變成別人的，徒留無奈，漫長歲月中累積的一切全化爲零，你了解那代表什麼嗎？讓我告訴你，那就等於——」我指著堂元的鼻子，「跟死沒兩樣！人活著不光是會呼吸、心臟持續跳動，也不是能發出腦波，活著的眞正意義是留下足跡！等到事過境遷看著留下的足跡，知道那確實是自己走過的，這才算眞的活著！但你看看現在的我，就算看到過去該是我留下的足跡，也完全不認爲那屬於我。理論上已經活了超過二十年的成瀨純一，現在卻消失得無影無蹤了！」

我一口氣說完，喘吁吁地瞪著堂元。這老頭也直盯著我不放。

「就當作……」老頭子開口：「就當作重新出發，這樣不好嗎？很多人都希望可以重生。」

「重生跟一點一點失去自我根本是兩回事！」

聽我這麼說，堂元輕輕點了一下頭，起身拍掉衣服上的灰塵。接著他撫著茶几上的紅色玩具鋼琴說：「你剛才說的事都是眞的嗎？」

「剛才說的事？」

「超感官知覺啊。就是你和京極亮子之間感受到的東西。」

「當然是眞的，一般叫做心電感應吧。」

「的確，常聽說雙胞胎之間存在這種能力。」堂元敲了兩、三下玩具鋼琴的鍵盤，「世界上就是有這些不可思議的事。的確就像你說的，這些我們都沒算到。」

「所以你承認捐贈者是京極嘍？」

堂元神情痛苦地皺起眉頭，眨了幾下眼睛，緊抿的嘴終於打開，「沒錯，捐贈者就是京極瞬介。」

我吁了一大口氣，搖了搖頭，「即使我非常確定，親耳聽到眞相，還是很震撼。」

「我想也是。但是，站在我們的立場也只能瞞到底。」

「爲什麼會移植京極的腦？」

「原因我應該老早就解釋過了，我們有非使用京極大腦不可的苦衷。」

我想起堂元先前的說明，「是因爲配對吻合度嗎？」

他點點頭。「我說關谷時雄的大腦和你符合是騙你的，事實上，以你們的吻合程度要進行移植手術，其實相當勉強，但我們還是決定嘗試爲你動手術，因爲這個機會實在太難得了，委員會當中，兩派意見嚴重相左，一派人認爲就算有些勉強也要全力一試，另外一派則覺得這種史無前例的狀況下更應該謹愼處理。」

「然後剛好京極的屍體送過來了？」

「沒錯。我們抱著萬分之一的期待檢查京極跟你的大腦配對吻合度，坦白說，當時我們壓根沒去想移植罪犯的大腦在倫理上會造成什麼爭議，雖然抱著萬分之一的期待，總覺得不太可能剛好符合你的體質，沒想到，吻合度出現了驚人的結果。我之前也講過，這等於十萬分之一的奇蹟。」

「因爲捨不得放棄這個奇蹟，對於這是罪犯的腦這一點，就睜一隻眼閉一隻眼帶過了？」

「捨不得奇蹟也是原因之一，但還有一個更重要的外在因素。」堂元皺起眉頭。

「外在因素？」

「整起腦部移植計畫，有一股強大的力量在背後支持。那股勢力下達指示，叫我們無論如何都要進行這次移植手術。」

「是政府單位嗎？」

「你要這麼想也無所謂。總之那邊的指示就是絕對不能錯過這次機會。由於京極是個罪犯，他的屍體必須交付司法解剖，但實際上腦部摘除手術是和司法解剖同時進行的。當然，這部分不可能留下任何紀錄。能夠這麼做，也全拜那股背後勢力所賜。」

「那股勢力爲什麼那麼希望進行移植手術？」

「那還用說嗎？因爲他們想確定腦部移植手術的可能性，希望這項技術能早日成熟呀。他們剩下的時間也沒多少了。」

「他們？」

「應該說，『他們的大腦』吧。」堂元比了比雙手抱頭的手勢，「就是目前操縱整個社會的那群老人呀。隨著醫學進步，人類肉體的平均壽命年年增加，連帶延長了那群人能呼風喚雨的時間。不過，唯有腦部的老化是連他們也沒轍的。就算做一些小規模的治療，終究還是趕不上神經細胞死亡的速度。眼看著喪失人性尊嚴的那天一步步逼近，那群人簡直怕得要命。」

「所以他們把希望寄託在腦移植上？」

「他們相信這是最後一條路了，可以將死去的部分慢慢用年輕的腦部來替換，也可說這是一種類似復活的狀況。」

「那些人瘋了。」我不屑地吐了一句。

「會嗎？我倒認爲這是很正常的欲望。爲什麼希望移植心臟、肝臟就算正常，但換成移植腦部就叫異常呢？」

「現在在你面前的我，就是異常的最好證明！就算眞能找到新的大腦，換來一個宛如別人的自己，根本毫無意義！」

「你也是到了現在才說得出這種話。」堂元指著我，「你在生死關頭的當時，如果有機會問你的意見，你會希望我們怎麼做？想活命就非得移植一部分他人的腦袋，但之後可能連人格都會改變，你還願意動手術嗎？或選擇就這樣永遠不醒來？」見我沒回應，堂元接著說：「那些人也一樣。你剛才說留下足跡才叫做活著，對吧？我也這麼認爲。而你覺得你過去留下的足跡已經不再屬於自己，但這樣不也很好嗎？重生之後的你可以從此留下新的足跡呀！但他們呢？」他說到這，搖了搖頭，「以那些老人目前的狀態，或許就連自己的足跡在哪裡、自己曾經留下足跡的事實，都忘得一乾二淨了。你能明白吧？與其眼看著連家人都認不得的那天就要來臨，相較之下，對女人的喜好改變，根本沒什麼大不了。」

「隨時可能出現殺人的衝動也沒啥大不了嗎？」

「我很同情你。最遺憾的是，京極瞬介本來的精神狀況不太正常，但我希望你能諒解，就當時的狀況來看，如果你沒動手術，生還的可能性微乎其微。」

「換句話說，你們認爲這次的人體實驗算成功？」

「我認爲是偉大的第一步。」

我嘆了口氣，抓起紅色玩具鋼琴塞進紙袋裡。已經沒有話要問堂元了，我也不想再聽到他的任何廢話。

「我有個提議。」堂元說：「京極瞬介的心理生病了，我們當然很意外那些症狀會出現在你身上，但這部分不是沒辦法治療的。上次我向你介紹的光國教授，對你的狀況很感興趣，我們一定會盡全力改善那些症狀的，你來接受治療好嗎？」

我抱著紙袋站在堂元面前，他那副金邊眼鏡後方的眼神拚命釋出善意，更加挑動了我的敏感神經。

我握緊右拳朝堂元臉上猛力一揮，拳頭頓時麻痺，堂元發出一聲哀號，整個人朝牆邊飛去。

「我沒興趣。」說完我便走出辦公室。走廊吹過一陣悶熱潮溼的夜風，我盯著隱隱作痛的拳頭，思索著出手毆打那老頭的究竟是成瀨純一，還是京極瞬介。

研究。

他和京極亮子之間的超感官知覺是眞的嗎？如果屬實，務必針對此部分另外成立專案

他的話令我印象深刻，尤其是關於「足跡」的看法。

成瀨純一發現了捐贈者的眞相，計畫必須變更，得緊急聯絡委員會才行。

七月二十三日，星期一。

【堂元筆記　8】

也爲了這部分的研究，看來更不能輕易放走成瀨純一了。

28

零件由輸送帶送來我面前，一個接著一個，彷彿永無止境。我將零件裝到機器上，調整好噴射量之後，再放回面板裡送往下一個製程。

時序進入八月，廠內的冷氣一點都不涼，汗水滲進眼睛裡。

我已經習慣了這項作業，而所謂習慣，也代表死心了。

我看著自己的雙手。由於長期浸在代替燃料的特殊用油裡，皮膚紅腫潰爛，脂肪全部脫落，出現類似燒傷的症狀。上星期我跟主管報告這個狀況，他只是叫我去塗工廠提供的軟膏。廠裡的確放了被熱油燙傷專用的軟膏，但效果幾乎等於零，況且塗抹的軟膏只要一上工就全被沖掉了。

我也試過戴上橡皮手套，雖然能保護皮膚不再受侵蝕，但特殊用油的成分很快便導致橡膠硬化，最後戴著手套的手指根本動不了。

持續徒手作業下，皮膚沒多久就成了淺褐色，表皮變厚。到了這個階段就不覺得痛，也不會影響作業，但只能高興個兩、三天，因爲皮膚愈來愈硬，摸起來像是戴了一層手套，沒多久之後就會像蛇或昆蟲脫皮般裂開，露出下方細嫩的紅色皮膚。要是特殊用油一不小心滲進這層新肉，就會痛到忍不住縮起身子。

我就在這種狀況下一天過一天，不和任何人交談，不和任何人打交道，只是盯著自己變質的手指，一天就這樣結束。

前幾天，我遇到前一個部門的同事。或許不該說「遇到」，而該說是「瞄到」比較貼切。那人明明比我無能得多，卻因爲比我平庸而得救。一見到他那副蠢樣，我就一肚子火。要是我們對上了眼，而那傢伙敢多廢話一句，我肯定會衝上前攻擊吧。正因爲怕發生這種事，我只好讓自己躲在暗處避開對方。

我目前處於得用上全副精神才控制得了自己的狀態，絕對不能被突如其來、暴風雨般的情緒浪潮沖走，因爲那樣就表示我輸給了京極。

我開始寫日記。我不知道到了這個階段，寫日記還有什麼意義，但至少自己重讀時，還能明白昨天的自己原來是什麼模樣，這等於是具體地留下足跡，同時也能當作成瀨純一被消滅的過程紀錄。

我低調地活著，與放棄以及無法放棄的情緒同居。總之我想，別和他人接觸對我來說是最好的。

橘直子在八月二日下班時來找我。我離開工廠回家途中，她在車站堵我，一身白襯衫搭黑色緊身裙，宛如小學老師的打扮。

「有時間談談嗎？」

我靜靜點了點頭。這個女人每次一盯著我，都會讓我的心稍稍失去平衡。

「吃過晚飯了沒？」

「還沒。」

「那就邊吃邊聊吧。餐廳讓我挑。」我還沒回應，她就往計程車招呼站走去。

車子發動後，她就問我：「狀況怎麼樣？」

「什麼狀況？」我愛理不理地反問。

「當然是問你的頭部呀。」直子或許是怕被司機聽見，刻意壓低了聲音。

「老樣子。」

「那就表示目前一切正常嘍。」她似乎放下心頭大石，輕輕吁口氣。我忍不住想毀掉她的那股安心。

「不要會錯意啊。」我揚起嘴角說：「我的意思是，還是老樣子不正常。應該說愈來愈不正常才對。總之，我現在光是設法不讓其他人發現我的異狀，就已經筋疲力盡了。」

司機映在後視鏡裡的雙眼瞄了我一下，橘直子的表情夾雜著意外與失望。

「妳早就知道了吧？」我說。

「知道什麼？」

「少裝蒜。當然是捐贈者就是京極那件事。」

「我不知道啊。」

「騙人！」

「是眞的。我是在離開嵯峨家的路上才想到有這個可能，所以應該是跟你同時發現的，之後在我偷翻堂元博士的辦公桌時，又發現了這個。」

她說著拿出一張小紙片，好像是從記事本撕下的一角，潦草的字跡寫著：「捐贈者1號遺體送往關谷家。捐贈者2號辦理送交司法解剖的手續」。

「看到司法解剖這幾個字，我更確定捐贈者就是京極了。」

「捐贈者2號啊。原來如此，先前我看到保存腦片的玻璃箱標籤寫著『捐贈者NO2』，當時就該起疑才對。」

「我也太大意了。同樣身爲助理，若生卻早就知道這件事。」直子嘆口氣，「眞悲哀。我還以爲自己也是研究團隊的一分子，沒想到最關鍵的部分卻被蒙在鼓裡，而且一知道眞相後，馬上被他們視爲包袱。」

「包袱？」我看著她。「什麼意思？」

「他們大概發現我在偷偷調查吧，我昨天被調到其他研究小組了，跟腦部移植完全無關，不痛不癢又無聊透頂的研究主題，今天一整天都在做貓腦切片，因爲貓腦很適合拿來模擬人腦。換句話說，我跟你一樣，別人認爲只要讓我們做些單調的工作，就不會惹麻煩了。」

聽著她的話，讓我覺得不太舒服，「現在是怪我嗎？」

「你別放心上啦，我現在這樣，總比一無所知被人家隨意操弄要來得好。不過重點是，我沒辦法再幫你了，眞抱歉。」她把手放到我腿上低喃道。

餐廳位於連接市區與郊區的幹線道路旁，計程車直接開到門口。這家餐廳的店名我也聽過，卻是第一次來。直子一走進餐廳就報上自己的名字，看來已經訂了位。

「今天我請客，你喜歡吃什麼隨便點吧。」雖然她這麼說，我從服務生手中一接過菜單就闔起來，「妳決定吧，反正我看不懂。」

「又沒寫什麼難懂的內容呀。」

我沒作聲，自顧自望向窗外。好像下起小雨了，玻璃窗沾上點點水滴，映著橘直子與服務生交談的模樣。她看了看菜單後抬起頭問：「你喝葡萄酒吧？」

我看著映在玻璃窗上的她回答：「不喝。」

「爲什麼？你平常也喝酒吧？還是不喜歡葡萄酒？」

「我現在不在外面喝酒了，萬一喝醉會很危險。」

她應該了解我的意思，只見她對服務生說：「酒就不用了。」

服務生離開後，我環顧店內。光線亮度調得恰到好處，相鄰桌席之間隔開好一段距離，讓各桌客人保有各自的隱私。

「這家店眞不錯。」我說：「跟男朋友約會經常來這裡嗎？」

「來是來過。我是說還有男朋友的時候。」

「一定是妳甩掉人家吧，分手理由是做研究比男友重要。」

橘直子輕輕閉上眼，搖搖頭說：「不是，是我被甩了，對方說不想跟一個成天埋頭研究的女人一起規畫未來。」

我嗤之以鼻，「蠢男人眞多。」

「我也這麼覺得。不過你並不蠢吧？」

「不要對一個快發瘋的男人問這種問題。」我拄著臉頰說。

她垂下眼問我：「你不去研究室了嗎？」

「沒道理再去那種地方，那群傢伙只想收集新的數據資料而已。」

「那些數據資料不光是爲了研究論文吋，說不定對你的治療也有幫助。」

「治療？別開玩笑了。」我刻意擺出要笑不笑的表情，「那些傢伙也很清楚，我的腦子已經沒辦法恢復原狀了，而且他們根本不當一回事，他們在乎的只有我的大腦是不是完好無缺；只要還能思考、能記憶、有感覺、能讓身體活動，他們覺得這樣就行了，然後向那群苦苦等候著腦部移植技術成熟的老頭子報告說完全沒問題，腦部移植手術已達臨床成功的階段。」

第一道菜上桌了，是開胃菜。關於這種高檔餐廳的用餐禮儀，我至少還知道要從外側的刀叉開始使用。我沒理會滔滔不絕解說菜色的服務生，一個勁兒把食物塞進嘴裡，並不覺得多美味。

「得想點辦法才行。」直子握著刀叉，臉蛋湊近我說：「照現在這樣下去，你也覺得不好吧？說不定你已經有自己的打算，但我還是認爲，只能拜託堂元博士了。」

「妳眞是莫名其妙。」我故意把叉子往盤裡一扔，弄出聲響，「剛才還一副再也受不了那群人的模樣，現在又要我去求他們？」

「他們沒告訴我捐贈者的眞正身分，這一點我確實很氣，但這跟你的治療是兩碼子事。客觀來看，我覺得能救你的，只有堂元博士了。」

「妳要我相信一個會欺騙患者的醫師？」

「我想他不是出於惡意，動刀當時他一定還不了解捐贈者身分的重要性。況且，一旦你知道要移植的腦部來自開槍打你的歹徒，也不可能保持平靜吧？」

「我對這些廢話一點興趣都沒有，妳應該說他們隱瞞實情是爲了大學的面子還比較有說服力，眞正的原因就是要欺騙社會大眾。」

直子倏地挺直背脊，正視著我說：「你別忘了，要是沒移植那顆腦，是不會有現在的你的。」

「那樣還比較好吧。」

聽我這麼說，直子似乎想回什麼，但看到服務生走過來，便把話吞回去了。

服務生收走空盤，陸續上菜。我完全沒抬頭看直子，只是默默地把眼前的菜吃個盤底朝天，感覺就和在工廠裡一樣，只不過是把面板換成餐盤，零件換成高級料理罷了。

端上餐後咖啡之前，我們倆之間持續著凝重的沉默。橘直子似乎再也無法忍受，率先開口了：「小惠小姐還沒回來嗎？」

我不發一語搖搖頭。

「什麼時候會回來？」

「不曉得。」

「去接她回來不就得了？」

「去接她？」我眼珠一轉。

「對呀。想辦法接她回來才好嘛，跟從前最了解你的人在一起，說不定能幫助你找回自我。」

「少說這種不負責任的話！」我把攪拌著咖啡的湯匙朝她扔去，幾滴咖啡濺到她的白襯衫上，立刻留下褐色污漬，「妳懂什麼！你知道我爲了不讓她發現我的改變，費盡多少心思嗎！我得裝作對她的心意沒變，她也裝作沒看出我在演戲，這種狀態下有多難受，妳根本連十分之一的痛苦都無法體會！」我的聲音響徹整間餐廳，大概所有顧客的視線都集中到我們這桌了，但我不管那麼多。

直子似乎對我突如其來的暴怒感到愕然，顯得一臉狼狽，然後她看著我，神情莫名沉重。

我看見她的雙唇顫抖。不，不是顫抖，而是她在說話，我卻聽不見她的聲音。「有話就講清楚呀！」

她深呼吸之後，再度開口，這次我聽得很清楚。「對不起。」

我沒想到她會道歉，原先打算起身的，又坐回椅子上。

「對不起。」直子又說了一次，「你說的沒錯。我剛才那些話的確既不負責任又自私。請你原諒我。」

她低著頭，落下一滴淚。別以爲這樣就能混過去！我還想找些惡毒的話繼續罵她，卻一時詞窮。這時，有人來到身旁，是個鬍鬚修剪得非常整齊的中年男子，看來是這家餐廳的店長，應該是過來關切我的行爲。

「這位先生——」

「知道了。」我像趕蒼蠅一樣搖搖手，「我會安靜，這樣行了吧。」

店長似乎依舊有話想說，但橘直子在他開口前就站起來說：「是我不好，我惹他生氣的。很抱歉，造成你們的困擾。」

店長大概也發現直子雙眼溼潤，這下也無法多說什麼。直子趁機對我說：「我們走吧。這家餐廳的菜很好吃吧？」

「還可以。」我看著店長回答。

直子叫了計程車，說要送我一程。

「我現在已經幫不上你任何忙了，但如果你想找人談談，隨時都可以跟我聯絡。」在搖晃的車上，她這麼對我說。

「已經沒什麼好談的了。」

「就算只是碰個面也好啊，吃頓飯、喝喝茶之類的。」

我看著直子，「妳爲什麼要這樣對我？」

「我很擔心你。」她雙手緊握著我的手，之前似乎也曾這麼做過，就像保護著貴重的事物似，「我現在既沒辦法幫你做檢查，也無法確認你的狀況，所以至少讓我確定你過得平安無事，這樣應該可以吧？」

我放開她的手，望向車窗外。雨已經停了，皎潔的月亮正穿出雲層探出頭。

坦白說，我沒有理由拒絕橘直子的請求。雖然我很生氣，但今晚這頓飯吃得並不算不愉快，反而該說，每次和她在一起，我都有種莫名的放鬆感。

我必須承認，我似乎快愛上這名女人了，但我自己也不懂爲什麼會受她吸引。第一次見面時，印象中並不覺得她特別迷人，但心理不知不覺被她抓住，再也離不開。

我想，京極如果活著，或許會愛上直子吧，所以我此刻是繼承他的遺志？但是，現在的我根本不可能客觀分析自己的心情。

「你覺得這提議如何？」身邊的她探著我的神情。

「我有意願的話，自然會跟妳聯絡。」我回答。

「太好了。如果你連這點事都拒絕我，我眞的不知道該怎麼辦才好了。」

車子來到我的住處公寓前，我迅速下車。直子也下來車外講話。

「我應該跟妳說多謝招待吧？但我實在不想說，而且那家店的菜又不怎麼樣。」

直子皺起眉頭，「我也這麼覺得，他們最近換了廚師。」

「下次不必去那種裝模作樣的高級餐廳，不適合我這種人。」

「我會負責找到好餐廳的。」

「但願如此。」我轉身背對她，往公寓走去，但隨即停下腳步轉過頭，「噯，那個，不好意思。」

我指她襯衫胸口沾到的咖啡漬，她馬上聽懂了。「不要緊，別在意。」

「下次一定補償妳。」

「就說沒事了。」她鑽進計程車裡，隔著車窗對我輕輕揮手。

29

爲什麼要把這東西帶回來呢？這架紅色的玩具鋼琴具備一股力量，能喚醒棲息在我體內的京極亡魂。

每當回到住處，一人獨處時，我總會不知不覺坐到那架鋼琴前敲著琴鍵，聽到琴音能讓我的心平靜下來，但這只代表了一件事，那就是我的心正遭受京極的侵蝕。話雖如此，我又沒勇氣扔掉這架鋼琴，我沒信心獨自面對失去它時的內心慌亂。

我每天寫日記，不時拿出來重讀，然後我發現，不久之前才寫的內容，已經和自己當下的感受截然不同了。是變化加速了嗎？

有天晚上，我夢見了爸爸。我好一陣子沒夢到爸媽了，這次突然作了這個夢，或許是因爲前一天晚上刷牙時我發現牙膏用完，於是拿鹽來代替。爸爸以前常這麼做，他說這樣就夠乾淨了。

我夢到爸爸在砍木頭，打算用那些木材來蓋一座籠子，然後不知爲什麼，我曉得他蓋籠子是把我關在裡頭。我哭著不願就範，爸爸卻露出嚇人的表情狠狠瞪著我，接著那張臉變成那個人——京極的臉。夢到這裡就醒了。

起床之後過了好一會兒，心情還是很差。會不會是因為我覺得把自己關進籠子裡比較好，才會作了那樣的夢？

我反芻著夢境的內容，忽然很好奇舊家不曉得變成什麼樣子了。我和爸媽一家三口住在租來的房子，面對馬路的前方空間是爸爸的小型設計事務所，後面的廚房很小，此外只有兩個房間，所以我升上中學後就睡在客廳。

去看看吧。我想看看那個家，觀察附近的環境，看能不能藉此喚醒懷念過去的心情，而且今天恰好是星期六不必上班。

我吃完簡單的早餐便離開住處，到車站買了車票。前往舊家只需要轉乘一次，路程大約四十分鐘。明明這麼近，為什麼先前從沒想到要回去看看呢？

到目的地車站後，我徒步到舊家。只有五分鐘左右的路程，一路上的街景卻改變不少，雖稱不上時髦，但很清楚看得出來想抓住時代潮流的企圖。

不過我們從前住的那條街還是老樣子，狹窄道路的兩旁全是怎麼看都不像積極做生意的店家，而且每隔一、兩間就貼出招租的告示。我想起很久以前，這附近曾掀起一場道路拓寬補償金熱潮，街上的店家老闆召開集會，爸爸也出席了，他們的討論結果好像是「大家不准偷跑」，也就是所有人講好一起拒絕道路拓寬，企圖藉此拉抬道路拓寬搬遷的補償金。記得爸爸那時憤慨地說，大家根本都想逃離在這裡的生活。後來哪曉得拓寬計畫喊停，搬遷補償金也沒了下文。那些老早打好如意算盤、甚至已經找到搬遷地點的人，眼見事已至此也沒力氣再喊價，每次開口總是依依不捨地嘀咕：「道路拓寬工程已經泡湯了嗎？」

走在熟悉的老舊街上，我朝自己住過的舊家走去，但到了那個地點，我忍不住愣在原地——那兒竟然變成一處室內停車場。

我走進去，找尋相當於從前家裡客廳一帶的地方，一邊回想著廚房在哪裡，卻無法清楚喚醒記憶。我明明記得房間的配置和大小，此刻卻想像不出來，就連自己曾經住在這裡的過往，都像是捏造出來的，絲毫沒有眞實感。

「喂！你在幹麻！」身後突然冒出一道聲音，有個男子走過來，年紀跟我差不多，留著小平頭，眉毛剃得細細的，「不准亂碰老子的車！」

這傢伙我見過，我定睛瞧了瞧，認出他是從前住附近的同學，我們高中念不同的學校，所以大概十年沒見了。

「幹麻？這樣盯著別人看是哪裡不爽嗎？」他一把揪住我的襯衫領口。這個人從小學就幹這種事，我突然想起跟這傢伙相關的重要回憶，就是小時候去抓蟋蟀那次，還有職棒那件事。

「說話呀！你是啞巴啊！」

我全身熱了起來，腦袋裡響起蟬鳴似的聲音。

「我沒碰你的車。」我告訴他。

他神情詭異地睜大眼瞪著我。「眞的嗎?」

「眞的。」

「你待在這，別跑掉啊。」他鬆開手，從口袋掏出車鑰匙，一雙眼還緊盯著我不放。接著他打開右車門，上半身鑽進車子裡查看。

就在這一瞬間，我提起腳猛地往車門就是一踹，他的側腹被門夾住，頓時發出宛如青蛙被壓扁時發出的哀號。我把車門稍微打開一些，他想趁機抽出身子，我卻又把車門關上，這次夾到的是他的脖子；接下來我按住他的身體，使勁全力開關車門好幾次。這段時間，我腦子裡的蟬鳴聲持續，頭也痛了起來，等到我回過神時，這傢伙已經癱倒在地。

大馬路上看不到這裡，不用擔心有目擊者。我朝他的側腹補上一腳，隨即走出停車場。

往車站的一路上，我的頭痛得愈來愈厲害，感覺整個小鎭都在壓迫著我的記憶，我連站都站不穩，這時，我發現路邊有座電話亭，立刻鑽了進去。隨著心跳的節拍響起陣陣耳鳴，呼吸困難，我強忍著，就在整個人即將崩潰時，我撥了電話給直子，她剛好在家。

「救我。」我說：「我快完蛋了。」

「你在哪裡?」直子驚訝地問我，我告訴她地點。「你待在原地，千萬別亂跑。」說完她就掛斷電話。

我坐在電話亭旁的路邊護欄，思索著自己剛才的行爲。爲什麼會變成這樣?我只不過是想找尋成瀨純一的回憶呀，這個小鎮爲什麼要拒絕我？

一輛救護車從我面前駛過，就停在我舊家地點一帶，應該是有人發現那傢伙倒在地上了。蒲生……，對了，他叫蒲生吧。那傢伙怎麼了？我想應該不至於就這麼掛了，但我無法保證。即使如此，我依舊一派冷靜，既不恐懼也毫無罪惡感，就和沒有人會因爲拿殺蟲劑往蟑螂身上噴而感到罪惡一樣。沒多久，救護車朝著來路時折返。

又一陣頭痛襲來時，一輛計程車在我面前停下，直子一下車便衝了過來。「你不要緊吧？」

「沒事。只是有點……累了。」

「上車吧。」

坐上計程車後，車子往我的住處駛去。直子大概是顧慮到司機在場，一路上沒對我說半句話。

回到住處後，我從櫥子拿出舊相簿，裡面有幾張舊家的照片。

「就是這裡，我在這個家出生的。我剛才就是去找這棟舊家。」但房子已經不在了，就像我記憶中屬於成瀨純一的一切正逐漸風化，那個小鎮也不再是我過往的一部分。「總有一天，我的足跡會完全消失吧，到時候就會連成瀨純一這個人都不存在了。」

「沒那回事。你看看周圍，全是你的足跡呀。」

「哪裡？哪裡有我的足跡？一切都從我面前消失了呀！」

「你還有我啊。」直子凝視著我的雙眼，「我的記憶裡有你，有成瀨純一的足跡深深留了下來。」

「妳的記憶裡？」

「是啊。你別忘了，手術之後，最常和你在一起的人就是我呀。」

我牽起直子的手。她的眼中帶著一絲透露決心的光采。看到她美麗的雙唇，眞想將自己的脣靠上。

但我還是放開了她的手，「妳先回去吧。」

「爲什麼？」

「不爲什麼，反正妳回去吧。」

不可否認，我想要直子，我想要直子的肉體，但我不能沉溺在那股慾望裡，因爲那股慾望肯定來自京極。

京極的亡魂正用盡一切手段試圖支配我。

30

隔天我外出購物，走著走著突然停下腳步，因爲我看到「番場房屋房仲」，腦中頓時浮現當時的情景，有著一對死魚眼的男人，還有槍聲。

回過神來才發現，自己正搖搖晃晃地走進去。大概是星期天的關係，店裡感覺比案發當天熱鬧一些。我看了看當時自己中槍的地點，完全沒留下痕跡，而今天也和當天一樣，有位女顧客坐在沙發區。

「請問有什麼事嗎？」櫃檯裡一名聲音高亢的男客服問我，他的眼神帶有些許輕視，一副「反正你一定只是來找便宜房子租」的神情。

我開口了：「叫你們社長出來。」

後面的一群員工立刻望過來，男客服脣邊浮現一抹輕浮的微笑。「我們社長不在這裡。……請問您是哪位？」

「那店長呢？」我環顧店內，「我跟你這種小員工沒什麼好說的。」

男客服臉色一變，撇著嘴不發一語，轉身走到靠牆的位子，在一名胖男人耳邊講了幾句。我對那男人鬥牛犬般的面容有印象，他就是出事當時也在場的店長。

胖子店長走到我面前，「請問有事嗎？」

「你不記得我了嗎？」

店長一臉狐疑皺起眉頭，「我們曾經在哪裡見過嗎？」

「你還不到健忘的年紀吧？那麼大條的事居然不記得，太失禮了吧。」

「那麼大的事？」

「這樣想起來了嗎？」我撩起劉海問他。即使整形手術很成功，傷疤還沒完全消掉。

店長看了竟然還是沒認出來，過了一會兒，才突然變了臉色。「您是……當時的……那位先生？」

「沒錯。」我說：「我就是那天那個人。」

店長倒抽一口氣，點著頭的同時鼻子呼著氣。「原來是您呀。當時眞是多謝您挺身而出，看見您康復眞是太好了。」

「我說我要見你們社長。」

「好的。我聯絡看看，您先這邊請。」胖子領著我走進後頭的小房間，裡頭雖然不甚寬敞，但擺著一組高級沙發，外頭那組一般待客用的沙發完全沒得比。「請您在這兒稍等一下。」店長說完退下，一分鐘後就有女員工端了茶進來。

我啜著茶一邊心想，自己爲什麼要來這種地方呢？連見了社長要做什麼，我都毫無頭緒，硬要說的話，大概就是想看看京極痛恨的人到底長什麼模樣吧。

過了十分鐘左右，店長又進來說：「社長馬上趕過來，請您再稍等個十分鐘。」說完後，他大概也覺得不好放我一個人等候，便在我面前坐下來。

「請問……」店長搓著手，「您的頭部已經完全康復了嗎？」

「完全康復？」我瞇起眼瞪著他，「遇上那種狀況，你覺得還能完全康復嗎？用常識想想吧。」

「呃，是，您的意思是……」鬥牛犬擦著滿頭大汗，「還是免不了有些後遺症嗎？」

「你看看我再說呀，不覺得我有點怪怪的嗎？應該有吧？」

間。

「沒，沒有呀……」店長睜大眼睛從頭到腳直打量我。

「算了啦，看著你那張臉也只是覺得無趣，讓我一個人靜靜吧。」

我大概傷了鬥牛犬的自尊心吧，只見他晃著雙頰的贅肉站起來，二話不說就走出小房間。

剩下獨自一人，我再次環顧房間內。牆上掛著一幅字畫，蛇般的扭曲字跡寫著「深思熟慮，果敢決斷」幾個字，一旁的櫃子上還擺了一只用途不明的紅褐色古董花瓶。我心想，這些東西值多少錢呢？

這時傳來敲門聲，我應聲之後門打開來，現身的是一名體格壯碩、滿頭銀白的男人，年紀大概五十上下，一身剪裁講究的西裝很適合他。

「我是番場，歡迎您來。」他在沙發坐下後，蹺起了腿。這一瞬間，我確定此人肯定就是京極的父親，雖然那感覺不太舒服，但此刻胸口的悸動就和先前見到京極亮子時一模一樣，腦袋裡有什麼正在呼應。番場擺出開朗的模樣說：「哇，看來您完全恢復健康啦，這樣我也放心了。那次的事件，成瀨先生您和我都一樣是受害者，我一直很擔心您呢。」

看來他想強調的是，我們也是受害者，不必對你的受傷負任何責任。

「您住院期間我們好像也去問候過一次嘛，是什麼時候來著？」

「就在我快出院前，你們家兩個呆頭呆腦的年輕員工送了包裝極盡誇張、內容卻不怎麼樣的水果籃過來。」

番場的臉部肌肉抽動了一下，但隨即露出笑容。「哎呀，話說回來，我們彼此的遭遇都眞慘，眞的很希望警方振作一點呀。」

「你們公司沒半個人受傷吧。」我才說完，番場就把兩手一攤說道：「但我被搶了兩億圓哦。當時錢從百貨公司頂樓撒下去，雖然多少撿回一點，但畢竟是少數，對我們這種做小生意的來說，損失可慘重了。」我光聽他講話都覺得空虛。

「就當作是給兒子的零用錢如何？」我諷刺他。

番場明顯變了臉。「那個歹徒根本滿口胡說八道。我確實認識他母親，但不是那種關係。坦白說，這些莫名其妙的謠言對我也是很嚴重的傷害。」

「當初幫他母親出那筆手術費不就結了？」

番場的表情寫著「你居然連這種事也知道」。

「不過是有點交情就得幫忙出手術費？這麼一來，全日本的人都要擁上來了。跟我有這種程度交情的朋友，全國各地都有啊。好了，別扯那些不重要的事了。」番場說著伸手到西裝內側口袋掏出一只白信封，放到桌上。「如果沒其他要事，可以請你收下這個之後請回嗎？我也沒那麼多時間跟你耗。」

看來他以爲我是上門恐嚇取財的。我拿起信封，當著番場的面掏出裡頭的東西，是十張萬圓大鈔。「你的意思是，要我拿了錢就把這檔事忘掉？」我問他。他的眼神就像看著穢物，哼了一聲，「照道理我可沒義務付錢哦，但這筆錢就當作同情你，我可是好心才拿出這些錢的。別再講大道理了，靜靜收下錢，對你也好。」

我左手抓住鈔票站了起來，番場以爲我打算打道回府，也起身準備打開門，但我卻沒有面向門口，反而是伸出右手，拿起那只紅褐色古董花瓶。「這個値多少錢咧？」

番場登時皺起臉。「你喜歡那東西嗎？不過別爲難我了，那可不是十幾二十萬的小數目買得到的。好啦，快放回原位。」

我知道自己的嘴角微微抽搐，一邊舉起古董花瓶朝番場的臉用力扔過去。番場蹲下身子閃過，花瓶撞上他身後的牆壁，伴隨一聲悶響當場砸爛，無數的碎片落到番場頭上。

「你這是幹什麼！」番場脹紅臉瞪著我。我也迎面回瞪他，毫不閃躲，就在這一瞬間，我發現自己的腦波和他的頻率相同了，彼此的精神波長在憤怒之下倏地同步，而番場一定也察覺到了，因爲我見他臉上露出一絲疑惑。

門登時打開，胖子店長帶著幾個人衝進來。「社長，發生什麼事了？」一群人看到地上的碎片，也猜到了八九成。「你這傢伙！」繃著臉的員工立刻擺出架式，一副馬上就要撲上來的樣子。

「等等。」番場直起身子，神情不屑地瞪著我問：「你到底是誰？」

我舔了舔嘴脣，「我是你兒子的代理人。」

「什麼意思？」

「就是字面的意思。」我踏上前幾步，員工們仍全神戒備著，卻默默讓出門前的空間。我穿過他們走出會客室，經過店中央朝店門走，但臨出店門前我又停下腳步，把左手抓著的鈔票撕得稀爛，接著轉過頭，朝著那些一臉錯愕的員工們使勁撒了過去。我看著成了碎屑的紙鈔飛舞，想像著京極從高處撒下兩億圓是什麼心情。

這天晚上，我的住處來了訪客。是堂元。

「我希望你能繼續來研究室接受治療。」堂元眼神眞摯地提出請求，「我無論如何都要救你，幫你抹去京極的影響。」

我轉開臉。別想再用這種鬼話騙我了。

「照這樣下去，我完全看不出你有治癒的可能，既然如此，就算可能性極低，我們不是應該賭賭看嗎？」

我哼笑一聲，「你承認可能性極低了啊。」

「但絕不是零。」

「幾乎等於零吧。」

「你爲什麼這麼討厭我們呢？我也不是跟你討人情，但我希望你能正視我救了你一命的事實。」

「你們隱瞞了這麼重要的消息，卻沒有任何罪惡感。我不能原諒這一點。」

「瞞著你也是爲你好。況且，我們作夢也沒想到會變成這種狀況。」

「那是當然的吧。要是你早就預料到這種狀況還幫我移植，我會殺了你。」

堂元的鬍鬚隱隱顫動，他顯得相當無法置信。「總之，不能再這樣下去了。」這老頭換了個語氣，「我想了幾種治療方法，你先來一趟研究室讓我詳細說明。如果你聽完能接受，到時再決定要不要接受治療也可以呀。」

「我現在就可以回答你我的決定是什麼了。」我說：「請回吧。」

堂元苦著一張臉凝視著我，最後皺了皺眉頭，起身說：「我會再來的。身爲醫師，我不可能就這樣放棄。」

「我沒把你當作醫師。」聽我這麼說，他的眼神也不禁閃過一絲怒意，離開了我家。

千萬不能相信他。出一張嘴誰都會，不能因爲「救命恩人」這個陷阱而上當。這群人不過是想要爲所欲爲。

我已經決定用自己的方式解決了。

等到聽不見他的腳步聲，我拿起話筒撥了號碼。響了兩聲，傳來直子的聲音。

「怎麼啦？」她問我。

「有事情想拜託妳。此外，要先向妳報告一件事。」我告訴她我今天去了番場房屋房仲的事。她好像十分驚訝，從頭到尾幾乎沒出聲，一逕聆聽我述說，但是聽到我說我和番場之間也出現腦波頻率一致的感覺時，她開口了：「眞的嗎？」語氣夾雜了關注與懷疑。

「我想我代替了京極憎恨那個人，感受著京極的憤怒。」我說：「我後來冷靜想想，自己對番場恨成那樣也很莫名其妙，因爲在我扔出那個花瓶的時候，是眞的想殺了他。」

「那個人能平安躲過你的攻擊，我眞要感謝老天爺了。」直子幽幽地說：「如果他被打死，成瀨純一就得爲了自己沒犯的罪坐牢了。」

「是成瀨純一殺的呀。」

「不是。那是京極的亡魂，你只是被他附身。但既然能附身，理論上就能驅離。一定要有信心。」直子仍不死心地勸著我，但我無視於這個看得見希望的建議，把話題轉移到堂元來訪一事。我說我拒絕了治療，她又責怪我，「你應該答應的。」

「妳少出意見。妳跟堂元已經毫不相干了吧。」

「話是沒錯……」

「別說這些廢話了，重點是我要請妳幫忙，介紹醫院給我吧。」

「醫院？什麼樣的醫院？」

「那還用說嗎？」我說。

31

心情雖然沉重，但我得下定決心，在我還有僅存的正常部分時，先盡可能做好自己能力所及的事。

下班後我迅速離開工廠，到約定的地點和直子碰頭，兩人搭巴士前往隔壁城鎮。一路上我們倆都沒交談，先前彼此已經針對今天這件事爭論很多次，說爭論或許不太正確，應該說是直子不斷嘗試說服我改變心意，但直到最後我還是堅持原來的想法。

此行的目的地是一處經過仔細規畫的住宅區，道路宛如棋盤般整齊，而且全是單行道。「就是這裡。」直子走進一條小徑。

距離公車站步行約五分鐘就來到一間醫院，豪華的大門上刻著「北泉醫院」幾個大字，寬敞庭院的另一側是一棟白色建築物，環境幽靜，的確適合讓患有心理疾病的人安心療養。

「你眞的決定要這麼做？」直子在大門口最後一次試圖說服我，但或許是先前已經死心的關係，這時她的口氣聽起來沒那麼堅持。

「你就讓我做我想做的事吧。」我對她說：「趁我現在腦袋還算正常的時候。」

她低著頭嘆口氣，高跟鞋鞋尖踢著地面。

「那我跟你一起進去好嗎？」

「不必了，我自己去。我想一個人去。」

「這樣啊。」她輕輕點了頭，「那我在你家等你。」

「希望不會就這樣直接被抓進去住院啊。」我邊說邊把住處的鑰匙交給她。

直子瞪了我一眼，「這笑話眞難笑。」

「一半是認眞的。」

她咬著脣，一個轉身便離去了。我等到再也看不見她的背影，做了個深呼吸，走進醫院大門。

醫院的庭院裡有一座小噴水池，旁邊放了兩張長椅，各有一人坐在上頭，一位是一身運動服的老婦人，帶著塞滿毛線的紙袋，正織著毛線；另一人則是打扮得很講究的中年男人，小心翼翼揣著一只褐色公事包，直視著前方一動也不動，宛如一尊石像。兩人都沒理睬我。

一走進正門玄關，右手邊就是服務窗口，裡側坐著一名戴著金邊眼鏡的胖護士。我告訴她，我想來諮詢家人的狀況。

「是哪位家人呢？」胖護士低聲問我。

「是我哥哥。他最近有點……」我舔舔嘴脣，壓低嗓音，「有點不太對勁。所以我想來請教一下你們的醫師，如果需要本人來就診，我再帶他過來。」

「是怎樣的不對勁呢？」

「就是跟之前不太一樣。不論行爲或想法，都像變了個人……」

護士輕輕嘆口氣，眼神像在說這點小事何必大驚小怪。我接著說：「而且他性情變得很暴躁，前陣子還差點動手殺人。」

或許是殺人這兩字聽起來比較有說服力，護士登時驚訝得睜大眼，語氣變得有些緊張。「好的。請在這裡稍等一下。」

這家醫院的候診室和一般的內科或外科醫院差不多，除了長椅，還有電視和書櫃。候診室裡，五名男女各自保持距離坐在長椅上，看不出究竟誰是患者，誰又是陪同的家屬。

過了二十分鐘左右，叫到我的名字，護士領著我到一個房間，感覺不太像診療室，反倒像辦公大樓的一間辦公室。白色的牆壁，明亮的燈光，房間中央有一張鐵製辦公桌，辦公椅上坐著一名年約四十的男人，皮膚曬得有點黑。

「這邊請坐。」他指著面前的椅子，我一坐下，他立刻問我：「聽說你是要談令兄的狀況？你說他整個人性情大變？」

我點點頭，「就像變成另一個人。」

「是怎麼樣的改變呢？」

「他從前很文靜，是個怯懦又消極的人，但現在個性上幾乎看不到這些特質了。」像這樣敘述自己的狀況，感覺有點詭異，「但他並不是單純變得積極而已，而是對所有人都懷有敵意，變得具有攻擊性，還少了深思熟慮以及爲別人著想的體貼。他以前完全不是這樣的人。」

「這樣啊。」醫師以食指叩叩地敲著桌面，「聽說還差點動手殺人？」

「是，幸好緊要關頭沒出手，沒釀成大禍。」

「有殺人動機嗎？」

「倒不是沒有……，但都是些雞毛蒜皮的小事，比方說，看到亂花父母辛苦錢的學生，就莫名地火大。因爲我……我們從小生長的家境很貧困。」

「令兄事後怎麼解釋這種狀況？還是他本人根本記不得？」

「他記得，只說怒火就這樣沒來由地衝上來。」

「那麼，他會反省自己的行爲嗎？」

「嗯，多多少少。」

「這樣啊。」醫師往椅子上一靠，表情和緩許多，「那麼我想不需要太擔心，可能只是輕微的歇斯底里，不少人因爲壓力過大，都會出現這類症狀。請問令兄從事什麼工作？」

我頓了頓之後，說出事先想好的答案：「他是做音樂的。」

醫師微微蹙起眉，點了幾次頭，似乎心中有了解釋，「坦白說，這些稱爲藝術家的人，多少都有這樣的傾向，一般人反而還好。」

「話雖如此，我覺得他那些異常行爲還是太多了點。比方說，家兄有一架玩具鋼琴……」我盡可能不外露情緒繼續說：「他常常會彈那架鋼琴彈到出神，一彈就是幾個小時，我覺得，那應該就表示精神出問題了吧？」

「玩具鋼琴？」醫師顯得很意外，「是什麼樣的鋼琴呢？對令兄而言具有特殊意義嗎？」

「我不知道算不算特殊意義……，那是母親的遺物。家母大概在半年前過世，家兄差不多就是從那時候開始變得不對勁。」

接著我又把從京極亮子口中聽到有關京極瞬介的怪異行徑說給醫師聽，包括京極對母親深切的愛，還有對父親的憎恨。

聽完我的敘述後，醫師抬頭盯著天花板，似乎正在整理腦中的思緒，一會兒之後，他的目光重新回到我臉上。

「沒見到本人眞的很難說，不過就你剛才的敘述，令兄的症狀，應該可以視爲伊底帕斯情結的一種吧。」

「伊底帕斯情結？」

「嗯，那是在幼兒期出現的兒童性發展心理。令兄因爲意識到自己的性別，對身邊的異性，也就是母親產生了官能上的愛戀，同時對同性的父親則懷有競爭意識。這類狀況在每個人身上多少都有，但如果這份情緒沒能順利排遣，日後很可能對心理造成影響。」

「您是說家兄有這種病？」

「我只是說，或許可以從這個角度來解釋。他把玩那架玩具鋼琴，說不定表達的正是渴望深愛的母親能再回來。」

我點點頭。其實我也隱約有這種感覺。當然，成天懷念媽媽的不是我，而是京極。

「從這個觀點再進一步來看，」醫師繼續說：「因爲把父母當成一般異性，伊底帕斯情結幾乎百分之百會伴隨著罪惡感的產生，而這股罪惡感時常會反過來讓當事人陷入一種極端的潔癖。以令兄的狀況來說，除了自己，他對他人的怠惰或不上進都無法忍受，或許這也可視爲症狀之一。換句話說，患者會否定包括性愛等等一切追求快樂的行爲，原因就是出於一種強迫觀念，認爲所有人都必須勤奮才對。」

「我還以爲家兄對於自己和他人之所以如此嚴厲，是因爲出於對父親的憎恨，還有經歷過的貧困生活導致……」

「這些原因確實都加速了病況，但我認爲都是次要因素。很意外地，所謂的逆境通常並不是最根本的肇因。」

或許眞是如此。其實我也覺得在某種意義上，逆境有時候對人反而有著正面影響。

「嗯，不過這些都只是推測。」醫師說：「沒見到本人還是很難了解詳細狀況和眞正病因。你打算帶他來這兒嗎？」

「我們會討論看看。請問，這種狀況能夠治癒嗎？」

「假設伊底帕斯情結眞的是主要原因，就得從患者少年時期的記憶開始探索，找出情緒爲什麼沒有順利排解。只要能讓當事人產生自覺，幾乎都能治好。」醫師自信滿滿地說。我露出一臉佩服的神情聽著，心裡卻想，這麼一來我是不可能治癒了，因爲京極已經不在人世，僅存的是肇因於伊底帕斯情結的扭曲意識。

「對了，我還想請教一下，比方說畫圖的時候，會呈現這類心理上的改變嗎？」

「畫圖？嗯，這種狀況滿多的，但也不是絕對。」

「醫師，方便請您幫忙判讀一下嗎？」我從帶來的紙袋裡拿出我在住院期間的素描，還有上次那張窗外的風景畫。「根據圖上標示的日期，這些都是家兄在這一、兩個月內畫的。如何？看得出筆觸和構圖出現變化嗎？」

「我看看。」醫師認真地一頁頁翻過素描本之後，對那幅窗外風景顯得特別在意，「請問一下，令兄是不是遇到過什麼意外？像是頭部受到重擊之類的……」

「咦？沒、沒有啊……」我裝糊塗。

「是嗎？那只是巧合啊。」醫師像在自言自語地低喃。

「有什麼發現嗎？」

「哦，我只是有些好奇。首先是這幅窗外的風景，出現了像是右腦受損患者的典型症狀。你看，這扇窗戶只畫了右半部，左半部則是很唐突地空在那兒。還有前方的桌子也一樣，左邊線條畫得很模糊。看來這應該是一種叫『左半側空間忽略』的症狀。」

「左半側空間忽略……？」

「當我們以影像來捕捉事物時，左側空間是由右腦來負責想像。就這幅圖畫來看，作畫的人應該沒能完整想像吧，還是令兄原本就是這樣的畫風呢？」

「呃，這部分我不太清楚……」我含糊其詞。醫師點點頭接著說：「我剛剛說的典型症狀，從這幾張素描也隱約看得出來，雖然每張都是女性的肖像畫，但最後的作品少了左側臉部輪廓，形狀還有點扭曲，這應該也算是左半側空間忽略。」

「這種症狀是出現在右腦受損的狀況吧？」

「沒錯。只不過，令兄的畫作和這類症狀有一點不同，那就是他的變化看起來是漸進的，感覺損傷的程度隨著時間慢慢擴大。不管怎樣，我建議你們還是帶他去一趟腦外科醫院比較好，應該要仔細檢查一下右腦，尤其是右後側部分。」

「右後側？」我再問一次，「是右後腦的意思嗎？」

「是的。會出現左半側空間忽略的症狀，是因爲右後腦受損。嗯，不過……」醫師說到這，像是想起什麼，「你說他本來是做音樂的吧？那他現在音樂能力怎麼樣？有變化嗎？」

「那倒是沒有。」我回答：「像音感之類的還是非常敏銳。」

「唔，這麼看來就不是右腦受損。」醫師偏起頭思索，「光看畫作可以判斷他是受了傷，不過右腦一旦受損的話，音樂方面的能力也會大大減退。這麼看來，或許那幾幅畫只是展現了某種特殊的畫風吧。」

我默默點了點頭，心中已經有了自己的答案。這個醫師所說的我都明白了，我的畫中出現左半側空間忽略的症狀，是因爲我原本的右腦意識逐漸消失，同時京極的意識開始控制我，我在音樂方面的能力才會突飛猛進。

「好的。我會帶家兄去看一下腦外科。」我把畫收拾好後起身。

「幫上你的忙了嗎？」

「嗯，謝謝，幫我弄清楚了很多事。」

我走出診間之後，沒有直接回到候診室，而是朝走廊另一側走去。走廊盡頭有一扇門，門上貼著一張紙，寫著「管理病房相關工作人員以外禁止進入」。我毫不猶豫推開門，我今天來這間醫院的目的之一，就是要先看看這裡。

進到裡頭馬上又有一扇門，但因爲是玻璃門，能夠看穿另一側。走廊繼續延伸，兩側是成排的門，看來應該是住院患者的病房。

右邊有個像是管理辦公室的房間，但裡面現在沒半個人。我輕輕打開玻璃門踏出步子，正要關上門時，發現這門是自動鎖，從裡面沒鑰匙是打不開的，於是我抓起旁邊一隻拖鞋擋住不讓門關上。

我躡手躡腳走在走廊上，四周雖然靜悄悄，也不是完全沒有聲響。每一扇門的後方都傳來細微聲音，證明房裡的確住著人，有些房間還聽得見低語。我在某扇門口停下腳步，想聽聽到底在低吟些什麼，發現裡面的人正在誦經。

雖然沒見到人影，但光是親身感受到這裡確實接收病患，我的心就不由得揪在一起，有股衝動想打開房門，但我努力克制住，繼續往裡面走。

我發現有間談話室。從門口偷窺，看到裡頭有兩名中年男女正在交談。兩人怎麼看都不像精神異常，房間角落則有一名高中生年紀的女孩正在幫洋娃娃穿衣服，獨自玩耍著。

我忽然感覺到背後有人，一轉頭，一位三十歲左右、一身白袍看似醫師的男人，正俯視著我，眼神不帶一絲情感，那正是學者看著實驗用白老鼠時的特殊眼神。

「抱歉，我迷路了。我馬上出去。」我連忙辯解，但男人的眼神沒有任何變化，依舊直盯著我的雙眼之間。我又開口問他：「呃，請問……」

「哎呀，山本先生，你跑來這裡啦！」這時不知道哪裡冒出女人的聲音，我抬頭一看，一名胖護士小跑步過來，輕輕抱住白袍男，「醫師待會兒就來嘍，你快回房間去，知道嗎？」說完之後就輕推白袍男回房，眼神空洞的白袍男默默走在走廊上。

護士這時才看到我，一臉詫異地問：「你是誰？」

「不好意思，我來這裡參觀一下。」

「參觀？」

「呃，因爲……家兄最近可能得到這裡接受治療，所以我想先看看裡面的環境。」

「你哥哥要來這裡啊？」護士的戒心似乎減了一半，「不過你還是不能擅自跑進來呀。」

「很抱歉。」我轉身朝玻璃門走去，護士也跟在我身邊。

「請問你哥哥什麼時候住院呢？」

「還不確定，說不定得馬上住院，也可能要再等一陣子。」我停下腳步指著後方問道：「剛才那位先生也是病患吧？還有在談話室裡的那些人也是嗎？」

「嗯，是啊。」

我搖搖頭說：「完全看不出來他們生病呀，尤其是談話室裡的那幾位。」

「我們這裡對待患者就跟對待一般人一樣，所以很難分辨的。」護士得意地挺起胸膛，「再怎麼說，我們院內的特色就是人性化還有愛的看護呀。」

「家兄如果住院，也能獲得人性化的照顧嗎？」

「那當然。」

「那麼，到時就請妳多關照了。」我向護士行了一禮。她顯得有些驚訝，但還是應道：「嗯，我們會盡力的。」

步出醫院時，天色已暗，庭院和停車場也沒看到類似病患的人了。我在大門外停下腳步，回頭看向那棟白色建築物。一名路過的主婦似乎有意避開我，繞到馬路的另一頭，她大概以為我是病患。

32

回到住處門口，我舉起手正要敲門，手卻停下來，因為我聽到屋裡隱約傳出交談聲。我再次豎起耳朵傾聽，這次卻什麼也沒聽見。是錯覺嗎？

敲了幾下門之後，屋裡傳來輕聲回應，不久門打開來，直子一臉不安地看著我。

「妳剛剛在聽廣播嗎？」我問她。

「沒有啊，怎麼這麼問？」

「我好像聽到有人在說話。」

「喔，那是電視啦。我剛才在看新聞。」直子回答。我心想，這個時段有新聞節目嗎？卻沒多問什麼。

坐下來之後，我告訴她剛才在醫院問到的事，關於醫師針對京極的症狀——也就是我的症狀——所做的解釋。

「伊底帕斯情結啊。嗯……」看來她對這個名詞似乎具備專業上的認識，「的確有這個可能。」

「這麼一想，有些狀況就能解釋了。好比我深深受到京極的妹妹吸引，這一定是因為京極對妹妹也有伊底帕斯情結吧。」

直子對這個意見好像也沒有反駁的意思，聽了之後不發一語。

「總之，這下子就能夠完全理解京極的狀況了。那傢伙扭曲的意識到底要走向哪裡，也就等同是我的大腦改變的方向。」

「得想辦法讓這樣的改變停下來。」

「不……，我大概沒救了吧。」我說：「我自己的狀況自己最清楚。我的人格真的慢慢被京極取代了，音感變得敏銳，但愈來愈不會畫畫，從這一點就能明顯看出變化的方向。」

「千萬不能放棄！一定有出口的，我們一起找出來吧。所以，你有任何想法都要告訴我哦，說不定能夠在意想不到的地方找到線索呢。」

「妳說這話是爲了研究嗎？還是……」

「當然是爲了你呀。」她打斷我的話，「我希望努力讓你恢復自我。別擔心，一定能恢復的。」

我握著直子的手。她有些驚訝，卻沒有拒絕。

「妳的意思是要我相信妳？」

「是啊，相信我吧。」

「直子……」我的手一使力，猛地將她拉到身邊。她輕聲驚呼，身子沒站穩，我順勢摟住她的肩，「妳不會出賣我吧？」

「我怎麼可能出賣你。」

我湊上去吻她，然後讓她躺下。我的手隔著輕薄的襯衫，感受著她不算雄偉的胸部。

「你想要我？」直子的臉色略顯蒼白。

「對。」我說。

我就在硬邦邦的榻榻米上，技巧拙劣且粗魯地和直子做愛。我胡亂扯下她的衣服，前戲也只是隨便舔了舔她的身體，加上下面呈現從未經驗過的硬挺，我只想快點插入，結果她的陰道根本還沒完全溼潤，我的陰莖便一點一點硬往裡頭擠。對直子來說，這不會是一場得到快感的性愛，從我胡亂插入到高潮，她全程都緊閉著嘴和雙眼，默默承受。

我滿身大汗用力抱緊她，在腦袋深處感到麻痺的瞬間射精了。接下來兩人仍緊貼著好一會，我凝視著她虛脫的表情，終於明白爲什麼我會愛上這個女人。先前沒察覺到，現在才發現，直子和京極亮子有某些感覺很相似，同時也表示她長得頗有京極母親的味道吧。

我想，和直子上床的行爲，或許代表我的大腦已經受到京極控制了。

「我覺得還是有辦法的。」直子在我的懷裡說：「腦部移植委員會裡集合了所有腦神經醫學方面的權威，就算沒辦法完全治好，若只是讓症狀不要繼續惡化，對他們來說應該不成問題。」

「那些人信不過。」我說：「我可不想被他們利用，當作沽名釣譽的工具。」

「你不用相信他們，只要相信我就好。我先去探路，如果有值得一試的作法再告訴你。也就是說，我可以當傳話的角色。」

「他們可能連妳也騙，事實上妳也曾上過他們的當吧？」

「沒問題的，我沒那麼好騙。」

「妳爲什麼這麼關心我？」

「這還用問嗎？」她的手貼上我的胸口，「因爲我喜歡你呀。」

或許我該問問她，一個腦袋快瘋掉的男人到底有什麼吸引力，但一想到這個疑問，頭好像又要痛起來，於是我刻意要自己想別的事。

「有件事要拜託妳。」

「什麼事？」

「書架最上面那一層，左邊數過來第二本，是植物圖鑑吧？其實那只是書皮，裡面是我現在在寫的日記，我想盡可能客觀記下自己變化的過程。」

直子聽了便盯著書架，低喃著：「是喔……，原來那是日記啊……」

「怎麼了？」

「沒有，只是先前覺得怎麼有本書被刻意套上其他書的書皮。」

「因爲我不想讓其他人發現。」我說：「所以我想拜託妳，萬一我完全失去了成瀨純一的心，請妳幫我扔掉那本日記，別讓任何人看到。妳也一樣，在那天到來之前，我希望妳千萬別偷看。」

直子抬起頭，「你才不會失去自己的心。」

「我當然希望那樣，但我必須面對現實，我應該總有一天會被京極完全取代。就算努力維持成瀨純一的記憶和意識，性格還是會變成另一個人，到時候，我就要去那間精神病院報到了。」

直子閉上眼猛搖頭，「不會有那種事的。」

「我也不想這樣。不過今天去看了那家醫院的狀況，其實環境還不差，我覺得那裡很適合讓我度過下半輩子。總之，妳能答應幫我這個忙嗎？」

她看看我，又望向書架，最後終於輕輕點了一下頭。「好吧，如果眞有那麼一天。但我相信那天永遠不會到來。」

「抱著夢想到最後失望也愈大。」

「那樣也沒關係，反正我不會放棄希望的，只不過……」

「只不過？」

「我覺得把那本日記扔掉有點可惜，畢竟在學術上應該具有很高的價値。」

「……是嗎？」我凝視著直子的側臉。她的鼻梁就像滑雪的跳臺，勾勒出美麗平緩的弧度，雙眼閃爍著深邃如湖泊般的詭異波光。見到這，我的胸口頓生一股凝重的不祥預感，好像吞了重重的鉛塊，但我決定忽略這股感覺。

我告訴她，今晚可以留下來過夜，直子卻說明天一早還有事得處理，就回去了。待在她離開之後的屋裡，我回味著她柔軟的膚觸和火熱的鼻息。不可思議的是，對於做出背叛小惠的事，我居然絲毫沒有罪惡感，難道連成瀨純一的良心也正在消失中？

得記下今天的事才行，這可算近幾天來最重要的一天。該寫下的內容很多，包括確認控制著我的乃是伊底帕斯的化身，以及我無法戰勝控制，和直子上了床。此外，直子就是伊底帕斯的母親。

但當我正要打開日記本，我發現一件怪事，架上的書好像換了位置，像是英文字典被塞在一個我自己不可能擺放的地方。

我接著打開抽屜檢查，也有相同的感覺，似乎有人動過。至於是誰，嫌犯當然只有一人。

這種感覺很差，我不願意進一步想這件事，卻被我發現了關鍵的疑點，那就是電話。電話不同於我平常習慣的擺法，整整轉了九十度，我是絕不可能擺成這樣的。

我想起先前在門口聽見交談聲，直子說她在看電視，莫非她其實是在打電話？打去哪裡？爲什麼得瞞著我？

這時，我的腦中又浮現她剛才說的話，她說把日記扔掉太可惜了，還說在學術上有很高的價值。日記是我爲了自己而寫，又不是爲了其他人，難道她不懂這一點？如果淨想著那本日記在學術上的價值，她跟堂元那伙人又有什麼兩樣？

我想起電話話機有重撥功能，於是拿起話筒，按下重撥鍵。響了幾聲之後，對方拿起話筒。

「東和大學，您好。」聲音愛理不理的，應該是警衛吧。我掛斷電話，心臟急促跳動。

不愉快的感覺在胸中逐漸蔓延，我努力克制自己對直子的起疑。她說她喜歡我，她敞開身體接受了我，我得珍惜這項事實。

回過神時，我發現自己又彈起那架紅色鋼琴，只要一按下琴鍵發出琴聲，我的精神狀態就能恢復平衡。但沒多久，琴聲被隔壁一群學生的吵嚷聲蓋過，我忍耐一會，最後還是受不了，走到外頭朝隔壁房門猛地踹一腳。臼井大驚之下出來應門，我一把揪住他的衣領，威嚇說再吵就殺了他，臼井嚇得拚命點頭。

33

我強烈地意識到自己病情的急遽惡化。這陣子，我很清楚我的行爲脫離常軌，或可稱作是末期症狀，眞的很難相信自己會做出這種事，但這些都是事實，那天夜裡的觸感，現在也還留在我的手中。

昨天深夜，我一如往常寫完日記在看書，那是一本在書店發現的宗教類書籍，我抱著些許期待買下，希望找出方法讓自己脫離現在的狀態，書上提到的「無心」這個觀念特別吸引我，如果能到達那個境界，自然就不會畏懼京極的陰影了。

讀到正精采處，我聽到了那個聲音。自從搬來這棟公寓，這噪音一直是我的煩惱。後面某戶人家的院子裡，有隻狗一天到晚歇斯底里地狂吠。

那隻膽小的狗，只要有人經過家門口就會叫，顯然挺笨的。除了自家人，其他人牠一概記不得，而且只要一叫起來，就算已經看不到對方人影，還是會持續吠上許久。

聽說曾有人去找那戶人家抱怨，女主人卻反駁：「不會叫怎麼當看門狗呢？」我當時心想，原來狗會那麼笨只是因爲像主人。

我看了看時鐘，已經半夜一點了，那隻狗還吠個不停，那戶人家自己都不覺得吵嗎？

但他們家院子看起來明明沒多寬敞，一棟普通房子的隔音效果應該也不怎麼樣。

我完全無法專心，書也看不下去。這些艱澀的內容，不平心靜氣根本看不懂。於是我粗魯地蓋起書，從椅子站起，打開櫥櫃，從工具箱拿出鐵鎚和鋸子。這兩件工具最近都沒用過，有點生銹。我拿著這兩樣東西走出了住處，至於爲什麼毫不猶豫就抓了這兩樣呢，我事後怎麼也想不通。

夜晚很悶熱，這陣子都是這樣。大多數住家的燈火都熄了，唯有冷氣的室外機依舊運轉著。

我來到那戶人家前方，發現他們家有個可容納一輛車的停車場，但現在沒停車，只擺了一個小狗屋和給小孩玩的鞦韆等雜物。

那隻狗被一條長長的鐵鍊綁著，鐵鍊的長度大概足夠讓牠在整個停車場裡自由活動。我一接近，牠又狂吠起來，比先前叫得更凶。不知哪戶人家啪的一聲用力關上窗戶。

這隻狗要當看門狗也太小了點，是全黑的一隻小雜種狗，伸出下垂的長舌頭，汪汪吠個不停。我心想，眞是怪了，這麼嚴重的噪音，他們家不可能沒人聽見，恐怕是因爲太常這樣，一家子都習慣了，但這麼一來根本達不到看門狗的功用。

我推開圍欄柵門，狗像發瘋似地狂吠，我看牠是眞的瘋了。由於狗脖子被鐵鍊綁住，牠只能以兩隻後腿站立以表現對我的敵意。

我右手拿著鐵鎚，左右張望。現在是三更半夜，大家對這隻狗的胡亂狂吠應該早已死心，感覺都沒人注意這兒。

我揮動鐵鎚，第一記就命中狗的額頭，畜生應聲倒地，四肢抽搐，叫聲戛然而止。但我一想到這段日子蒙受的精神傷害，不甘心就這樣回家，於是我又補上一記。

到了今天早上，經過那戶人家門口時，顯然事情已經鬧開了，我能理解聚集了群眾圍觀，但意外的是連警察都來了。

「怎麼有人這麼狠毒呀。」

「就是說啊。」我聽到兩名附近的主婦正在交談。

「聽說不是小偷幹的，一定是氣那隻狗叫個不停的人下的毒手。」

「是喔……」另一名主婦壓低了聲音，「可是那隻狗真的很吵。」

「就是說啊。發生這種事的確讓人心裡毛毛的，不過一想到之後半夜不會有狗亂叫，老實說還真鬆了口氣。」

「有沒有兇手的線索呀？」

「不知道耶，好像沒有目擊者。但是之前有人去向他們抱怨過狗叫聲，那個人應該有嫌疑吧？」

「可是還真殘忍，聽說兇手還把狗屍體丟在後面空地上，是誰先發現的呀？幸好不是我。」

「沒錯。我要是看到地上有顆狗頭，一定會嚇到昏過去。」

我只聽她們說到這便轉身離開，朝車站走去。

這一天，我在上班的休息時間，一次次看著自己的手。接觸特殊用油導致發炎紅腫的部分，偶爾看上去會以爲是沾滿了鮮血，但那是不可能的，因爲昨晚我回住處後，已經拿肥皀把手徹徹底底洗乾淨了。說不定在我心中，已經不覺得這些行徑有什麼不可思議，我看到自己的雙手沾滿大量鮮血，卻一點也不緊張，鎭定地連門把上沾到的血跡都不忘擦拭乾淨。

爲什麼要做得那麼絕呢？——我問自己。我不但用鐵鎚將狗打死，還把屍體拖到空地上，用鋸子把狗頭鋸下來。一想到態度傲慢的飼主看到那顆狗頭會出現什麼樣的反應，我就有一種接近全身戰慄的快感。

我知道，成瀨純一是不可能出這種事的。別說把狗頭鋸下來，連殺狗都不可能辦到。這怎麼想都不是正常人會出現的行爲。

然而在我的意識中卻沒有爲昨晚的行徑反省的念頭。我曉得就常理來看，這絕對是異常行爲，但現在自己的所作所爲卻不能以常理看待。這次的事情只代表，我之後很可能也會出現相同的狀況。

如果異常程度只到殺狗倒還好，我是眞心這麼認爲。不可否認，在我心裡的確有種想法，那就是，活著沒價值的人乾脆殺了省事。

殺狗案鬧得比我想像中嚴重，我中午到員工餐廳吃飯時才知道，消息居然上了電視的新聞節目，或許這則新聞的可看性就在於鋸下狗頭的殘忍手段吧。
「警方認爲歹徒可能患有精神異常，因爲被狗吠吵到，才會以此洩憤，目前正朝此一方向追查……」
主播這段話留在我內心深處——精神異常。假使我遭到逮捕，到時肯定會被貼上這個標籤吧。
我頓時沒了食慾，直接回到工作崗位。我坐到椅子上，在輸送帶和機器包圍下，翻開讀到一半的宗教書，等待下午班開工的鐘聲。這時有個女職員走來說：「成瀨先生，有你的外線電話。」
我放下書本站起來，女職員旋即轉身快步走掉，很明顯不想跟我這種人走在一起。我聽說她們幾個行政女職員在私底下都說我「有點詭異」。即使工作上遇到非得交談不可的時候，他們也不會正眼看我。我望著那女人搖曳著一頭長髮走在前方的背影，暗想不如直接動手勒住她的脖子，應該會很爽快。
電話是橘直子打來的。「我看了新聞。」她劈頭就這麼說。
「妳說狗的事嗎？」我才說完，話筒那一端就傳來深深的嘆息。「果然是你幹的。我一看到案發現場和你住的地方很近，覺得不無可能，所以打給你問問。」
「然後呢？」
「今天晚上有時間碰面嗎？」

「好。」

「那我就直接去你家裡找你嘍。八點左右方便嗎？」

「好。」我掛上話筒，一想到得說明昨晚的狀況就覺得心情鬱悶，但另一方面，我還沒決定是否要完全相信她，上次那件事一直讓我耿耿於懷。

不，不能亂想。總之，現在只有直子一個人站在我這邊。

34

這天晚上，直子依照約定的時間抵達。我鋪好坐墊，拿出下班回家路上買的紅茶。

「眞好喝。」直子誇讚紅茶的味道後，馬上切入主題。「爲什麼要做那種事呢？可以告訴我原因嗎？」

「沒有原因，只是想那麼做。」

「想殺了一隻狗還把頭砍下來？」直子皺著眉頭問我。

「就是這麼回事。」我詳細講了昨天的狀況，她似乎也能理解狗吠吵得令人火大這一點，但聽我講到把狗殺了又砍頭的部分，她始終皺著眉頭。

「我試著畫圖。」我說：「但完全畫不出來，腦袋裡根本沒有半點靈感，我只能對著空白畫布發呆，然後不知不覺又玩起那架玩具鋼琴。」

直子望向我指著的玩具鋼琴，一副像是看到什麼詭異東西的神情。

「你的意思是，症狀惡化了嗎？」

「嗯，錯不了，而且是加速惡化。京極根本不讓我握畫筆，還逼我碰那架鋼琴，我覺得那股力量一天比一天強大。」

「別那麼悲觀。你還繼續在寫日記嗎？」

「嗯。」

「今天的份呢？」

「剛剛寫好了。」

「這樣啊。」直子點點頭，接著視線移往書架。這舉動讓我很介意，爲什麼她這麼在意日記？她眼中的光采讓我不得不懷疑，她這麼做不單純是關心我，還有另一層意義。

「妳現在跟那伙人……跟堂元他們還有來往嗎？」

「沒啊。所以我也不清楚醫師他們最近在做什麼。」

「是嗎？」

「欸，我有個提議。」直子的十指一下子交握，一下子又放開，「我實在很擔心，不知道什麼時候又會發生類似這次的狀況，所以我想不時過來看看你，這麼一來，說不定當你衝動起來要做什麼傻事時，我還能夠及時阻止你。」

「所以呢？」

「我能不能跟你借一把備用鑰匙？因爲也不是每次都方便事先聯絡你。」

「備用鑰匙？」

「是啊，你應該有吧？」

直子帶著徵詢的眼神看向我，我心中頓時又湧現那股不祥的感覺。這女人爲什麼想要我住處的備用鑰匙？眞的是爲了救我嗎？上次那件事再度閃過我腦海，我去精神病院的那段時間，這女人到底做了什麼？

「我沒有備鑰。」我告訴她，「小惠帶走了。」這是事實。

直子臉上明顯露出失望，而這副表情更加深了我的疑惑。

「是喔，眞可惜。我只是想多幫幫你呀。」她朝書架一瞥的目光，沒有逃過我的眼睛。

「欸，有點口渴。」我起身說：「我去買罐啤酒吧。」

「你不是戒酒了嗎？」

「今天想喝一點。我馬上回來。」

我一到門外，沒想到外頭風那麼涼，也或許是我的整顆腦袋愈來愈熱才會這麼覺得。我刻意踩出腳步聲穿過走廊，再躡手躡腳返回家門前。我不想懷疑直子，但她令人費解的舉動實在太多，如果她眞的想出賣我，想必會趁我不在家時有所行動。我計畫突如其來地打開家門。

但是……

就在我回到門口要開門時，聽到屋裡傳出說話聲，我抓著門把僵在當場。直子當然不可能一個人自言自語，這表示她正在打電話給某人。

我把耳朵緊貼在門上，卻聽不清楚談話內容。沒多久，交談聲停歇，她好像掛斷電話了。

我沒有勇氣開門。我真的不想懷疑直子出賣了我，就算我想要她的心情是出於京極的意思，但我仍相信她對我的心意是真的。

我不知道自己在門外發呆了幾分鐘，或許實際上並沒有太久。我舔了舔乾燥的脣，深呼吸之後，打開門鎖。

直子拿著她的皮包，正慌張地把一樣東西塞進去。

「噢，嚇了我一跳。你怎麼這麼快回來？」她一臉蒼白，「啤酒呢？」

「自動販賣機暫停販售，最近這一帶好像晚上禁止賣酒。」

「是喔。」直子眼神游移著，「那就只好忍一下。」

「妳剛剛在幹麻？」我問她。

「沒幹麻啊……，就發發呆嘍。」

我看了一眼書架，那本日記附近明顯有人動過，但我什麼也沒說，直接伸手環住直子的背。「怎麼了？」她的眼中帶著不安。

「妳會幫我吧？」

「嗯，當然啊。」

我吻著直子，直接讓她躺下，然後手伸進她的裙底，硬是脫掉絲襪和內褲。她的私處幾乎還是乾的，我手指直搗，直子忍不住顫抖。

「別這麼粗暴。」她輕聲對我說，我卻毫不理睬，隨我自己高興完成一場交媾，直子始終忍耐著。但仔細想想，她之所以甘願忍下這般痛苦，不就等於能夠換得對等價值的好處嗎？

完事之後我告訴她：「妳沖個澡吧，滿身大汗也不舒服。我待會再用浴室。」

直子似乎有些猶豫，但找不到拒絕的理由，於是她裸著身子靜靜走進浴室。

我等到浴室傳來沖水聲才坐起上半身，把直子的皮包拿到身邊翻看裡頭，最先映入眼簾的是一臺類似相機大小的黑色機器，我拿起來一看，馬上曉得那是什麼了——一臺攜帶型影印機。我繼續翻著她的皮包，還發現了幾張影印紙，上頭印的正是我日記的一部分。

我開始耳鳴。即便我努力克制，那聲響還是不斷湧現，大腦不讓我再進行任何思考，京極不讓我思考。

頭暈目眩，彷彿從頭腦深處發出「嘰——」的電子聲響。

我把皮包放回原處，抱著頭躺下。正好這時候直子從浴室走出來，全身只以一條浴巾包裹，她大概察覺到氣氛不太對勁，帶著些許僵硬的表情問我：「怎麼了？」

「沒什麼。」我依舊躺著，把右手伸向直子，她坐在我身旁握住我的右手，我一把將她往身邊拉，她失去平衡倒進我懷裡，我扯掉她身上的浴巾，露出她溼潤的肌膚，我的唇輕吻著這女人的耳朵，頓時飄來一陣皀香。我挺著恢復雄風的下體輕觸直子的腰，先前因爲氣氛改變而感到不安的這女人，看到我這樣的反應似乎放心了下來。「還要？」這女人問我，雖然眼神帶有一絲爲難，嘴角倒是微微上揚。

「我有事跟妳商量。」

「什麼事？」

「妳要不要跟我遠走高飛？找個不必和任何人來往、能夠安靜生活的地方。」

直子眼中一瞬間出現困惑，這個反應完全在我預料之中。她扭過身背對我說：「這樣不好，我覺得還是不能放棄，你一定要嘗試治療。」

我親吻著她白皙的背部，雙手繞到前面搓揉一對乳頭。「妳不想跟我一起過日子嗎？」

「不是那個意思，我想找出讓你恢復自我的方法嘛。」

「沒有那種方法。」

「一定有。」直子再次轉身面對我，「不可以自暴自棄。」

「跟我一起走吧。明天好了，明天一早就出發。」

「不要亂講，怎麼可能做那種事。」

「當然可能。」我騎到直子身上，她很配合地立刻伸出雙臂環住我的背。我整個人坐上去，等她動彈不得之後又說：「反正妳的行李只有那些呀。有那個皮包就夠了吧？」

「咦？」直子一臉詫異，猛眨著眼。

「那個皮包呀。」我說，「妳需要的只有那臺影印機吧？」

「……你看到了？」她的臉上登時閃過恐懼與困惑。

「為什麼？」我俯視著她，「我做錯了什麼？我什麼也沒做呀！我只是愛上妳，而且還是因為你們動的手術才會變成這樣，為什麼我要受到這種惡毒的對待？」

這女人眼神倉皇，雙唇顫抖。「不是的……，你聽我解釋，我這麼做是有苦衷的。」

我緊緊壓制住這女人的身體，雙手移往她的頸子。「告訴我，伊底帕斯最後是不是也被他母親出賣了？」

「求求你，聽我解釋，我真的很愛你。」這女人哭了起來。

我的腦子裡迸出火花。愛？直子不該用這個字眼的，這只會讓我的精神狀徹底陷入失控。

我勒緊這女人的脖子，手指陷入喉結上下方，在一團柔軟中有股扎實的手感傳來。這女人的面容因驚嚇和恐懼而變得猙獰，亂動著四肢痛苦掙扎，眼睛瞪得好大。不久，眼白的部分漸漸變多，浮現數不清的微血管，接著臉部皮膚愈來愈蒼白，失去血色的嘴角流出唾沫。

即使這女人不再動彈了，我還是沒放開手。她的肌膚上還留著餘溫，見她恍神似地盯著空中，那副虛無的表情和她活著的時候另有不同的美感。我伸出舌頭舔著她的頸子，吸吮乳頭，感覺到自己的下體更硬了。

我起身把她的雙腿抬起，仔細觀察陰道。這女人居然失禁了，臭味刺激著我的鼻腔，卻讓我有種甜美的感受。我抓著自己的陰莖，塞進她的陰道，令我驚訝的是，她的性器官好像還活著，數不清的肉褶頓時全裹上來，我只不過稍微抽動幾下，立刻感到情慾高漲。

女人的陰唇間不斷流出黏液，像是證明她曾經活過。我直盯著她的臉，然後比先前性交時更猛烈地射精。

放開她的身體後，我全身赤裸站起來，從流理臺下方拿出白蘭地，打開瓶蓋，頓時飄散出獨特的甜香。

我沒拿杯子，直接就著瓶口猛灌起來，就像朝乾涸的沙漠灑水，我許久未受到酒精洗禮的身體毫無抗拒，完全吸收。

我看著這女人，覺得她眞美，但僅止於此，沒有任何感情，不覺得絲毫難過或憤怒，當然也沒有一丁點後悔。

我站到窗邊拉開窗簾，今晚眞安靜。殺了那隻狗果然是對的，望著漆黑的暗夜，心裡平靜許多。

一會後，開始軟縮的陰莖發出異味，我淋上白蘭地洗去髒污。先前沒發現有點擦破皮，這時一碰到酒精便感到隱隱刺痛。

我大口狂飲白蘭地，再度看向窗外。但我的視線卻沒穿過玻璃窗，而是停留在自己映在玻璃窗上的臉。毫無生氣，不帶任何一絲情感。我想起來了，之前也看過這張臉。正是有著一雙死魚眼的，那個男人。

【葉村惠的日記 5】

八月二十一日，星期二（晴）

有種不祥的預感。我看到電視新聞了。

看到那起殺狗案，我的心跳差點停止。那隻狗就是在純住的公寓後方有户人家養的。純很討厭那隻狗，還說過乾脆把牠殺了痛快。

該不會是純吧？但不可能發生這種事，純連一隻小蟲子都不忍心殺害呀！

但，如果眞是純殺的該怎麼辦？我造成的嗎？因爲我知道他飽受折磨還逃離他身邊，是我害的嗎？

35

殺了那女人三天後，我吃完午餐回到工作崗位，發現有人留了張紙條給我，寫著有訪客外找。從拙劣的字跡看來，留紙條的應該是公司那個輕佻的女職員吧，最近她們無論什麼事找我都用紙條傳達，不過，這種作法對我來說反而好。

這陣子我都盡量避開和他人接觸，躲在被機械包圍的空間裡靜靜重複手上的作業，唯一必須說話的場合只有在上下班和組長開會時，但我也很少主動開口，反正組長下了指示我就點點頭，他問話時我也盡可能簡短回答。

組長覺得我是個怪人，似乎也不太想找我開會討論，但我一來在工作上沒出過差錯，效率也比先前的作業員高出許多，他自然沒什麼好抱怨的。

工廠玄關旁有一處簡單的會客廳，員工平常可以在這裡和廠商開會討論。現在因爲是午休時間，二十多張桌子空無一人，我一眼就看到來找我的是誰了，不過話說回來，就算訪客很多，我大概也不會認不出來，因爲來找我的是倉田刑警。

「希望沒打擾你吃午餐。」倉田看著我說。

「看來是急事吧？」我露出獵犬般的眼神盯著倉田，在他面前坐下，「否則也不會特地跑來這種充滿油臭味的地方。」

「不不，事情倒沒那麼緊急，等到晚上也無妨，只是我想順便看看你工作的地方。你好像換單位了啊？」

「是啊。」我靠上椅背，交叉雙臂，「請問有什麼事呢？」

「嗯，是這樣的……」倉田拿出記事本打開，但在切入正題之前，直瞪著我說：「你身體哪裡不舒服嗎？」

我搖搖頭，「沒有啊。」

「是嗎?那就好……,覺得你臉色不太好呢。」

「大概是工作太累了吧,最近有點忙。」

「不要太勉強嘍。」倉田的目光移回記事本上,「你認識橘直子小姐吧?她是東和大學醫學院堂元博士的助理。」

我點點頭。這是意料中的問題,我一點也不感意外,「她怎麼啦?」

倉田說:「她兩、三天前失蹤了。」

「失蹤……」這兩個字聽起來有種奇妙的感覺,或許是因爲我知道她人在哪裡才會這麼覺得「下落不明嗎?」

「嗯。兩天前她老家的父母申請協尋。據她母親說,兩天前的下午她接到堂元博士的電話,說橘小姐沒去學校,打電話到住處也沒人接,問她母親知不知道發生了什麼事。結果她母親馬上趕到住處看狀況,橘小姐果然不在家。她母親原先以爲她是去旅行了,但又沒發現出遠門的跡象,而且她沒跟任何人交代就出遊也不太對勁。接著她母親開始聯絡每個想得到的親友,大家都不曉得她的下落,本來她母親想再等一晚才報警,但實在擔心到等不下去,半夜就衝來警局了。」

「這麼說來,」我說:「現在還不確定她是否遭到不測嘍。」

「嗯,話是這麼說,但也不能袖手旁觀,畢竟有可能是捲入了什麼案子,尤其她參與了那場劃時代的手術,一旦失蹤,也得考慮可能跟那方面有關吧。嗯,比較棘手的是這部分。我之所以會負責這起案子，也是因爲上面考慮到該找個了解詳情的人比較好辦事。」

他沒說直子可能已經遇害。

「所以，你想問我什麼呢？」我偏著頭，微微揚起下巴。

「想先看看你有沒有什麼線索。你對她失蹤一事有什麼看法呢？」

我慢慢搖著頭，「我不可能知道她的下落吧。」

「我想你就算不知道她去哪裡，可能也聽她說過什麼呀。聽說你在住院期間一直是她負責照顧你的，出院之後你們也常在大學研究室裡碰到面，是吧？」

我輕輕點頭，但其實倉田這番話有些部分我不太明白。警方肯定已經去問過堂元了，自然會從那傢伙口中得知直子經常和我私下單獨會面，但是聽起來倉田似乎對此一無所知。他是實際知道卻裝傻，或者壓根沒聽堂元提起？若是後者，堂元爲什麼不說出眞相？

「你最後一次是什麼時候見到她呢？」倉田換個問法。我說了去嵯峨家的那天，其實已經是很久之前的事了。倉田記下來之後問我：「方便請你回想一下，除了治療之外，橘小姐還跟你聊過什麼嗎？」

我隨便說了兩、三件無關痛癢的事，接著問倉田：「你從堂元博士那裡沒問出關於橘小姐的近狀嗎？」

「當然問過了。」倉田說：「但博士說印象中沒有什麼特別的事，直到前天她都還是照常到校，一如往常忙完研究業務之後，六點多就下班回家。教授知道的就只有這些，然後橘小姐就消失無蹤了。」

堂元到底爲什麼要裝傻？只要說出眞相，我就成了頭號嫌疑犯呀，他爲什麼要避開這一點？

「眞抱歉，我也是一點頭緒都沒有。」

「這樣啊。」倉田似乎沒起疑，一臉惋惜地把筆記本塞回西裝內側口袋裡，「那我再去問問其他人。」

「刑警先生，你認爲橘小姐可能發生的狀況是什麼呢？」

「這個嘛，很難說。」倉田偏起頭想了想，「她可能會突然又自己跑出來吧，但也有可能遇上了最壞的狀況，很難講啊。」

我沒作聲點點頭，因爲我知道事實就是倉田預料到的最壞狀況。

【倉田謙三筆記 2】

八月二十四日，針對在東和大學醫學院任職的橘直子失蹤案，找了她過去負責的病患成瀨純一。與此人每次見面的印象都略有不同，第一次碰面時感覺到的誠懇老實，已經不適合用來形容目前的狀況了。

沒有其他需要特別記錄的內容。

36

下午時段，我一邊做著手邊的工作，一邊回想那一夜的事，腦中忍不住浮現當時的情景。我想，這景象我可能一輩子都揮之不去，當然前提是我有所謂的「一輩子」。

我在狹小的浴室裡把直子分屍了，因爲直接搬運整具屍體太麻煩，但是前幾天砍狗頭用的鋸子銹得厲害，鋸起來很不順手。

分屍作業告一段落，我把構成直子的零件一塊塊裝進黑色塑膠袋裡。以前我連恐怖片都不太敢看，這時卻毫不畏懼。不過別再提這種事了，現在的我已經不是從前的成瀨純一。

直子的面容完全變了樣，連親手殺了她的我都很難認出是她。沒想到人一旦死了，樣貌會有這麼大的改變，或者是因爲以鋸子分屍造成的變形吧？我給了她最後一吻之後，一樣把頭放進塑膠袋裡。

那天我就這麼把屍塊放在浴室裡，隔天晚上，我向隔壁的臼井悠紀夫借了車，出門處理掉。最近臼井見到我的時候，眼神總像看到什麼詭異東西似的，我跟他借車時，他也一副心不甘情不願的模樣。但或許是被我散發的異常氣質所震懾，最後還是乖乖把車鑰匙交給我。他看到我把黑色塑膠袋放進車裡時問我：「裡面是什麼？」

「你不用擔心，反正不是垃圾。」

聽我這麼回答，他又悄聲嘀咕著：「我又沒擔心那種事。」這個不知人間險惡的天真大少爺應該無法想像袋子裡的東西吧。我一邊在心裡咒罵「你再囉嗦說不定也會落得一樣的下場」，一邊鑽進車裡發動引擎。

我先繞到工廠，去倉庫偷了把鏟子。公司的鏟子都只在冬天時用來鏟雪，掉了一把應該不會有人起疑。

我已經想好可以棄屍的地點了，那就是之前也有一次跟臼井借車，和小惠一起開車兜風前往的秩父。記得那時我們兩人鑽進車裡，在四下無人的森林裡嘗試有生以來首次的車震。要在狹窄的車內交合，比想像中困難許多。最後雖然做了，卻從頭到尾都提心吊膽有沒有人看到。

小惠……

一想到她，胸口就隱隱作痛。她現在怎麼了？回想自己那段夢想著讓這女孩幸福的日子，感覺是好久以前的事。

我把車停在和小惠擁有共同回憶的地點，帶著鏟子下了車，再往森林深處走十公尺左右，選個土壤比較鬆軟的地方便挖了起來。我並不期待直子的屍體永遠不被找到，只要能再多爭取一點時間就好。

不知道挖了多久，土坑將近一公尺深之後，我回車子把塑膠袋拿到坑邊，只把裡面裝的東西倒進坑裡。由於四下漆黑，唯一的光源只有手電筒，視野相當昏暗，我沒什麼感覺自己埋的其實是橘直子的肉體。

把土壤回填，鋪平表面，但還是形成了一處隆起，顯得很不自然，白天看起來應該更清楚，但這裡少有人過來，就算起疑也不會想到是埋了屍體。這樣就好了，我心滿意足。要是一下子就被發現，那也是命了。

我把塑膠袋丟在回程途中一座公園的垃圾桶裡，鏟子則扔進資源回收商的收集處，應該不會有人對這些東西起疑吧。

我把車子停回臼井的停車場之後，把車鑰匙扔進那傢伙住處的信箱，結束一切工作回到家裡時，鬧鐘指著半夜兩點。

就這麼萬劫不復也無所謂。——我一面回想著那一晚的狀況，一面這樣告訴自己。我隨便想都發現好幾個一般犯罪者絕對不會冒的險，譬如塑膠袋，假使有人撿到，不就會發現袋裡殘留的血跡和體液嗎？撿到的人一報警，警察肯定會研判與犯罪有關，立刻出動搜索，沒多久就會在秩父山區裡挖出屍塊，然後就能找出其間的關聯了。血型一致的話，剩下的問題就是留在塑膠袋上的指紋了。另一方面，橘直子失蹤案的追查小組自然會想到屍體或許就是橘直子，即便屍塊腐爛無法光憑外觀判斷，說不定比對指紋就能查出，要不然應該也能夠根據牙醫治療紀錄確認，不管哪種方法，都能靠科學辦案的力量證明那就是橘直子的屍體，這麼一來，下一步搜索的重點就會放在塑膠袋上頭的指紋，所有與直子有關聯的人都必須比對指紋，警方一旦發現袋上的指紋是我的，當然會把我當作頭號嫌疑犯勸我自首。

要是真的變成那個下場我也認了。這就是我抱持的態度。我一點都不害怕被警方逮捕，不過是坐牢，就算被判死刑也無所謂，反正人總得一死，差別僅在遲早。區區一條人命，也沒有大驚小怪延續的價值，再說，我的命幾乎已經成了京極的命。

我只想好好珍惜此刻體內僅存屬於成瀨純一的一絲意識。被警察奪走自由之前，我希望盡可能維持純一的想法。如果我沒辦法停止人格變化，至少得盡量拖延。

昨晚我翻著相簿直到深夜，照片裡的爸媽都好年輕、好健康。我嬰兒時期的照片很多，這也表示我是在眾人的祝福之下出生的吧。然後，無論是小學或中學時期，我拍照時總是微低著頭。

這就是我的過去。——我對自己這麼說。我試著回想自己在童年和高中時代做了什麼，有什麼感想。這些記憶雖然只像從前讀過的一段故事，沒有實際感受，我還是回想得起來。

一遍遍翻著相簿，看累了就拿出通訊錄，上頭依照姓氏發音順序寫著過去我所認識的每一個名字，我從第一頁依序翻閱，回憶著自己和這些人如何相識，還有與他們的互動。記憶中我的一切行為都令現在的我難以置信，但就像相簿裡的照片一樣，我不斷提醒自己，這些無疑都屬於我。

先前我也曾嘗試過，而今天我決定下班回家路上再次繞去錄影帶店，租以前看過的喜劇片回家，雖然可能看了之後還是不覺得好笑，但我打定主意就算得勉強自己，我也要在該笑的橋段大笑，這麼一來，搞不好真的會覺得可笑。

不過，這個計畫稍微被打亂了。到了下班時間，才走出工廠大門，就有個男的叫住我，他在停在路旁的車子裡。

「方便講幾句話嗎？」人在車上的若生問我。

一看到那場手術的相關人物，我的胸口就湧現一股幾乎作嘔的憎恨，差點脫口而出說「我跟你沒什麼好說的！」但想了一想，我回答他：「不超過半小時的話我就奉陪。」反正他要談的一定是直子的事，既然這樣，我也有事情想問他。

「上車吧。」聽他這麼說，我鑽進後座。

若生不發一語開著車，似乎早想好要去哪裡了。我決定見機行事。

車子停在一處大樓的工地附近，現場停放著卡車、推土機等機具，卻是四下無人，看樣子是停工日。原來如此，在這裡就能夠避人耳目安心密商了。

「堂元呢？」我問駕駛座的若生，同時張望一下車外，反正一定是那老頭指示若生把我帶來這裡的吧。但若生卻轉過頭向我說：「你別誤會了，我帶你來不是要見博士，是我自己有事要找你談。博士他們反而下了指示，叫我們這陣子最好不要跟你有所接觸。」他的神情帶著殺氣，而這番話顯然也有弦外之音。

「你找我到底有什麼事？」我提高警戒。

若生眼神尖銳地問我：「她怎麼了？」

「她？」

「少裝蒜，我問的是橘助理！她三天前去找過你吧，之後就下落不明了。」

「來找我？」我撇起嘴，「你在說什麼啊？」

若生不耐煩地搖搖頭說：「別裝傻了，不要浪費彼此的時間。她為了收集你後續狀況的資料而接近你，還不惜犧牲肉體色誘。我說的就是這件事。」

「我承認我和她持續碰面，但她並不是為了收集資料，她說她擔心我，所以不時來看看我的狀況。」

若生一聽，立刻搖了搖手，「你該不會把這些話當眞吧？總之，我們一直曉得她和你持續有接觸，也知道三天前你們見過面，之後她便失蹤了，這麼一來，最有嫌疑的當然是你吧？所以我來問你，她到底怎麼了？」

我深深靠上椅背，「不曉得。」

「你不可能不曉得！快點老實說！」

「我眞搞不懂。」我對他說：「如果是警察來問這些問題，我還能理解，為什麼是你來問呢？如果你知道她曾經來我家找我，告訴警察不就好了？這麼一來，就會換警察來問我剛才那些問題了。」

「就是沒辦法這麼做，我才會這麼辛苦。」若生的太陽穴一帶顫了一下，「我想你也聽堂元博士說過，腦部移植研究有一股強大的力量在背後支持，而這股勢力希望研究不受任何阻撓，務必順利進行，也就是不容許任何意外，包括首位移植者在手術後發瘋之類的狀況。所以對於橘助理這件事，我們也只能決定暫時不跟你接觸，以防萬一我們的行動有任何差錯，造成警方盯上你，那樣我們也會很傷腦筋。而基於相同的理由，我們也沒向警方說出她持續和你碰面一事。」

「也就是說，一切都是爲了配合那群人嘍。」

「要是你乖乖聽話，大家也不會這麼辛苦了。」

「那麼你這樣私下跑來找我，不也有風險嗎？你爲什麼不遵守堂元的指示呢？」我一問，若生瞬間別開目光，之後又轉回來直瞪著我。我明白了，「原來如此。你愛上那個女人了？」

「你這種人不會懂得我的心情！快說！她到底怎麼了？你把她藏在哪裡？」

「自己愛上的女人，自己去找啊。」我慢條斯理地說。

若生的半邊臉頰微微抽搐。「你殺了她吧？」

我沒作聲，一逕瞪著他。這似乎讓他確定了自己的猜測，頓時脹紅了臉，兩頰顫動著說：「她果然被你殺了。」當然他這樣的反應並不平靜，但想必他來找我之前已經有了心理準備，才能夠沒有當場發狂。

「跟你講這些無聊死了，浪費時間。我要回去了。」我說完，便打開車門下車。那傢伙在我身後大喊：「我一定會殺了你！」
我轉過頭，只丟下一句話：「請便。」

37

隔天是星期六，晚上就在電視上看到發現屍體的新聞。
這天晚上，我租了兩部洋片回家，都是喜劇片，而且還是曾經讓以前的我捧腹大笑的作品，但現在的我完全無法理解到底哪裡好笑，演員們使勁渾身解數的演出，只讓我感到空虛。但我還是笑了，只要演到該笑的橋段，我就要自己張大嘴哈哈狂笑，裝模作樣的程度比畫面中的人物還滑稽且空洞，才看了半小時就陷入嚴重的自我厭惡，於是我按下錄放影機的停止鍵。就在我要把遙控器砸向電視機的時候，螢幕上出現了那則新聞。
「今天中午左右，在埼玉縣秩父市的山林中發現疑似女性的屍塊——」
我高高舉起遙控器的手登時停在半空中。
畫面中眉清目秀的女主播報導著，發現屍塊的似乎是棄屍地點附近的地主，他平常每隔幾天就會去山裡巡一巡，今天由於發現類似車子強行開入林子裡的跡象，覺得奇怪便進到林子裡查看，結果發現地面一處古怪的隆起，屍體就是從那下方挖出來的。畫面上出現簡單標示地點的地圖，確實就是我埋直子的地方。
目前還未查出死者身分，但不愧是警方，判斷出被害人已經死了好幾天，接下來只是時間問題了，相信身分很快就能得到確認。雖然屍體比想像中要快被發現，我卻不覺得失望，反而有種放下心中大石的感覺，老想著那些屍塊不知變成怎樣了也挺煩人的。

堂元那伙人會怎麼做呢？單純的好奇在我腦中盤旋。雖然他們早懷疑是我殺了橘直子，但只要一天沒找到屍體，那都只是想像。可是現在已經發現屍體了，他們不太可能沒有任何後續行動，就算他們置之不理，沒多久警方也一定會查到我身上。

事情變成這樣，太有趣了！——我暗自竊笑，全世界首位腦部移植病患，後來卻瘋掉成了殺人兇手。媒體要是聽到這個大頭條，保證會垂涎三尺吧，我倒要看看堂元那票人要怎麼收拾這個殘局。

然後到了星期一早上，有人打電話來工廠找我。一般來說，除非是事態特殊，否則在工作時間內行政人員不太會幫忙轉接外線，來電的人好像交代說是緊急狀況，我只好停下機器離開了崗位，等一下回來應該會看到工作檯上堆積如山、令人心煩的面板吧。

我拿起話筒。「看你幹的好事。」劈頭就是一道壓得低低的聲音。我馬上聽出是若生，看來屍體的身分已經查出來了。「我要殺了你。」那傢伙繼續低語。

「上次不是說過了請便嗎？」聽我這麼說，若生立刻像怪獸似地鬼吼鬼叫：「好啊！我不會客氣的，一定把你幹掉！你等著吧！」

掛上話筒後，我喊了正在辦公桌前計算加班時數的女職員，她放下筆，一臉害怕地看向我。

「給我離職申請表。」我說。但這個腦殘女職員好像聽不懂，半張著嘴毫無反應。

「離職申請表啦！辭職前不是要填一份什麼東西嗎？」

「呃……，好的。」她的屁股總算離開了椅子。

組長大概是聽到我們的對話，走了過來。「欸，你想幹麻？」

我覺得麻煩透頂，只當充耳不聞，但組長還是不死心地追問：「你說話呀！」我直接朝他胸口就是一拳，「老子不想幹了要辭職！你少在那邊囉哩囉嗦！」

這個只不過掛著組長頭銜就得意洋洋的中年男人，一發現他那微不足道的小小能力無法凌駕對方時，瞬間變得像兔子般膽怯，連大氣也不敢喘一下。

從女職員手上拿到離職申請表後，我當場填完基本資料，在離職理由一欄寫下「個人生涯規畫」再交還給她。「這樣行了吧？」

「還要到各部門請主管用印。就是下面那一欄標記的各單位。」

表格下方以細線隔出一欄，是給所屬主管、健保工會、福委會等單位蓋章的，簡直無聊透頂。我把申請表塞給女職員說：「我沒閒工夫去跑這些地方，妳幫我弄完。」

「什麼？不能這樣呀！」

「那就直接送去人事部，健保卡跟員工證我之後再寄來。」

說完我便快步離開了辦公室。

一旦屍體身分確定，就遠走高飛吧。——我從昨天就這麼打算了，反正我剩下的時間不多，接下來不是被警方逮捕，就是完全瘋狂，既然這樣，我希望最後一段時光能夠待在適合度過餘生的地方，像過去的成瀨純一一樣畫著圖，不管多辛苦都要畫下去，等到眞的再也畫不下去的時候，只好自己畫上休止符，這將是成瀨純一對京極的最終抵抗。

我換回便服離開工廠打算趕回住處。其實我已經把行李打包好，只是一直以爲還要晚一些才會查出屍體的身分，沒想到這些行李這麼快就用得上了。

回到家門口，開了鎖之後推開門，才踏進家門一步，我不由得發出驚呼。

因爲小惠正坐在屋裡。

「呃……，你回來了。」她似乎也有點驚訝，「怎麼那麼早？」

「妳幹麻？」我問她：「爲什麼在這裡？」

「我剛到，正在等你。」

我不知道該怎麼面對她，不知道該說什麼，搖搖晃晃進了屋裡，在她面前坐下。神情恍惚，腦袋一時轉不過來。

「你打算去旅行嗎？」小惠看著我打包好的背包，「要去哪裡？爬山嗎？」

「不是旅行。」我眼神空洞地看著她。她臉上那些雀斑還在。「我決定要消失。」我繼續說。

「消失？什麼意思？」

「還用問嗎？就是從這個世界上消失啊！」我大吼，嚇了她嚇一大跳，身子猛地一顫。好一會，我們之間擋著一道沉默的高牆。

「爲什麼？」她眼中充滿哀傷，好不容易才開口問我：「究竟發生了什麼事？求求你告訴我吧。我們不是約好了嗎？有一天你會把所有事都告訴我的。」

我看到小惠這樣的表情，頭就痛了起來，難受到幾乎要坐不住。

「我……我殺了人。」

聽到這句話的瞬間，小惠就像個壞掉的洋娃娃，全身僵硬不動，也沒有表情。過了好一會兒還是那副模樣，只有頭像上了發條似地拚命左右搖，「你騙人。」

「我沒騙妳。妳還記得那個叫橘直子的女人吧？我殺了她。殺了她之後還用鋸子分屍，埋在山裡面。你知道在秩父發現屍塊的那條新聞嗎？今天已經查出來屍體的身分了，警察遲早會找上我的，我不想給妳添麻煩，妳快走吧。」

但小惠雙手摀住耳朵，猛搖著頭，「不要！我不想聽！純……純不可能做出那種事！」

我將她的手拉離耳邊。「聽好，我已經不是妳以前認識的那個我了，現在這裡有的只是成瀨純一的外形，內心已經完全變成了另一個人。」

「騙人，你騙人！我不相信！」小惠猛搖頭搖到頭髮都亂了。

「相信我吧，我的腦子已經慢慢被移植來的京極大腦占領了。」

「京極？」小惠看著我的眼神充滿恐懼。

「我上了堂元那伙人的當，捐贈人其實是京極瞬介，就是那個瘋瘋癲癲的殺人兇手，然後我的腦袋也開始瘋了，證據就是我也殺了人，妳懂嗎！」我使勁一把推開小惠，她雙手撐在榻榻米上。

我站起身，從櫥櫃拿出鋸子，上面沾附了一層明顯的血跡。「妳自己看。」我把鋸子拿到小惠面前，「我就是用這個把那女的大卸八塊。就在浴室裡。」

她一看到鋸子的刀刃部分，當場神情痛苦地皺起眉頭，右手摀著嘴，全身抽搐似地克制著作嘔的衝動。

「看來妳相信我說的了。」我靜靜開口：「聽懂了就請吧，這些事和妳無關。」

小惠卻俯著臉默默地搖頭。

「爲什麼？」我問她。

她抬起滿是淚水與鼻涕的臉看著我說：「因爲我喜歡你。我愛你。如果這是一種病，一定能治好的。我會治好你的！一定讓你回到從前的自己！」

「已經恢復不了了！要我講幾次妳才聽得懂？而且我也沒有未來，要不了多久警察就會來抓我，要是妳不走，那我走，反正我本來也打算這樣。」

我說完便提起背包，小惠立刻撲上來緊緊抓住我的腿。「你要去哪裡？帶我一起走！」

「別鬧了，我要獨自度過最後的時間，才不想被女人打擾！」

我扯著小惠的頭髮，但她仍不放手。我重心不穩一屁股跌坐在地上，她不停抽噎，緊緊抱著我的腰。我踹她，甩她耳光，她還是文風不動。

大概是身體活動得太劇烈，我的意識逐漸模糊，全身力氣用盡，不禁癱在地上嘆了長長的一口氣。只見小惠的背部也激動地一起一伏。

「爲什麼？」我問她，「爲什麼不讓我一個人走？」

小惠垂下頭，雙頰的紅腫應該是被我打耳光的結果吧。

「如果你要死……，就死在我面前。」

「妳說什麼？」

「我不希望我的愛是這樣結束。你如果要死，就讓我親眼看到你死去，求求你。」小惠緊咬著脣，直勾勾地瞪著我。

「我已經瘋了，妳跟著我太危險了。」

「因爲你可能會殺了我？」小惠說到這，兀自點點頭，「你想殺我的話，下手也無所謂。讓我跟你一起走。」

我盯著小惠的頸子。我難道不會勒住這女人的脖子，就像先前勒死直子那樣？腦中浮現自己殺害小惠的情景，這時突然爆出一陣劇烈的頭痛，感覺是從內側向外壓迫。我不禁抱著頭蹲了下來。

「怎麼了？不要緊吧？」小惠擔心地看著我。我靜靜等頭痛過去，但一時之間疼痛仍未消。

我起身看著小惠。「我說要走，其實今天晚上住的地方也還沒著落，妳跟著我只會拖累我。」

「去我住的地方吧。」小惠說：「我在短期出租公寓租了個房間，應該不會有人找到那裡去。你就盡量用吧。」

我警戒地觀察這丫頭的表情。有這樣的一個安頓處確實很好，但我可以完全信任她嗎？可是奇怪的是，感覺我似乎只要一加深對小惠的猜忌，方才那陣頭痛又開始蠢蠢欲動。

「離這裡很近嗎？」我問她。

「搭電車一下子就到了。」

「好，妳帶路。但妳絕對不准出賣我。」

小惠皺起眉，把頭一甩，「我剛才不是說過了嗎？要是我背叛你，你大可把我殺了。」

腦袋深處又是一陣刺痛。「好，知道了。」

我背起背包，小惠也拿起她輕便的行李，兩人一同離開我的住處。如果警察找來這裡發現我已經逃掉，肯定更確信我就是殺害橘直子的兇手。但那些都不重要了，現在我需要的是一段沒有後顧之憂的自由時光，再短暫也無所謂。

我們倆默默往車站走，只要搭上電車就暫時安全了。走了一小段路，來到大馬路上，我發現一陣引擎聲突地從背後直逼過來，一轉頭就看到一輛白色小箱形車朝我們衝過來。

「小心！」小惠把我撞開，我們雙雙跌到路邊。箱形車繼續暴衝了十公尺左右才終於煞住，但駕駛當然不可能下車，隨即一踩油門便開走了。

「這個人開車技術眞爛，居然連一句道歉也沒有。」起身之後，小惠撢著衣服上的灰塵一邊抱怨。

「那傢伙一定恨得牙癢癢的吧。」我也站起來，「沒能順利把我幹掉。」

「把你幹掉？」

「剛才那是想殺我呀。開車的應該就是若生吧。」

「若生先生怎麼會這樣？」

「他想報仇。」我說完，繼續朝車站走去。

小惠租的房間頗寬敞，有臥房外加廚房和飯廳，不過從陽臺看出去全是建築物。雖然我已經無法判斷這適不適合入畫，但總之我要把畫下這片景象當作第一目標。

「這個臥房給我用。妳絕對不能擅自進來，知道嗎？」我把行李放進臥房，命令小惠。

「我知道了。」小惠回答。

電話在臥房裡，正合我意。我隨即拿起話筒。

我撥的是東和大學的號碼，跟總機說要找若生，等了一會，那小子來接了。

「眞遺憾呀。」我劈頭就這麼說。

他立刻聽出來我是誰。「你在哪裡？」

「我很想告訴你，但又不想受你打擾。很抱歉，沒辦法給你機會殺我嘍。」

若生聽了，喉頭發出悶笑，「你現在放心還太早，我們這邊可不止一個人，而且還是職業的。」

「職業的？」

「詳細消息還沒發布，不過好像已經有單位下了指示，對你發出追殺令，重點就是要布置成意外。失敗的科學怪人，當然要在曝光之前湮滅掉。聽說也有警方高層參與，所以就算狀況稍微不自然，警方也會讓事情以意外收場。反正不管你現在躲到哪去，一定會被揪出來的。」

「希望你們來得及。」

「來得及？什麼意思。」

「趕在我消失之前。」

「你逃得掉嗎？我會追你到天涯海角的。」

「恭候大駕。」我掛斷電話。

【葉村惠的日記 6】

八月二十七日，星期一（晴）

我回來了，回到純的身邊。可是，唉，神並沒聽到我的願望，純已經走上通往地獄的下坡了。隔好一陣子才見到他，卻怎麼看都不像以前的純。

但我非得保護他不可，我要保護鍾愛的純不受那名叫京極的亡魂傷害。我好怕，可是不能逃避。我已經逃過一次，絕不允許再有第二次。

但，他說他殺了人。我戰勝得了那麼厲害的亡魂嗎……

【堂元筆記 9】

八月二十八日，星期二。

那群人簡直莫名其妙。說要把成瀨純一殺了？難道要把長久以來的研究素材徹底毀了嗎？這根本不是一個腦筋清楚的決定。

所以，現在得盡快抓到他，把他監禁起來。那群人根本完全不了解狀況。

我今天去見了京極亮子，訪問她曾經和成瀨純一之間出現的超感官知覺一事，在心靈相通這個經驗上，雙方說法一致，眞希望能找來兩人同時進行實驗。

我向她提出這個想法，請她協助，她表示如果能見到成瀨純一，她答應陪同參與實驗。成瀨純一——一切關鍵都掌握在這個年輕人手上。

38

「喂？媽？是我。嗯，我現在在東京，家裡有什麼事嗎？什麼？警察去過？警察爲什麼會去我們家？說要找誰？我們已經分手了，早就沒關係了。妳就這樣跟他們說。嗯？這裡的電話號碼？不要啦，要是有警察跑來會很麻煩，妳隨便找個理由敷衍他們就好了，反正妳不用打給我，有事我會打回去。我還沒決定什麼時候回去，好了，先這樣嘍，明天再說。」打完電話後，小惠轉過頭問我：「你聽到了嗎？」

「警察去過妳家了啊。」我放下畫筆，躺到床上。

屍體確定身分後，已經過了兩天，警方應該是掌握到了一些線索，盯上我也不奇怪。就算沒找到線索，對我的銷聲匿跡也會起疑吧。他們要是設法追查我的下落，第一個想到的應該就是小惠這條線。

「你安心待在這裡就不會有事，我不會告訴任何人的。」

「妳身上錢夠用嗎？」我問她。

「你不用擔心，我還有信用卡。」

我在床上坐起身，拿來自己的皮夾，把提款卡扔到小惠面前。「裡面大概有五十萬圓，去把所有錢領出來。」

接著我告訴她密碼，這一類的記憶倒是完全沒喪失。即便如此，我依舊漸漸不再是成瀨純一了。

「好，我待會再去，順便買點吃的。」小惠收起提款卡。

我拿起畫筆面對畫布。這幅畫畫到一半，是窗外的景色，先前畫的時候會出現左半側空間忽略的症狀，這次卻沒發生。但這並不表示我的狀況好轉，而是我描繪右半側的能力也逐漸消失，所以只是表面上看來平衡罷了，證據就是整幅畫不過是將方方正正的建築物一棟棟並列畫上去，水準之低，我忍不住覺得小學生都畫得比我好。

但連畫到這樣的程度，對現在的我來說都很困難了。我只是試圖畫下眼前看到的景象，況且我明明具備許多關於繪畫技巧的知識，但一拿起畫筆，手卻動不了，想畫成什麼樣子，腦子裡完全沒有一絲靈感。

我勉強自己動著手，畫著一幅幅完全不像樣的作品。換成是以前的自己，會怎麼畫呢？我滿腦子淨想著這件事，一邊把顏料塗上畫布。我流著汗揮筆，但我愈是認眞，構圖就愈是可笑，最窩囊的是我連哪裡畫壞也搞不懂，只覺得氣血直衝腦門，心跳加速，全身灼熱到宛如火燒。

我把畫筆一扔，雙手抓起畫布朝膝蓋奮力一撞，畫板應聲裂開，我的腿上沾滿顏料，那幅畫當然也毀了。

「先休息一下——」小惠才一開口，我就把撞爛的畫布朝她扔去。「少囉嗦！快出去買東西！順便買新的畫布回來！」

小惠欲言又止，把破爛的畫布撿起來之後，默默離開臥室。

我又躺回床上，眼皮沉重，腦袋一片空白。應該是這兩、三天睡眠不足的關係吧，畢竟只睡了短短的一、兩個小時。一想到剩下的時間不多，就沒辦法把幾個小時花費在毫無意義的睡眠上，深怕一醒來整個世界都變了。

我搖搖晃晃下了床，蹲在地板上。那架紅色的玩具鋼琴就擺在角落。先前打包時，不知怎的，我第一樣抓起來的就是玩具鋼琴。

我坐在鋼琴前面，食指敲著鍵盤，一邊感受著胸口的鬱悶，一邊試著彈一首我知道的曲子。因爲琴鍵數不多，幾乎所有曲子都彈到一半就彈不下去了，但這琴音依舊是讓我心情得以平靜的特效藥，我甚至希望能永遠維持這樣。然而，我還是離開了鋼琴，拉來毯子罩著頭。千萬不能讓這架鋼琴奪走我的心智，因爲每敲打一次琴鍵，成瀨純一的腦細胞就跟著消失一點。

這天晚上，電視播了很怪的新聞。報導說距離發現橘直子屍塊大約一公里處，發現了疑似她的衣物。

「怪了。」我說：「她的衣服我都扔掉了呀。」

主播接下來又說，疑似分屍用的鋸子也棄置在附近，那一帶的草地凌亂，顯示曾遭踐踏，有多人來回走動的痕跡；此外也有目擊者指出，案發當晚曾看到幾名年輕男女駕駛一輛紅色轎車進到山林裡。

我頓時了解這些詭異證據和證人出現的原因了，「他們是在故布疑陣。」

「故布疑陣？」小惠不解。

「開始有動作了。」

「什麼意思？」

「有一群人，一直在推動腦部移植手術的研究，希望能夠順利發展，我也不清楚他們的眞實身分，但那群人確實被我犯下的這起案子搞得手忙腳亂，現在正試圖幫我湮滅證據。」

「不過……」小惠舔舔嘴唇，「只要警方認眞調查，不是一下子就看出是故布疑陣了嗎？要不然天底下到處都是完全犯罪了。」

「認眞調查？」我哼了一聲別過頭，「警察不可能認眞查啦，每次只要有哪個強大勢力展開行動，保證都會有警界的人參一腳。」

「那……你就不會被警察抓嘍。」

「我不會被警察抓到，因爲這就是那票人的劇本，而結局就是我會因爲莫名其妙的意外送了命。」

「放心吧，只要你待在這裡，我絕對不讓你遇到那種事的。」

我嘲笑著小惠幼稚的安慰，「反正那些傢伙找來之前我會自己了斷。沒什麼好說的。」

「純……」

「妳幫我買了畫布嗎？」

「在那裡。」

我拆開包裝，把畫布立在窗邊，這時外頭只剩大樓窗內的燈火。

該畫什麼呢？我思索著，若要帶著成瀨純一的心死去，我該畫什麼才好？

【倉田謙三筆記　3】

搞不懂的點很多。雖然出現了一些新證據和新證詞，但每一項都有些偏離事實，都有說不通的疑點，但專案小組卻將方向鎖定追查搭乘紅色轎車的數名男女。有人提出應該先徹底清查被害人橘直子的周遭人際關係，專案小組負責人卻只是回答這方面當然也要同時並進，卻沒進一步下達具體指示。

會議後，我向課長提出申請，希望調查成瀨純　。在屍體確定身分之後旋即銷聲匿跡的他，當然不能不注意。但課長卻派我去調查紅色轎車，完全不理會我的建議。面對這起案子，長官似乎相當消極，爲什麼呢？

另外，今天有個姓嵯峨的律師來找我，他好像去過成瀨那小子的住處，打聽到刑警曾前往那附近查案，於是過來警局問問狀況。我告訴他，我們也正在找成瀨。

【堂元筆記 10】

八月二十九日，星期三。

嵯峨來訪。見他一臉嚴肅，肯定知道什麼。果不其然，他來問了橘助理遇害和成瀨純一失蹤的事。一開始我努力裝作毫不知情，他卻威嚇我再裝下去就要訴諸強硬手段。嵯峨畢竟小有勢力，我認爲此時向他坦承一切才是明智之舉，於是簡短說明了前因後果。嵯峨知情後顯得十分難過，挺身相救女兒的有爲青年，居然變身爲殺人魔。看樣子嵯峨的腦袋一時之間還不知道該如何接受這項事實。

39

躲在這已經五天，打爛的畫布多達十張，而且我意識模糊的時間變多了，連握起畫筆的手都有點抖。

「純，拜託你……」背後響起一道聲音。

我把手裡的筆扔過去，「不要隨便進房間來！」

「可是……」這女人垂眼看著手背，癟著嘴哭哭啼啼的。一看到這女人的這副表情，讓我更心煩。

「滾出去！」我大吼：「不准出現在我面前！」

「我會出去，但拜託你至少吃一口吧。」

「說過不想吃了，少煩我！」

「可是你……已經兩天完全沒吃東西了，這樣會死啊。」

「還死不了，不過離死也沒剩多少時間了，不要叫我把寶貴的時間浪費在那些無聊的事情上頭。」

「吃一點吧。」

「少廢話！」

我撿起畫筆重新面對畫布，就連這點時間都得好好把握。但這時，那女人卻從旁抽走畫布。

「還我！」

「這種圖還不如別畫。」那女人把畫布摔到地上，還踩了幾腳。

「妳在幹麻！」我推了她胸口一把，她一頭撞上牆壁，呻吟著蹲到地上。我雙手搭上她的頸子，她卻毫不抵抗，一雙黑眼珠骨碌碌地望著我。

「你要殺我嗎？」

我沒作聲，正想加重手勁，腦袋深處又是一陣劇痛，而且比以往的任何一次都嚴重，我忍不住抱頭痛苦地滾動。

也不知道頭痛持續了多久，等我醒來時，發現自己倒在地上。

覺得有什麼跟剛才不太一樣了。宛如鏡頭對焦般，我的意識逐漸清醒。

小惠擔憂地盯著我，「你……不要緊吧？」

「嗯……」我緩緩起身，然後定神看著小惠，這一瞬間，有種彷彿頭皮被拉緊、一陣酥麻麻的刺激傳來。

自己也搞不清楚是怎麼回事，好像湧起一股類似性慾的衝動。小惠的臉孔、小惠的肉體，都在挑逗著我體內的某種情緒。

「把衣服脫了。」我說。

小惠一臉錯愕。

「快脫啊！」我重複一次，「全部脫掉。」

小惠沒問我原因，乖乖地脫起衣服，直到全身一絲不掛，就像模特兒人偶似地站在我面前。「這樣可以嗎？」

「到那邊躺下。」我抓起新的素描本，揮動著鉛筆，幾道曲線漸漸架構出小惠的模樣。畫得出來！我很確定。此時此刻的我畫得出來！

「我要畫布！去給我買新的畫布回來！」我看著剛畫好的素描，「還有顏料。全都要重新來過。把這房間裡跟垃圾一樣的那些畫全給我丟掉！」

但小惠穿好了衣服也沒打算出門的樣子。我破口大罵：「妳在浪費什麼時間？快去呀！想讓我的靈感不見嗎？」

她回道：「我馬上就去，但你要答應在我回來之前吃點東西。我做了三明治，求求你。」

「三明治？」我皺起眉頭。她當場流下淚水。沒辦法，我只好點點頭。「好，我會吃掉。在這幅畫完成前我不能餓死。」

「嗯，那我出去了。」小惠這才一臉放心地出門去。

從那天起，我把全副精神都投注在畫小惠的裸體畫上頭，已經好幾個月都沒感受到這種創作欲望了。我不了解自己爲什麼會出現這樣的變化，但顯然和那次劇烈頭痛脫不了關係。或許，這是在我體內僅存的一小部分成瀨純一，在消失之前的最後一次回光返照，若果眞如此，繪製這幅畫便能證明我曾經以成瀨純一的身分活在這世上。

那麼接下來我還剩下多少時間呢？

40

畫筆動不了。

不管我怎麼努力，握著畫筆的手就是動不了。裸體畫還沒完成，但是在這段期間，我也喪失了對那幅畫的堅持。

每次回過神，我總是坐在玩具鋼琴前，以一根食指演奏，一彈就是好幾個小時。

不畫了嗎？當模特兒的那個女人問我。我沒答腔。接著她一次次反覆問我：怎麼不畫了？爲什麼不畫了？我大聲嚷嚷：閉嘴，別管我！

女人哭了。那副樣子我看了就煩。哭什麼哭啊？我問她。要是待在這裡讓妳痛苦得想哭，就滾出去啊！

因爲我愛你，我要留在這裡。女人這麼說。愛？那到底是什麼？

我記得好像有一段時間愛過這個女人。那是好久好久以前的事了。所謂愛上一個人，不過是相較之下，對這個人比對其他人的戒心稍微鬆懈一點罷了。

我愛你。那女人重複著這句話。空虛極了。千萬不能相信她，誰知道面具之下正盤旋著什麼樣的欲望。

【葉村惠的日記　7】

九月四日，星期二（晴）

今天有件事嚇了我一跳。我到美術用品店找顏料時，有個陌生男人突然叫住我。一開始我還以爲是警察，當場想逃跑，但對方拿出名片表示他不是警察，他叫嵯峨道彥，我聽純提過這個名字。

聽說嵯峨先生拿著我和純的照片，前往一家家大型美術用品店詢問，他說這是他唯一的線索，然後被他找到這家店，聽老闆說我幾乎每天都來，於是他就等在這裡堵我。這人眞有一套。

他問了我們落腳的地方，我沒告訴他，他也沒追問，只說有件事想先讓我知道。他斬釘截鐵地說，他已經做好打算隨時都能接受純的委託辯護，而且不管要花多少年都會堅持到底。我告訴他，純是在精神異常的狀況下犯案，應該無罪吧？嵯峨先生說，純並沒有精神異常，只是他本人的意識陷入沉睡，身體被京極的意識操縱。嵯峨先生還說他在法庭上也會這麼主張。

他說，他想了解我們的狀況，希望能跟我保持接觸。我回說有需要的話我會主動和他聯絡。他還安慰我說，他知道我很辛苦，請我要努力撐下去。這讓我稍微感受到鼓舞。坦白說，我眞的累了……

41

食指愈來愈痛，可能是對著鋼琴鍵盤敲打太久造成的。又有兩只琴鍵壞掉了，「Do」和「Mi」的音發不出來，這麼一來，僅剩九個琴鍵能發出聲響。我不知道哪些曲子能光靠這幾個音來演奏，乾脆自己隨便創作一首，曲名就叫〈腦漿賦格曲〉。

怪了？鋼琴怎麼發出怪響。

不對，是玄關的門鈴聲。來到這裡，這還是第一次聽到門鈴聲，因爲不會有訪客，我也不希望有人來。門外是誰呢？

本來我以爲那個當繪畫模特兒的女人會去應門，但她是出門買東西了去嗎？發現屋裡只剩我一人。那女人最近常常不見人影，是時候多留意了，接近我的人差不多都在這個階段出賣我。

沒辦法，我只好走到玄關門前，透過門上貓眼窺視。門外是個戴著眼鏡的陌生男人。對方似乎察覺到門內有人，先開口說：「我是住隔壁的。」我沒吭聲。我對住隔壁的人沒興趣。

男人待在原地好一會，但左等右等都沒人應答，似乎有些不耐煩，只見他一臉不滿地從貓眼的視野中消失，響起逐漸遠離的腳步聲。

我回房裡，又到鋼琴前面坐下，繼續作曲。琴鍵數量實在太少，鏘、鏘、鏘，只要再多一個正常的音，該有多好。

才剛這麼想，我的嘴突如其來被掩住。有人從我身後摀住我的嘴，同時架住我的手臂。即使全身動彈不得，我仍拚命掙扎，但接著眼前忽然出現一塊白布，壓上我的鼻子。

我想大喊出聲，但鼻子吸氣的瞬間，腦袋深處感覺到一股麻痺，隨即眼前一黑。

一開始先是感覺到有東西塞進我嘴裡，然後是液體流進口腔。是廉價威士忌的味道。我當場嗆到，忍不住睜開眼。眼前有個男人，就是方才在玄關摁門鈴的眼鏡男。

我試圖掙扎卻動彈不得，雙手雙腳都被繩子綁著。另一個男的扶著我的頭，用力把威士忌酒瓶塞進我嘴裡。

「醒啦？」眼鏡男說。

我張望四周，看來像是一間倉庫，但我不確定。

「你不必去想這裡是哪裡，反正就喝我們的酒吧。」

那傢伙一說完，瓶子也同時塞進我嘴裡。威士忌持續流進我的喉嚨，只有一部分被我吐了出來。

「不要太粗魯啊，留下奇怪的痕跡就不妙了。」

「知道啦。」

我的臉頰兩側被夾住，嘴巴不得不張開。威士忌持續灌進我的嘴，酒瓶一空，接下來換白蘭地。

「抱歉啊，這酒都不怎麼高級，不過我們重量不重質。」

一邊被灌著酒，我開始思索著這些傢伙的來路，我想恐怕就是若生口中的那群人派來的吧。指示這幾個傢伙的，想必就是把我當作燙手山芋的那一票傢伙。

「喂，讓他休息一下。」眼鏡男一聲令下，瓶子從我嘴中抽離。我大大地喘口氣，酒精一下子竄遍全身，整個人完全失去平衡感。

「我們不得不殺了你。」眼鏡男說：「你大概也知道自己爲什麼會遇上這種事吧？」

我關心的是另一個問題——這群傢伙是怎麼找到我的？因爲他們不可能找到我的，我根本沒對外聯絡。

「至於是什麼目的，我們並不清楚。我們只是收到指示要讓你看起來是死於意外，雖然對你深表同情，但我們還是得奉命行事。」

「有什麼要交代的嗎？有話儘管說。」

我流下混有酒精的唾液。「爲什麼……」

「什麼爲什麼？」

「爲什麼……知道我躲在哪裡？」

「這個啊？」眼鏡男揚起嘴角，「當然是女人，女人告訴我們的。」

「女人？」

「跟你一起的啊，你被那女人出賣了。」

是繪畫模特兒那個女人！果不其然！也對，只有這個可能了。

「休息時間結束。」

我的嘴被撐開，他們又開始灌起白蘭地。我的意識忽遠忽近，作嘔、耳鳴、頭痛，伴隨著暈眩。白蘭地也空了之後，掐著我臉頰的那雙手突然放開，我一下子失去平衡倒向地面。

「這樣可以了嗎？」

「嗯，讓他這樣再過一下子，酒精的作用會更強。」

天花板轉個不停，意識模糊不清，全身動彈不得。我閉上雙眼，但全世界依舊不住旋轉。

又被出賣了。果然是那個女人出賣我。看吧，果然被背叛了。早說過千萬不能相信她，你真的很笨耶。

身體彷彿消失了，只剩下意識浮游。這裡是哪裡？

你真的很笨耶。——印象中很久很久以前有人這樣說過我。是我念小學的時候。在家附近的運動場，孩子王說了，現在開始每個人輪流打擊，練習防守，失誤的人就要罰跑社區一圈。好，就從純開始吧。我不要啊，我不想當第一個。少囉嗦，你敢不聽我的話！被迫站上守備位置後，一開始是幾個普通的滾地球，接下來球居然從意想不到的地方飛過來，怎麼也追不上。孩子王說了，這是失誤！純，去跑步！其他的孩子也跟著起鬨。純，快去跑呀！我跑出運動場之後，在賣菸的小店前繞過彎路，滿頭大汗一路跑，一心只想快點回去和大家一起玩球，誰知道回到運動場一看，大家早就開始分隊比賽，哪有人還在練習防守。除了我，根本沒有人被罰跑步。我一走過去，大家馬上裝出若無其事的模樣。這時我才恍然大悟，這一切都是爲了排擠我。我拾起自己的手套，知道所有人都不懷好意笑著目送我的背影。我來到先前經過的賣菸小店，從頭到尾看在眼裡的老闆說了：「你眞的很笨耶。」

不能相信別人。世界上不可能有誰眞的愛誰。

「好了，該收拾了。」

遠處響起的聲音讓我稍稍睜開眼。有個男人拿著塑膠桶走過來，打開桶蓋倒出液體，頓時飄散出一股濃烈的臭味，好像是汽油，就灑在我的四周。

「要不要身上也淋一點，保證燒得面目全非。」

「不行，因爲要讓他看起來是喝醉了自己跑進來這裡，然後不小心引火燒起來，要是身體燒得太焦黑反而不自然。你灑在周圍就行了。」

「好。那我點火。」

「動手吧。」眼鏡男說完之後便出去了。

剩下的那個男的在另一頭的牆邊堆起破布，然後點火引燃，破布堆馬上燃起小火團。

確認燒起來之後，他也跟著離開。

我盯著紅紅烈焰。等這團火焰燒到潑灑汽油的地方，火勢就會一發不可收拾吧。但不可思議，我絲毫不覺得恐懼或焦急，不僅如此，當我盯著烈焰，竟然還心生一股懷念的心情。那是和媽媽在火葬場道別時。不，那不是我的記憶，是京極瞬介的。

我燒的是老鼠。

打棒球被大家排擠後，一回到家，我就哭哭啼啼的。哎呀，怎麼啦，有人欺負你嗎？媽媽衝過來關心我。我最喜歡媽媽的圍裙了，但還沒來得及抓住圍裙，我就被爸爸一把揪住脖子。純，到這裡來。

我跟著爸爸繞到後院，那裡有個小捕鼠籠，關了一隻老鼠。爸爸說是他設陷阱抓到的。爸爸把籠子交到我手上，要我把老鼠殺了。

我當然做不出那種事，但爸爸不肯作罷。連隻小老鼠都殺不了還能幹什麼！把這隻老鼠當作可恨的傢伙，沒把牠殺掉就不許進家門！

但我根本想不出要用什麼方法殺死牠，要我這樣直接下手，我怎麼都辦不到。我苦思好久，終於想到可以澆上油之後燒死，這麼一來我只要點火，接下來閉上雙眼就行了。

我拿了燈油澆在籠子上，老鼠淋得滿身油，卻依然在籠子裡跑來跑去。我拿起點燃的火柴，屏住呼吸丟向籠子。就在籠子著火的一瞬間，我把臉別開，這時爸爸卻從後方走來。快看啊，純，別忘了自己能做出這種事，只要記得牢牢的，就再沒什麼好怕的了。

爸爸硬逼我目睹這一幕。燃燒著的老鼠在籠中亂衝亂撞，肉和毛的焦臭味撲鼻而來。我覺得老鼠在臨死之際，那雙小小的眼睛似乎緊瞪著我。接下來的三天我都睡不著，幾乎沒進食，一心怨恨著爸爸。

回過神來，四周已被火焰包圍。我慢慢起身，左右張望。我就是當年的老鼠。和那時一樣，有人正等著看我燒起來。

但我現在還不能死，我得處理掉那個叛徒。講什麼愛。那東西果然不存在。

火焰沿著牆壁竄上天花板，四下漸漸成了一片火海。我在火海裡一步步移動，身體雖然有點搖搖晃晃，但腦袋清醒了。

我走到門口，一腳踹開門，瞬間火焰就像浪潮似地從背後襲來，整個背部著了火，我躺在地上滾了幾圈，立刻傳來頭髮燒焦的臭味。

我轉身看向建築物，那好像是個纖維廠的倉庫，到處竄出煙。

我繼續往前走。這是哪裡？總之得先回到住處。

然後殺了那女人。

42

我走到馬路上想攔計程車，卻沒有車願意停下來，或許是因爲看到我這副鬼樣子吧。我的衣服燒焦，身上到處是灼傷。

我環顧四周，發現一處垃圾場，我過去尋找可用的武器，最後撿了一根掉在一旁的生銹鐵管。

我又回到馬路上。三更半夜的，車流量卻不少，連續好幾輛車經過。等到路上沒車的空檔，我衝進馬路正中央，沒多久就看到逐漸靠近的車頭燈，前後都沒有其他車輛。我把鐵管藏在身後，擋在車道上。

駕駛不停按喇叭，還以爲這樣就能爲所欲爲，我充耳不聞，那輛車隨即在一陣輪胎緊急煞車聲響後停下來。

「混帳東西！你找死啊！」駕車的男子從車窗探出頭破口大罵，是個年輕小伙子，副駕駛座上坐了個女的。

我走向車子，朝車牌重踹一腳。

「我去教訓教訓這傢伙。」男子下車來。天色已暗看不太清楚，但我想他應該是氣得脹紅了臉吧。

那男的伸出手試圖揪住我的衣領，但我瞬間拿出預藏身後的鐵管，瞄準對方的側腹使勁一敲，從反作用力就感覺得到這一擊不輕。男子皺起臉呻吟，我又往他頭上痛毆幾下，這下他完全不支倒地。

「喂！你在幹什麼！」突然有人喊過來，我這才發現對向車道有輛車正打算停下來，駕駛是個中年男人。

我沒理睬，跳上年輕小伙子的車，副駕駛座上的女人放聲尖叫。

「下車！」我拿著鐵管直指那女人的臉，她像火燒屁股似地一開車門就溜了。

對向車道的那輛車停在我面前，似乎想阻撓我的去路。我毫不在意地把油門一踩，先撞上對方的車頭，倒一次車之後再度踩下油門，又撞上對方的車，但這次我直接加速開走。

【葉村惠的日記 8】

九月六日，星期四（陰）

買完東西一回來，純竟然不在。好像是被人帶走了，我在住處周圍找遍了也沒看到人。我該怎麼辦？

現在已經是深夜了，該打電話給嵯峨先生嗎？

可是話說回來，純口中那些殺手找得到這裡嗎？不可能吧。但是，如果他們跟蹤嵯峨先生呢？再趁我和嵯峨先生碰面的機會跟蹤我，說不定就能發現這裡。

神啊！如果純有什麼三長兩短，我也不活了。

43

就快到達目的地了，卻又看到警車，真像討人厭的蒼蠅，怎麼都趕不走，死纏爛打。警車開到我右側，車內的警察對我大吼。是要我停車嗎？我猛力一打方向盤撞過去，那群傢伙好像沒料到，警車登時衝上安全島。

我又開了一段路轉進一條小徑，在那裡棄車。從這裡已經能夠步行回去了，反正這麼晚了也不可能有人看到。

燒爛的衣服纏著身子，我撕開之後丟掉，灼傷的傷口在拉扯之下傳出些許痛楚。

我順利地回到先前的住處，問題是我沒有房間鑰匙，就算摁門鈴，那女人知道是我，肯定不會開門吧。

手握上門把，試著慢慢慢一轉拉開，沒想到門居然沒上鎖。

對，她一定是作夢也沒想到我還會回來，所以才掉以輕心忘了鎖門。一定是這樣。

我進到屋內打開燈，只見那女人正坐在餐桌前寫東西，大概是察覺到聲響，她轉過頭來驚訝地睜大眼睛。「純！」

我走過去。

「純！你到底上哪兒去了？我好……我好擔心……」那女人一把鼻涕一把眼淚，臉上滿是驚訝，「你怎麼搞成這樣？受傷了嗎……？發生了什麼事？」

「眞是遺憾。」我說：「我還活著呢。」

「遺憾？什麼意思？」這女人還想裝蒜。

「那群傢伙找上這，都是多虧了妳通風報信啊。先把我弄昏之後，還燒了整間倉庫想幹掉我。是妳提議要用這種方法讓我死的嗎？」

「那群傢伙……？果然有人來過！」

「夠了！別再演戲了。」我搖著頭，「我都想吐了。」

那女人從椅子站起，躲到桌子另一頭，她應該是發現自己沒辦法再蒙混下去了。

「等等，純，你聽我說。那些人是跟蹤我才會找到這裡的。」

「算了，別說了。」我走到那女人身邊。

「求求你，純。你要殺我無所謂，但千萬別懷疑我。我一心一意只爲你著想啊！」那女人後退幾步，一邊逃到臥房裡，我慢慢跟在她後頭。我不會讓她逃掉的。

「純，別這樣，快醒醒呀，快想起我是誰。」那女人背靠著牆流下淚，看來是知道自己死期已到才哭。我伸出雙手勒住她的脖子，她卻沒抵抗。我的手指漸漸使力，指甲陷進她的頸子。她只是默默閉上眼睛。

就在這時，腦袋裡猛地掀起一陣風暴。

又是先前那樣劇烈的頭痛襲來，但這次比以往更具爆發性，來得更迅雷不及掩耳，我差點沒昏倒。然後，就在那陣風暴掃過之後，我看到了無法置信的現象——我搭在那女人頸子上的手違背我的意志擅自動了起來，就這麼放開她的頸子，雙手重重地朝她身後的牆壁捶下去，反作用力讓我整個人往後仰。

我盯著自己的雙手，再看看那女人。那女人……葉村惠睜開眼低喃道：「純……」

她太可憐了。我心想，殺了她就太可憐了，她不過是捲入我這場災難的受害人呀。

爲什麼會這麼想呢？方才那股殺意到哪兒去了？搞不懂。我搖著頭，就在這時，我看到陽臺的玻璃落地窗，窗上映著我的模樣。

窗面上的我直瞪著這裡。

不是那雙眼睛了，不再是之前的那雙死魚眼。那無疑是成瀨純一的眼睛。

還沒死。還沒消失。就算表面看起來受到京極瞬介的控制，成瀨純一依舊潛伏在意識下方，時時刻刻望著我。成瀨純一，就在我身邊。

接著我看到那架紅色玩具鋼琴。再也不要屈服於這種東西了，我拿起鋼琴使盡全力往地板上摔，跟著踩上幾腳，幾個琴鍵彈飛出去。

我看向小惠。她還是那副畏怯的表情，但似乎察覺到了我的變化。我伸出右手，她猶豫了一下終於輕碰我的指尖。

「純……」她的聲音沙啞，「是純？我很清楚，你就是純吧？」

「我沒忘了自己愛過妳。」

大顆大顆的淚水從小惠眼中落下，像鑽石般閃閃發光，墜落地上。

我放開手，轉身朝門口走去。「你要去哪裡？」她問。

「我要討回來。」我說：「討回我自己。」

我走到屋外，朝著深夜的黑暗邁進。

【堂元筆記 11】

某月某日。

那一晚的事得寫下來才行，不弄清楚的話，永遠沒辦法將自己的心情理出個頭緒。

那天深夜三點多，我接到成瀨純一的電話。他說急著想見我，要我到大學的研究室。

我到研究室時，他已經等在門口。我看到他，不禁大吃一驚。眼前的人不是受到京極控制大腦的他，千眞萬確就是剛動完手術之後的成瀨純一。「你恢復原狀了？」我克制著驚訝問他。但他露出淡淡的微笑，緩緩搖了搖頭。「不是恢復原狀，純一只是暫時回到我身上。」

「只是暫時？」

「總之，先進去研究室吧。我有很多話要說，不過我剩下的時間很少。」

我點點頭，打開研究室的門鎖，接著我們就像以前治療和檢查時一樣，隔著一張書桌面對面坐下來。

「就從伊底帕斯說起吧。」他做了開場白之後，把找我出來之前這段時間所發生的事說了一遍。他像是在敘述童年的回憶，非常冷靜，內容卻遠遠超乎我的想像，我在這股震撼下啞口無言。

「然後我找到了一個可行的方法。」他說。

「可行方法？」

「去除京極亡魂的方法。」

「怎麼做？」我很感興趣，倏地探出身子，但他口中說出的，實在不可能辦到。他說，就把當初移植的部分完完全全移除就行了。

這沒辦法，我回答。這麼一來你就成了廢人，弄不好還可能會送命。但他還是強烈地希望再動一次手術，他說即使變成廢人也無所謂。

「所謂廢人，只是以這個世界的標準來定義罷了。成瀨純一即使在這個世界無法生存，他仍存在無意識的世界裡，證據就是他並沒有消失，還像這樣把我叫回來了。」

「無意識的世界……」

「那個世界非常大，成瀨純一在那兒肯定能夠走出另一段全新的人生。而且，就算手術沒成功，死了也無妨。面對眞心愛著自己的女人卻想把她殺了，那我還不如死了好。」

我找不到理由否定他的想法，只見他的雙眼穿過我望向遠方，或許正望著他所想像的那個無意識的世界吧。

但我回絕了。身爲一名醫師，我沒辦法剝奪一個活生生的人的意識，也不能讓他冒著送命的風險。結果他說，你可以眼睜睜看著我被殺手幹掉，卻沒辦法自己動手？說這話時，他的目光變得異常銳利。

「總之，我辦不到。」我對他說。他閉上眼，隔了好長一段時間都沒作聲，一動也不動。

「那就沒辦法了。」他總算開了口，「被你回絕，我無路可走了。」

「這麼亂來的事我不能做，但我眞的很希望盡全力幫你治療。」

「盡全力啊。」他好像又笑了，接著他說句告辭就起身，但走到門口時，他又轉過頭問：「沒有備用的大腦了吧？」

「備用？」

「就是可以移植的腦部。以十萬分之一的機率吻合我體質的大腦。」

「嗯。」我點點頭，「很遺憾，沒有了。」

「聽你這麼說我就放心了。我已經受夠了。」

說完他便走了出去，之後我才明白這句話的含意。就在我站起身的同時，傳來一聲槍響。不好了！我衝到辦公室外面。

只見他倒在走廊上，頭部右側爆裂，左手握著槍。事後才知道，那把槍是他來找我之前，從一名員警身上搶走的。

接下來的經過不須詳細說明。我下定決心無論如何都要救活成瀨純一，把這當作贖罪，然後克服種種困難——全是人爲的阻礙之後，手術非常成功，但當然，這次沒辦法移植腦了，我指的成功是救回他的命。

成瀨純一正如他的期望，成了活在無意識的世界的人。而且，在今天早上結束他在那個世界裡的短暫一生之前，他的表情確實透露出幸福。他在無意識的世界裡度過了什麼樣的人生呢？這一點我們不得而知。至於那個世界是否如同他的期待，我們也不清楚。

動完腦部移植手術後，到他放棄因爲移植而獲得的腦部，我們幾乎完整地記錄了這一連串的過程，這無疑在日後的研究上有相當大的助益，但恐怕不會公開發表吧。成瀨純一自殺未遂一案，將是永遠無解的謎團。

另一方面，我們要面對一個更大的新課題。那就是，人的死亡究竟是什麼？選擇不得不以最高機密來處理成瀨純一相關事宜的原因，不僅僅因爲捐贈者京極是個罪犯，甚至最後導致純一的不幸遭遇，這些反而都微不足道。

最大的問題是，即便所謂的腦片只有一小塊，京極依然能夠繼續生存。就算心臟不再跳動而判定「心臟死亡」，腦波也停止，但他還活著。確實，一個個的腦細胞並沒有全數死亡，而且正因爲這樣才能夠完成移植。

那這麼說來，又該如何判定人類的死亡？或許就算我們目前所知的一切生命反應全部消失，人類還是能夠在暗地裡以完全無法想像的形態活下去。

這是我們的課題，恐怕也是永遠無法解決的課題。

此外，諷刺的是，事件後竟然出現許多人爭相搶購成瀨純一留下的多件畫作。一方面是他的女友葉村惠以他的名義展出的幾幅畫，都獲得極高評價，但我想最主要的原因還是整起事件深具話題性所帶來的結果吧。聽說葉村惠將賣畫的所得都拿來當作純一延命治療的醫藥費了。

這位葉村惠剛剛走出我的辦公室。她來是向我道謝的，感謝我對純一長期的照顧，其實反而是我對於她爲純一的犧牲奉獻深深感動。

方才她帶了一幅畫來給我看，她說只剩這一幅不賣，她把畫留在身邊，聽說也是純一最後的作品。

純一這輩子唯一的一幅裸女圖，雖然未完成，卻連葉村惠臉上的雀斑也仔細畫上了。

（全文完）

解說

想像力永遠在現實之前

杜鵑窩人

＊本文涉及小說情節，未讀正文者請勿閱讀

在小說文學的世界裡，我們必須承認，作者的想像力永遠是豐富且無可限量的。有「科幻小說之父」稱號的法國作家儒勒．加布里埃爾．凡爾納的作品如《海底兩萬里》、《從地球到月球》、《地心探險記》乃至《環遊世界八十天》等科幻冒險小說，雖然創作出版的年代在距今一百多年前，書中的故事到了今日來看，即便沒有完全成眞，我們可發現，許多後來科學上創意無窮的創舉，無疑地是受到了他的小說的啓發才會發生。所以小說家看似天馬行空的想像故事，卻很可能是未來發生在現實社會的事情，因此社會上有些衛道人士常以「荒誕不經」和「胡說八道」來形容小說和其創作者，其實只是受到個人的短視近利所限制或者不願意面對想像力超越了眞實的情況罷了。

一九九二年日本推理作家東野圭吾所創作的《變身》，亦是相同類型的作品，也就是所謂想像力超越現實層面的小說。等於說，他寫出了在現今的科技能力和現實環境中並不可能存在的實現性。說來好玩，就醫學的器官移植方面的水準而言，日本甚至可算是一個與先進無緣的落後國家，最主要是由於傳統宗教和倫理道德觀念上的限制，日本在這方面的臨床技術方面起步甚晚，甚至落後了臺灣將近二十年，雖然後來已經開放，而醫學界也開始急起直追，但是在《變身》出現的一九九一年，一般人並無法理解這個問題，所以會出現這個成爲整本小說基點的奇妙器官移植方式，實際上並不存在於今日的醫學中，甚至在未來都不太可能實現。因爲人的大腦雖然分爲左右大腦，但是中間存在胼胝體（callus）以互相溝通連接，並不是隨便切斷之後再接上就可以了。在此先大略介紹一下人體的中樞神經系統：整個系統包括了腦部和脊髓，本身的構造可謂複雜而完整，特別是大腦半球的皮層獲得高度的發展，成爲神經系統最重要和高級的部分，保證了機體各器官的協調活動，以及機體與外界環境間的統一和協調；而中樞神經系統與周邊神經系統組成了整個神經系統，缺一不可，完整地控制了生物的行爲。因此一旦某一部分受傷，並不能藉由醫療手段單純修復受損區域，也就是說神經系統所包括的腦和脊髓像青花瓷器一般不容些許損傷，因爲在目前的醫療水準上，任何損傷都是不可逆的。所以東野圭吾的《變身》在最基本的設定點，其實是短期內不可能實現的醫學夢想。

這本《變身》讓我想到了另一本書——丹尼爾・凱斯所著的《獻給阿爾吉儂的花

束》。兩者原著的出版年代相去不遠，構想也是極為類似，整個故事的發展走向相近，最後的結局也是同樣地讓人不捨，但是《變身》的設定比《獻給阿爾吉儂的花束》更貼近現實層面。只是如果讀者要追問，為何《變身》算是推理小說而《獻給阿爾吉儂的花束》並不是？我們就不得不回到推理評論家傅博老師對於推理小說的定義：「發端要神祕，經緯要緊張，結果要意外，解決要合理」的四個要求。很明顯《變身》做到了，而《獻給阿爾吉儂的花束》並沒有達成這四個要求。《變身》的男主角打從一開始就陷進不可解的大謎團，明明是自己本身的事卻沒被告知，而當他察覺自己本身有些不同的變化時，卻一而再、再而三地被打斷他追尋眞相的努力，而到了最後他終於釐清眞相的時候，又不得不做出讓讀者很心痛的決定。這本小說整個走向，無庸置疑完全是推理解謎小說的架構。

我們必須說，在以《祕密》一書而擺脫「一刷作家」封號的東野圭吾，雖然為了延續作家的命脈和為了餬口度日而創作了各種風格面向的小說，但另一方面，他卻始終秉持著推理小說創作的初衷，維持這解謎作品的風格。這些作品最近在臺灣大量被引進和翻譯，讀者除了欣賞，也可注意到，東野圭吾一直在迎合市場需求之餘，也會偷渡幾本自己喜歡、帶有社會人文關懷的創作，本書就是這類作品之一。這是東野圭吾兼顧理想與現實的方式，雖然有些讀者不太能夠接受他這般有些粗製濫造嫌疑的創作手法，但是人家總是要吃飯不是嗎？就像在現今的臺灣醫療環境，「救命輸給救醜，醫人不如醫狗」的狀況一直存在的情形下，醫師不得不變身爲藥品、營養品、健康食品和醫美手術的掮客和推銷員，一樣是爲了大環境所迫，爲了塡飽肚子不得不如此，所以，請不要苛責東野圭吾爲五斗米折腰的大量創作。

其實，《變身》這本書給我的第一印象讓我直接想到了一部多年前的香港電影——由李修賢所主演的《奪舍》。《奪舍》說的是靈魂主從之間的直接取代，強者直接取代了弱者；而《變身》卻是試圖以科學和醫學的想像方式，去解釋主從之間的間接取代。但是無法解釋的點是，何以原來的宿主就是弱者呢？這些只能說是「小說家言」而已。其實，東野圭吾已經算是有想像力了。最近我還聽過有研究哲學和倫理學的學者，煞有介事地討論兩個人的人頭互換的倫理方面問題。這根本不能成爲議題，如果眞有此一醫學技術，那麼這只是像兩隻手機的SIM卡互換而已，除了法律與道德問題，何須討論倫理層面？所以，我們不得不讚歎，作家的想像力才是永遠跑在現實層面之前的高手！而東野圭吾從「醫學三部曲」的《宿命》、《變身》和《分身》到後來的《祕密》，證明了自己正是這樣想像力超人的一位作家。

本文作者介紹

杜鵑窩人，資深推理迷。

國家圖書館出版品預行編目資料

變身／東野圭吾著；葉韋利譯. -- 二版. - 台北市：獨步文化：家庭傳媒城邦分公司發行，2017〔民106〕
面；　公分. --（東野圭吾作品集；30）
譯自：变身
ISBN 978-986-94754-1-9（平裝）

861.57　　100026935

東野圭吾作品集30　變身

原著書名／变身
原出版社／講談社
作　　者／東野圭吾
翻　　譯／葉韋利
責任編輯／詹靜欣（一版）、詹凱婷（二版）
編輯總監／劉麗眞
業務・行銷／陳玫潾、徐慧芬

總 經 理／陳逸瑛
榮譽社長／詹宏志
發 行 人／涂玉雲
出　　版／獨步文化
城邦文化事業股份有限公司
台北市中正區民生東路二段141號5樓
電話：(02) 2356-0933　傳眞：(02) 2351-9179; (02) 2351-6320

發　　行／英屬蓋曼群島商家庭傳媒股份有限公司
城邦分公司
台北市中山區民生東路二段141號2樓
讀者服務專線：(02) 2500-7718; 2500-7719
24小時傳眞服務：(02) 2500-1990; 2500-1991
服務時間：週一至週五上午09：30-12：00; 下午13：30-17：00
讀者服務信箱E-mail：service@readingclub.com.tw

劃撥帳號／19863813
戶　　名／書虫股份有限公司

香港發行所／城邦（香港）出版集團有限公司
香港灣仔駱克道193號東超商業中心1樓
電話：(852) 25086231　傳眞：(852) 25789337
E-mail: hkcite@biznetvigator.com

馬新發行所／城邦（馬新）出版集團【Cite (M)Sdn. Bhd. (458372 U)】
11,Jalan 30D/146, Desa Tasik,
Sungai Besi, 57000 Kuala Lumpur Malaysia
電話：603-9056 3833　傳眞：(603) 9056 2833

美術設計／高偉哲
排　　版／陳瑜安
印　　刷／中原造像股份有限公司
□2017年6月二版
□2022年6月6日二版五刷
售價／380元

Printed in Taiwan

ISBN 978-986-94754-1-9

獨步文化 APEX PRESS

獨步文化 APEX PRESS

廣　告　回　函
北區郵政管理登記證
台北廣字第000791號
郵資已付，免貼郵票

104台北市民生東路二段 141 號 5 樓

英屬蓋曼群島商家庭傳媒股份有限公司

城邦分公司

請沿虛線對摺，謝謝！

獨步文化 APEX PRESS

書號: 1UE030X　**書名**: 變身（二版）　**編碼**:

請於此處用膠水黏貼

獨步文化 APEX PRESS

讀者回函卡

謝謝您購買我們出版的書籍！

請費心填寫此回函卡，我們將不定期寄上城邦集團最新的出版訊息。

姓名：________________　　性別：□男　□女

生日：西元________年________月________日

地址：________________________________

聯絡電話：________________　　傳真：________________

E-mail：________________________________

學歷：□1.小學　□2.國中　□3.高中　□4.大專　□5.研究所以上

職業：□1.學生　□2.軍公教　□3.服務　□4.金融　□5.製造　□6.資訊

□7.傳播　□8.自由業　□9.農漁牧　□10.家管　□11.退休

□12.其他________________________

您從何種方式得知本書消息？

□1.書店　□2.網路　□3.報紙　□4.雜誌　□5.廣播　□6.電視

□7.親友推薦　□8.其他________________

您通常以何種方式 書？

□1.書店　□2.網路　□3.傳真訂購　□4.郵局劃撥　□5.其他

您喜歡閱讀哪些類別的書籍？

□1.財經商業　□2.自然科學　□3.歷史　□4.法律　□5.文學

□6.休閒旅遊　□7.小說　□8.人物傳記　□9.生活、勵志　□10.其他

對我們的建議：________________________________

____

____

____

____

____

請於此處用膠水黏貼